Diogenes Taschenbuch 67/II

detebe

H. G. Wells

Der Krieg der Welten

Roman

Aus dem Englischen
von G. A. Crüwell und
Claudia Schmölders

Diogenes

Titel der englischen Erstausgabe, London 1898
›The War of the Worlds‹

Umschlagzeichnung von Tomi Ungerer

100/75/E/2
ISBN 3 257 20171 0

»Wer aber soll hausen in jenen
Welten, wenn sie bewohnt sein sollten? . . .
Sind wir oder sie die Herren
des Alls? . . . Und ist dies
alles dem Menschen
gemacht?«

Kepler, zitiert in Burtons ›Anatomie
der Melancholie‹, 1621

Inhalt

Erstes Buch
Die Ankunft der Marsmenschen

Zweites Buch
Die Erde unter den Marsmenschen

Erstes Buch
Die Ankunft der Marsmenschen

1. Am Vorabend des Krieges

Niemand hätte in den letzten Jahren des XIX. Jahrhunderts geglaubt, daß unser menschliches Tun und Lassen beobachtet werden könnte; daß andere Intelligenzen, größer als die menschlichen und doch ebenso sterblich, uns bei unserem Tagwerk fast ebenso eindringlich belauschen und erforschen könnten, wie ein Mann mit seinem Mikroskop jene vergänglichen Lebewesen erforscht, die in einem Wassertropfen ihr Wesen treiben und sich darin vermehren. Mit unendlichem Behagen schlenderte die Menschheit mit ihren kleinen Sorgen kreuz und quer auf dem Erdball umher, in gelassenem Vertrauen auf ihre Herrschaft über die Materie. Es ist möglich, daß die Infusorien unter der Lupe dasselbe tun. Niemand dachte daran, daß älteren Weltkörpern Gefahren für die Menschheit entspringen könnten. Jede Vorstellung, daß sie bewohnt sein könnten, wurde als unwahrscheinlich oder unmöglich aufgegeben. Es ist seltsam, sich heute der geistigen Verfassung jener vergangenen Tage zu entsinnen. Es kam höchstens vor, daß Erdenbewohner sich einbildeten, es könnten Wesen auf dem Mars leben, minderwertige vielleicht, jedenfalls aber solche, die eine irdische Forschungsreise freudig begrüßen würden. Aber jenseits des gähnenden Weltenraums blickten Geister, uns überlegen wie wir den Tieren, ungeheure, kalte und unheimliche Geister, mit neidischen Augen auf unsere Erde. Bedächtig und sicher schmiedeten sie ihre Pläne gegen uns. Und am Beginn des XX. Jahrhunderts kam die große Ernüchterung.

Der Planet Mars, ich brauche den Leser kaum daran zu erinnern, dreht sich in einer mittleren Entfernung von 140,000.000 Meilen * um die Sonne. Und er empfängt von ihr kaum halb soviel Licht und Wärme wie wir. Wenn die Nebularhypothese nur im geringsten richtig ist, muß er älter sein als unsere Erde, und lange, ehe unser Planet zu schmelzen aufgehört hatte, muß das Leben auf seiner Oberfläche bereits begonnen haben. Weil er kaum den siebten Teil des Volumens unserer Erde erreicht, muß seine Abkühlung bis zu der Temperatur, bei der Leben beginnen

* eine englische Meile = 1,61 km.

konnte, sich beschleunigt haben. Er besitzt Luft und Wasser und alles Nötige zur Erhaltung von Lebewesen.

Doch so eitel ist der Mensch und so verblendet durch seine Eitelkeit, daß bis zum Schluß des XIX. Jahrhunderts nicht ein einziger Schriftsteller jemals dem Gedanken nähertrat, daß dort geistiges Leben überhaupt oder sogar weit über das irdische Maß hinaus entstehen könnte. Auch wurde aus den Tatsachen, daß der Mars älter ist als unsere Erde, daß er nur den vierten Teil ihrer Oberfläche besitzt, und daß er weiter von der Sonne entfernt ist, nie der zwingende Schluß gezogen, daß er nicht nur von den Anfängen des Lebens entfernter, sondern auch dessen Ende näher ist.

Die allmähliche Abkühlung, die auch unserem Planeten bevorsteht, hat bei unserem Nachbarstern schon große Fortschritte gemacht. Seine physische Beschaffenheit ist im ganzen noch ein Geheimnis. Doch wissen wir jetzt, daß selbst in seinen äquatorialen Regionen die Mittagstemperatur kaum jene unseres kältesten Winters erreicht. Seine Luft ist viel dünner als die unsere, seine Meere sind so weit zurückgetreten, daß sie kaum mehr ein Drittel seiner Oberfläche bedecken, und während des langsamen Wechsels seiner Jahreszeiten bilden sich ungeheure Schneekoppen, die an jedem Pole schmelzen und seine gemäßigten Zonen periodisch überfluten. Jenes letzte Stadium der Erschöpfung, für uns noch so unglaublich entfernt, ist für die Marsbewohner eine Tagesfrage geworden. Der unmittelbare Druck der Not hat ihren Verstand geschärft, ihre Kräfte erhöht, ihre Herzen verhärtet. Und indem sie den Weltraum überblickten, sahen sie, ausgerüstet mit Werkzeugen und Geistesgaben, die wir uns kaum träumen lassen, in nächster Entfernung, nur 35,000.000 Meilen sonnenwärts, einen Morgenstern der Hoffnung: unseren eigenen, wärmeren Planeten, grün vor Vegetation, grau vor Wasser, mit einer wolkigen Atmosphäre, die Fruchtbarkeit andeutet und bei klarer Sicht den Blick auf breite Streifen bevölkerten Landes und schmale, dicht befahrene Seen freigibt.

Und wir Menschen, die diesen Stern bewohnen, müssen den anderen mindestens so fremdartig und niedrig erscheinen wie die Affen und Lemuren uns. Der intellektuelle Teil der Menschheit gibt bereits zu, daß das Leben ein unaufhörlicher Kampf ums Dasein ist; und es scheint, daß dieser Glaube auch von den Marsbewohnern geteilt wird. Auf ihrem Stern ist die Abkühlung schon weit vorgeschritten. Diese Welt ist noch voller Leben, aber in ihren Augen ist es nur minderwertiges, tierisches. Den Krieg sonnenwärts zu tragen, ist wirklich ihre einzige Rettung vor der Vernichtung, die von Geschlecht zu Geschlecht immer näher an sie heranschleicht.

Und bevor wir sie zu hart beurteilen, müssen wir uns erinnern, mit welcher schonungslosen und grausamen Vernichtung unsere eigene Gattung nicht nur gegen Tiere wie den verschwundenen Bison und den Dodo, sondern gegen unsere eigenen inferioren Rassen gewütet hat. Die Tasmanier wurden trotz ihrer Menschenähnlichkeit in einem von europäischen Einwanderern geführten Vernichtungskrieg binnen fünfzig Jahren völlig ausgerottet. Sind wir solche Apostel der Gnade, daß wir uns beklagen dürfen, wenn die Marsleute uns in demselben Geist bekriegen?

Die Marsleute scheinen ihren Angriff mit erstaunlicher Genauigkeit berechnet zu haben – ihre mathematischen Kenntnisse sind den unsrigen offenbar weit überlegen – und ihre Vorbereitungen trafen sie mit fast vollkommener Einmütigkeit. Hätten unsere Instrumente es erlaubt, so hätten wir die drohende Gefahr schon früh im XIX. Jahrhundert sehen können. Männer wie Schiaparelli beobachteten den roten Planeten – beiläufig bemerkt, ist es nicht seltsam, daß seit ungezählten Jahrhunderten Mars der Stern des Krieges gewesen ist? – aber sie waren außerstande, die schwankenden Erscheinungen zu erklären, die sie auf ihren Karten so genau verzeichneten. Während dieser ganzen Zeit müssen die Marsleute sich gerüstet haben.

Im Verlauf der Opposition von 1894 wurde auf dem erhellten Teil der Scheibe ein großes Licht wahrgenommen, zuerst im Lick-Observatorium, dann von Perrotin in Nizza, später auch von anderen Beobachtern. Englische Leser hörten zuerst davon in einer Nummer der ›Nature‹ vom 2. August. Ich bin der Ansicht, daß die Erscheinung der Reflex des in einer ungeheuren Vertiefung ihres Planeten angebrachten Geschützes war, aus dem ihre Geschosse auf uns gefeuert wurden. Sonderbare, noch unaufgeklärte Zeichen wurden in der Nähe jenes Ausbruchs während der nächsten zwei Oppositionen beobachtet.

Der Sturm brach vor sechs Jahren über uns los. Als der Mars sich der Opposition näherte, gab Lavelle in Java über die Drähte der astronomischen Mitteilungsstation die verblüffende Nachricht von einem ungeheuren Ausbruch weißglühenden Gases auf dem Planeten bekannt. Das hatte am 12. gegen Mitternacht stattgefunden. Das Spektroskop, zu dem er sich sofort begab, zeigte eine Masse flammenden Gases an, hauptsächlich Wasserstoff, das sich mit enormer Schnelligkeit auf die Erde zu bewegte. Dieser Feuerstrahl war ungefähr ein Viertel nach zwölf unsichtbar geworden. Er verglich ihn mit einem ungeheuren flammenden Gebläse, das plötzlich und gewaltsam aus dem Planeten hervorschoß »wie flammendes Gas aus einer Kanone«.

Das erwies sich als ein selten zutreffender Ausdruck. Doch am nächsten Tag las man kein Wort davon in den Zeitungen, nur eine kleine Notiz im ›Daily Telegraph‹. Die Welt verharrte in Ungewißheit über eine der größten Gefahren, die jemals das menschliche Geschlecht bedroht hat. Ich hätte von der Eruption überhaupt nichts gehört, wäre mir nicht der bekannte Astronom Ogilvy in Ottershaw begegnet. Ihn hatte die Nachricht ungemein erregt, und im Übermaß seiner Gefühle lud er mich ein, in jener Nacht mit ihm zusammen eine Prüfung des roten Planeten vorzunehmen.

Trotz allem, was ich seither erlebt habe, erinnere ich mich noch sehr genau jener Nachtwache: das schwarze, stille Observatorium, die beschattete Laterne, die einen schwachen Schimmer auf den Boden in der Ecke warf, das unausgesetzte Ticken des Uhrwerks am Teleskop, den länglichen Spalt im Dach, der den Blick auf das Sternenmeer freigab. Ogilvy schritt auf und nieder, nicht sichtbar, aber hörbar. Blickte man durch das Teleskop, dann gewahrte man einen tiefblauen Kreis und darin schwimmend den kleinen runden Planeten.

Dicht neben ihm im Gesichtsfeld, erinnere ich mich, waren drei kleine Lichtpunkte, drei teleskopische Sterne, unendlich fern, und um sie herum brütete die unergründliche Finsternis des leeren Weltraums. Man weiß, wie diese Finsternis in einer frostigen, sternhellen Nacht aussieht. Durch das Teleskop betrachtet scheint sie noch weit tiefer. Und unsichtbar für mich, weil es so fern und klein war, legte jenes Etwas eine unglaubliche Strecke zurück; schnell und stetig flog es auf mich zu, jede Minute um so viele Tausende von Meilen näher heran – jenes Etwas, das sie uns schickten und das so viel Kampf und Unheil und Tod über unsere Erde bringen sollte. Als ich so spähte, träumte ich nicht einmal davon; kein Mensch auf Erden träumte damals von jenem unfehlbaren Geschoß.

In dieser Nacht aber erfolgte ein zweiter Ausbruch von Gas auf dem fernen Planeten. Ich sah ihn. Ein rötlicher Blitz an der Kante, die Umrisse nur sehr schwach kenntlich, gerade, als der Chronometer Mitternacht schlug. Ich meldete es Ogilvy, und er nahm meinen Platz ein. Die Nacht war wärmer geworden und ich durstig. Mit ungeschickt ausgestreckten Beinen ertastete ich mir in der Dunkelheit den Weg zu dem kleinen Tisch, auf dem die Siphonflasche stand. Ogilvy geriet unterdessen über die Gasflammen, die auf uns zukamen, in laute Erregung.

In dieser Nacht nahm ein zweites unsichtbares Geschoß seinen Weg vom Mars zur Erde, bis auf ein oder zwei Sekunden genau vierundzwanzig Stunden nach dem ersten. Ich erinnere mich, wie ich dort an dem Tisch saß; grüne und rote Kreise flimmerten vor meinen Augen. Ich ärgerte mich, daß ich keine Streichhölzer hatte, um rauchen zu können, und dachte wenig über die Bedeutung des winzigen Lichtes nach, das ich gesehen hatte, und darüber, was es mir so bald bringen sollte. Ogilvy blieb bis ein Uhr auf der Warte, dann gab er es auf. Wir zündeten die Laterne an und gingen zu seinem Haus hinüber. Unten in der Dunkelheit lagen Ottershaw und Chertsey mit ihren vielen hundert friedlich schlummernden Menschen.

Ogilvy war in jener Nacht erfüllt von Mutmaßungen über die Beschaffenheit des Mars, und er machte sich über die landläufige Ansicht lustig, er könne Bewohner haben, die uns Zeichen geben. Er glaubte, daß ein heftiger Meteoritenschauer über dem Planeten niedergehe oder daß ein ungeheurer vulkanischer Ausbruch im Gange sei. Er machte mich auch darauf aufmerksam, wie unwahrscheinlich es sei, daß auf zwei benachbarten Planeten die organische Entwicklung denselben Verlauf genommen habe.

»Die Chancen gegen irgend etwas Menschenähnliches auf dem Mars sind eine Million zu eins«, sagte er.

Hunderte von Beobachtern sahen die Flamme in jener Nacht und in der Nacht darauf, um Mitternacht, und wieder in der Nacht darauf, und so fort zehn Nächte, jede Nacht eine Flamme. Warum die Schüsse nach der zehnten Nacht aufhörten, hat niemand auf Erden zu erklären versucht. Vielleicht wurden die Gase, die sich beim Abfeuern bildeten, den Marsleuten unangenehm. Dichte Wolken von Rauch oder Dunst, durch ein mächtiges Teleskop für die Erde als kleine graue, fluktuierende Flecken sichtbar, breiteten sich in der klaren Atmosphäre des Planeten aus und verdunkelten seine bekannteren Linien.

Selbst die Tageszeitungen nahmen schließlich von diesen Störungen Notiz. Populäre Aufsätze über die Vulkane des Mars tauchten auf; erst hier und da, dann überall. Ich erinnere mich, wie die satirische Zeitschrift ›Punch‹ in einer politischen Zeichnung glücklichen Gebrauch von ihnen machte. Aber unmerklich zogen die Geschosse, welche die Marsleute auf uns abgefeuert hatten, erdwärts und sausten jetzt mit einer Schnelligkeit von vielen Meilen durch den leeren Weltraum, Stunde um Stunde und Tag für Tag, näher und näher. Es scheint mir heute fast unglaublich seltsam, daß wir von dieser rasenden Gefahr bedroht unseren winzigen Geschäften nachgehen konnten, wie wir es damals taten. Ich entsinne mich noch, wie Markham jubelte, als er sich für die Illustrierte, die er in jenen Tagen herausgab, eine neue Photographie des Planeten gesichert hatte. Menschen von heutzutage können sich kaum die Unternehmungslust vorstellen, die im Zeitungswesen des XIX. Jahrhunderts herrschte. Was mich betraf, so war ich damals sehr damit beschäftigt, Radfahren zu lernen; überdies war ich für eine Anzahl von Zeitschriften tätig, in denen ich Untersuchungen über die wahrscheinliche Entwicklung moralischer Ideen bei fortschreitender Zivilisation veröffentlichte.

Eines Nachts (das erste Geschoß kann damals kaum 10,000.000 Meilen entfernt gewesen sein) machte ich mit meiner Frau einen Spaziergang. Es war sternenhell, und ich erklärte ihr die Zeichen des Tierkreises; ich zeigte ihr den Mars, einen kleinen Lichtpunkt, der sich zenitwärts bewegte und auf den so viele Teleskope gerichtet waren.

Es war eine warme Nacht. Auf unserem Heimweg zog eine Gesellschaft Ausflügler aus Chertsey oder Isleworth singend und musizierend an uns vorüber. Die Fenster in den oberen Stockwerken der Häuser wurden hell, als die Leute zu Bett gingen. Vom Bahnhof in der Ferne hörte man Züge rangieren, ein Klirren und Poltern, von der Entfernung fast zur Melodie gesänftigt. Meine Frau machte mich auf den Glanz der roten, grünen und gelben Signallichter aufmerksam, die wie in einem Netzwerk gegen den Horizont hingen. So sicher schien alles, so ruhig.

2. Die Sternschnuppe

Dann kam die Nacht des ersten fallenden Sterns. Er war früh am Morgen gesehen worden, wie er über Winchester hin ostwärts schoß, eine Flammenlinie hoch in der Atmosphäre. Hunderte müssen ihn gesehen und für eine gewöhnliche Sternschnuppe gehalten haben. Albin machte auf einen grünlichen Strich hinter ihm aufmerksam, der einige Sekunden lang geglüht habe. Denning, unsere größte Autorität für Meteoriten, stellte fest, daß die Höhe seiner ersten Erscheinung ungefähr 90 oder 100 Meilen betrug. Er glaubte, daß er ungefähr 100 Meilen östlich von ihm zur Erde gefallen sei.

Ich befand mich damals gerade zu Hause und schrieb in meinem Studierzimmer. Und obwohl meine Flügelfenster gegen Ottershaw blickten und die Vorhänge aufgezogen waren (in jenen Tagen liebte ich es, den nächtlichen Himmel zu betrachten), sah ich doch nichts davon. Und doch muß dieses seltsamste aller Dinge, das je aus fremden Sphären auf die Erde fiel, gerade niedergegangen sein, während ich dort saß. Und hätte ich nur aufgeblickt, ich hätte es vorbeifliegen sehen können. Manche, die es sahen, behaupten, daß sein Flug von einem zischenden Geräusch begleitet war. Ich selbst vernahm nichts. Viele Leute in Berkshire, Surrey und Middlesex müssen es fallen gesehen haben, und sie werden es bestenfalls für einen Meteoriten gehalten haben. Niemand scheint sich in jener Nacht die Mühe genommen zu haben, nach der gefallenen Masse zu suchen.

Aber sehr früh am Morgen des nächsten Tages erhob sich der arme Ogilvy, der die Sternschnuppe gesehen hatte. Er war überzeugt, daß irgendwo auf der Gemeindeweide zwischen Horsell, Ottershaw und Woking ein Meteorit liegen mußte, und ging fort in der Absicht, ihn zu suchen. Wirklich fand er ihn bald nach der Dämmerung nicht weit von den Sandgruben. Durch den Einschlag des Projektils war ein ungeheures Loch entstanden. Sand und Kiesel waren mit großer Wucht in allen Richtungen über die Heide geschleudert und hatten Haufen gebildet, die anderthalb Meilen weit sichtbar waren. Östlich stand das Heidekraut in Feuer, und ein dünner blauer Rauch stieg in der Dämmerung auf.

Das Ding selbst lag fast ganz in Sand begraben zwischen den verstreuten Splittern einer Tanne, die es im Niedersausen zerschmettert hatte. Der freiliegende Teil sah wie ein riesiger Zylinder aus, der vollständig von einer dicken, schuppigen, dunkelbraunen Kruste bedeckt war, die seine Konturen verwischte. Er hatte einen Durchmesser von ungefähr dreißig Yards*. Ogilvy trat an die Masse heran, überrascht von ihrer Größe und mehr noch von ihrer Gestalt, da die meisten Meteoriten mehr oder weniger abgerundet sind. Von seinem Fluge durch die Luft war der Körper aber noch so heiß, daß es unmöglich war, näher

* 1 engl. Yard = 91 Zentimeter.

heranzukommen. Ein surrendes Geräusch im Inneren des Zylinders schrieb er der ungleichmäßigen Abkühlung der Oberfläche zu; denn er kam noch nicht auf die Idee, daß der Zylinder hohl sein könne.

Er blieb am Rand des Kraters stehen, den der Körper sich gegraben hatte und starrte die seltsame Erscheinung an, verblüfft vor allem über die ungewöhnliche Form und Farbe. Der Gedanke, daß diese Erscheinung vielleicht kein Zufall sei, kam schon jetzt leise in ihm auf. Der frühe Morgen war wunderbar still, und die Sonne, die gerade auf die Fichten vor Weybridge schien, war schon warm. Er erinnerte sich nicht, an jenem Morgen Vögel gehört zu haben, kein Lüftchen regte sich. Der einzige Laut kam von den schwachen Bewegungen aus dem Inneren des glimmenden Zylinders. Er war ganz allein auf der Heide.

Da plötzlich bemerkte er, unwillkürlich zurückschreckend, wie ein Stück der grauen, aschenartigen Kruste, die den Meteoriten bedeckte, sich von der kreisrunden Kante des Endes loslöste. Sie fiel in Flocken ab und rieselte auf den Sand. Plötzlich sprang ein großes Stück ab und fiel mit einem so scharfen Klang zur Erde, daß ihm fast das Herz stockte.

Eine Minute lang konnte er kaum begreifen, was das zu bedeuten hatte. Und obwohl die Hitze übermäßig groß war, kletterte er in den Krater hinab dicht an den Klumpen heran, um ihn näher zu betrachten. Selbst dann noch glaubte er, daß auch dies sich mit der Abkühlung des Körpers erklären lasse. Aber mit dieser Annahme war nicht vereinbar, daß die Asche nur von dem Ende des Zylinders abfiel.

Und da bemerkte er, daß der kreisförmige Schlußteil des Zylinders sich sehr langsam um seine Achse drehte. Es war eine so allmähliche Bewegung, daß er sie nur deshalb erkannte, weil ein schwarzer Strich, der noch vor fünf Minuten in seiner Nähe sichtbar war, jetzt auf der anderen Seite der Scheibe stand. Selbst jetzt verstand er kaum, was das zu bedeuten hatte, als er einen gedämpften, kratzenden Laut hörte und zugleich sah, wie der schwarze Strich sich um etwa einen Zoll vorwärts bewegte. Da überkam es ihn wie ein Blitz. Der Zylinder war künstlich – hohl – mit einem Ende, das sich abschraubte! Etwas im Inneren des Zylinders schraubte den Schlußteil ab!

»Großer Gott!« rief Ogilvy, »da innen ist ein Mensch – da innen sind Menschen! Halb zu Tode geröstet! Die zu entrinnen suchen!«

Und auf einmal, mit einem raschen Gedankensprung, verband er die Erscheinung mit dem Lichtblitz auf dem Mars.

Der Gedanke an das eingeschlossene Geschöpf war ihm so furchtbar, daß er die Hitze vergaß und an den Zylinder heranstürzte, um die Drehung zu beschleunigen. Zum Glück aber hielt ihn die langsame Ausstrahlung davon ab, sich an dem noch glühenden Metall die Hände zu verbrennen. Einen Augenblick stand er unschlüssig da, dann wandte er sich um, kletterte aus dem Krater heraus und lief Hals über Kopf nach Woking. Es mochte damals etwa sechs Uhr gewesen sein. Er begegnete einem Fuhrmann und versuchte, ihm sein Erlebnis begreiflich zu machen. Aber was er berichtete, dazu sein Aufzug, das war alles so wüst – seinen Hut hatte er in dem Krater verloren –, daß der Mann einfach weiterfuhr. Ganz denselben Mißerfolg hatte er bei einem Wirt in der Nähe der Horsell Bridge, der eben die Tür seiner Schenke aufschloß. Der Mann hielt ihn für einen entsprungenen Irrsinnigen und machte einen erfolglosen Versuch, ihn in der Schankstube einzuschließen. Das ernüchterte ihn ein wenig, und als er Henderson, den Londoner Journalisten, in seinem Garten sah, rief er ihn an den Gartenzaun heran und versuchte nun, sich verständlich zu machen.

»Henderson«, rief er, »Sie haben wohl die Sternschnuppe vorige Nacht gesehen?«

»Nun?« sagte Henderson.

»Sie liegt jetzt draußen auf der Horsell-Weide.«

»Donnerwetter!« rief Henderson. »Ein gefallener Meteorstein! Nicht übel!«

»Aber es ist etwas mehr als ein Meteorstein. Es ist ein Zylinder – ein künstlicher Zylinder, Mann! Und es ist etwas innen im Zylinder.«

Henderson, den Spaten in der Hand, neigte sich etwas vor.

»Was sagen Sie da?« fragte er. Er war auf einem Ohr taub.

Ogilvy erzählte ihm nun alles, was er gesehen hatte. Henderson bedurfte etwa einer Minute, um es zu erfassen. Dann ließ er seinen Spaten fallen, griff nach seinem Rock und kam auf die Straße hinaus. Beide eilten nun sofort auf die Weide zurück und fanden den Zylinder noch in derselben Lage. Das Geräusch in seinem Innern aber hatte aufgehört, und ein schmaler Reif glänzenden Metalls zeigte sich zwischen dem Schlußteil und dem Körper des Zylinders. An dieser Stelle drang die Luft mit einem schwachen, zischenden Laut entweder hinein oder heraus.

Die Männer lauschten, dann schlugen sie mit dem Stock auf die Kruste. Da keine Antwort kam, schlossen sie beide, daß der Mensch oder die Leute im Innern bewußtlos oder tot seien.

Beide waren natürlich außerstande, etwas zu tun. Sie schrien den Eingeschlossenen einige Trostesworte und Versprechungen zu und kehrten zur Stadt zurück, um Hilfe zu holen. Es läßt sich denken, wie sie aussahen, bedeckt mit Staub, verstört und unordentlich, wie sie im hellen Sonnenlicht die kleine Straße entlangeilten, gerade als die Ladenbesitzer ihre Türen aufschlossen und die Leute ihre Schlafzimmerfenster öffneten. Henderson eilte sofort ins Stationsgebäude, um die Nachricht nach London zu telegraphieren. Die Zeitungsartikel hatten die Leute schon vorbereitet und sie für diese Nachricht empfänglich gemacht.

Um acht Uhr war schon eine Anzahl Knaben und unbeschäftigter Leute nach der Weide aufgebrochen, um »die toten Männer vom Mars« zu besichtigen. Das war die Form, in der die Nachricht sich verbreitete. Ich hörte zuerst davon durch meinen Zeitungsjungen, als ich ausging, um mir meinen ›Daily Chronicle‹ zu holen. Ich war natürlich aufs äußerste überrascht und verlor keinen Augenblick, um mich über die Brücke von Ottershaw zu dem Sandhügel zu begeben.

3. Auf der Horsell-Weide

Ich fand eine kleine Ansammlung von etwa zwanzig Personen, die sich um den Krater scharten, in dem der Zylinder lag. Die Gestalt des ungeheuren im Boden vergrabenen Körpers habe ich bereits beschrieben. Die Erde und die Sandmassen um ihn herum waren verkohlt wie durch eine plötzliche Explosion. Ohne Zweifel hatte das Einschlagen des Körpers eine Stichflamme verursacht. Henderson und Ogilvy waren nicht dort. Ich vermute, sie wußten, daß sich im Augenblick nichts tun ließ, und waren zu Henderson gegangen, um zu frühstücken.

Vier oder fünf Knaben hatten sich an den Rand des Kraters gesetzt, schlenkerten mit den Beinen und unterhielten sich damit, den riesigen Bau mit Steinen zu bewerfen, bis ich ihnen das Handwerk legte. Nachdem ich mit ihnen darüber gesprochen hatte, begannen sie um die Gruppe der Umstehenden herum ein Fangspiel.

Unter den Leuten bemerkte ich zwei Radfahrer, einen Gartenarbeiter, den ich zuweilen beschäftigte, den Fleischer Gregg und seinen kleinen Sohn, ein Mädchen, das ein Kind trug, und zwei oder drei Müßiggänger und Eckensteher, die gewöhnlich in der Nähe des Bahnhofs umherlungerten. Es wurde sehr wenig gesprochen. In den niederen Ständen Englands hatten nur wenige Menschen in jenen Tagen mehr als sehr schwache astronomische Vorstellungen. Die meisten starrten nur schweigend das große, tischartige Ende des Zylinders an, das noch genauso war, wie es Henderson und Ogilvy verlassen hatten. Ich glaube, daß die allgemeine Erwartung der Leute, einen Haufen verkohlter Leichen zu finden, beim Anblick dieser unbelebten Masse enttäuscht wurde. Einige Personen gingen fort, während ich dort war, andere kamen. Ich kletterte in die Grube, und es war mir, als hörte ich unter meinen Füßen eine schwache Bewegung. Der Verschluß hatte jedenfalls aufgehört sich zu drehen.

Erst als ich so nahe an den Körper herangetreten war, sprang mir die Fremdartigkeit seiner Erscheinung in die Augen. Auf den ersten Blick hatte er wirklich nichts Auffallenderes an sich als ein umgeworfener Wagen oder ein gefällter Baum, der den Weg versperrt. Allerdings nicht ganz so. Mehr als irgend etwas anderem glich er einem rostigen, halbvergrabenen Gasrohr. Es bedurfte schon einer gewissen wissenschaftlichen Bildung, um zu bemerken, daß die graue Kruste auf dem Körper kein gewöhnliches Oxyd war, daß das gelblichweiße Metall, das auf der Spalte zwischen dem Deckel und dem Zylinder glänzte, einen fremdartigen Farbton besaß. Der Begriff ›außerirdisch‹ hatte für die meisten Zuschauer keine Bedeutung.

Damals war ich schon fest davon überzeugt, daß der Gegenstand vom Planeten Mars gekommen war. Aber ich hielt es für unwahrscheinlich, daß er lebende Wesen enthielt. Ich hielt die Schraubenbewegung für automatisch. Trotz Ogilvys Ansicht glaubte ich aber immer noch, daß es Lebewesen auf dem Mars gebe. Schon spielte ich mit dem Gedanken, daß der Körper Handschriften enthalten könne; ich malte mir die Schwierigkeiten aus, die sich bei ihrer Übersetzung ergeben würden, ich hoffte auf Münzen und Modelle und so fort. Aber das Ding war doch ein wenig zu groß, um mir die Richtigkeit meiner Vorstellungen zu verbürgen. Ich empfand eine lebhafte Ungeduld, es geöffnet zu sehen. Um elf Uhr etwa, als sich nichts weiter ereignete, kehrte ich, voll von solchen Gedanken, zu meinem Haus in Maybury zurück. Aber es fiel mir schwer, mit meinen abstrakten Untersuchungen weiterzukommen.

Am Nachmittag hatte sich das Aussehen der Weide sehr verändert. Die frühen Ausgaben der Abendblätter hatten mit riesigen Schlagzeilen wie

›Eine Botschaft vom Mars‹

›Merkwürdiger Bericht aus Woking‹

und so weiter ganz London aufgeschreckt. Dazu noch Ogilvys Telegramme an die astronomische Mitteilungsstation, die alle Sternwarten in den drei Königreichen in Aufregung versetzt hatten.

Ein halbes Dutzend oder mehr Flys* vom Wokinger Bahnhof standen auf der Straße bei den Sandhügeln, dazu ein Korbwagen von Chobham und eine ziemlich vornehm aussehende Privatkutsche. Außerdem sah man eine Unzahl von Fahrrädern. Eine große Menschenmenge mußte überdies trotz der Hitze jenes Tages von Woking und Chertsey zu Fuß hergewandert sein. Alles in allem eine beträchtliche Ansammlung – darunter auch einige hellgekleidete Damen.

Es war glühend heiß, nicht ein Wölkchen am Himmel, kein Lüftchen wehte, einige Fichten spendeten den einzigen Schatten. Das brennende Heidekraut war gelöscht worden, aber die Ebene bis Ottershaw war geschwärzt, soweit das Auge reichte, und senkrechte Rauchsäulen stiegen immer noch auf. Ein unternehmender Obsthändler in der Chobham Road hatte seinen Sohn mit einer Wagenladung grüner Äpfel und Ingwerbier heraufgeschickt.

Als ich zum Rand der Grube kam, fand ich sie von einer Gruppe von Männern, etwa einem halben Dutzend, besetzt – Henderson, Ogilvy und einem großen blondhaarigen Mann (wie ich später hörte, war es Mr. Stent von der Königlichen Astronomischen Gesellschaft) mit einigen Arbeitern, die Spaten und Beile schwangen. Stent gab seine Befehle in einer klaren, hohen Stimme. Er stand auf dem Zylinder, der jetzt offenbar viel kühler war. Sein Gesicht war dunkelrot und der Schweiß floß ihm in Strömen herab. Es schien ihn etwas irritiert zu haben.

Ein großer Teil des Zylinders war nun bloßgelegt, obwohl das untere Ende noch eingebettet lag. Sobald Ogilvy mich unter dem gaffenden Haufen am Rand der Grube bemerkte, rief er mir zu hinabzukommen und fragte mich, ob ich zum Gutsherrn Lord Hilton hinübergehen wolle.

* Kleine einspännige Miet-Eilwagen.

Die wachsende Menschenmenge, sagte er, sei ein ernstliches Hindernis, das sich ihren Ausgrabungen entgegenstelle, besonders die Knaben. Es müsse ein leichtes Geländer aufgestellt werden, um die Leute zurückzudrängen. Er erzählte mir, daß im Innern des Körpers gelegentlich noch eine leise Bewegung zu hören sei, daß es aber den Arbeitern nicht gelungen wäre, den Schlußteil abzuschrauben, da kein Griff vorhanden sei. Der Körper schien ungeheuer dicke Wände zu haben, und es war möglich, daß die schwachen Laute, die wir vernahmen, von einem lärmenden Tumult im Innern herrührten.

Ich war mit Freuden bereit, seinen Wunsch zu erfüllen, und dadurch einer der bevorzugten Zuschauer innerhalb der geplanten Umzäunung zu werden. Leider traf ich Lord Hilton nicht zu Hause an, man teilte mir aber mit, daß er mit dem Sechsuhrzug aus London erwartet werde. Da es erst ungefähr Viertel nach fünf war, ging ich noch nach Hause, trank Tee und ging dann zum Bahnhof, um ihn unterwegs aufzuhalten.

4. Der Zylinder öffnet sich

Als ich auf die Weide zurückkehrte, ging die Sonne gerade unter. Zerstreute Gruppen Neugieriger eilten aus der Richtung von Woking heran, und einige Leute kehrten zurück. Die Menge um die Grube war angewachsen und hob sich schwarz von dem Zitronengelb des Himmels ab. Es mochten etwa zweihundert Personen sein. Einige laute Stimmen waren vernehmbar und eine Art Kampf schien sich bei der Grube entsponnen zu haben. Die seltsamsten Vorstellungen kreuzten sich in meinem Kopf. Als ich näher kam, hörte ich Stents Stimme.

»Zurück! Zurück!«

Ein Knabe kam auf mich zugelaufen.

»Es bewegt sich!« rief er mir im Vorübereilen zu, »es dreht sich, und dreht sich auf. Das gefällt mir nicht. Da gehe ich lieber nach Hause!«

Ich kam näher zur Menge heran. Es mochten in Wirklichkeit zwei- bis dreihundert Leute sein, die sich gegenseitig pufften und stießen. Jeder suchte sich vorzuschieben und die anderen zurückzudrängen. Die wenigen Damen, die zugegen waren, blieben dabei nicht am wenigsten zurück.

»Er ist in die Grube gefallen!« rief einer.

»Zurück!« schrieen andere.

Der Haufe schwankte ein wenig, und ich arbeitete mich mit den Ellbogen durch. Alle schienen in höchster Aufregung zu sein. Aus der Grube heraus scholl ein eigentümliches summendes Geräusch.

»Ich bitte Sie!« rief Ogilvy, »helfen Sie mir, diese Narren zurückzudrängen. Wir wissen ja noch nicht, was in diesem verwünschten Ding steckt!«

Ich sah einen jungen Mann (ich glaube, es war ein Kommis aus Woking) auf dem Zylinder stehen und sich bemühen, wieder aus dem Krater herauszukriechen. Die Menge hatte ihn hineingestoßen.

Der Schlußteil des Zylinders wurde von innen heraus aufgeschraubt. Schon waren nahezu zwei Fuß der glänzenden Schraube sichtbar. Jemand stieß mich unversehens von rückwärts, und ich entging nur mit genauer Not der Gefahr, auf das Schraubenende zu stürzen. Ich wandte mich um, und in diesem Augenblick muß die Schraube herausgekommen sein. Der Deckel des Zylinders schlug dröhnend auf den Kieselboden auf. Ich stieß meine Ellbogen gegen jemand hinter mir und wandte mich wieder dem Koloß zu. Einen Augenblick lang schien die kreisrunde Öffnung völlig schwarz. Der Glanz der sinkenden Sonne blendete meine Augen.

Ich glaube, jedermann erwartete einen Menschen auftauchen zu sehen – wahrscheinlich ein wenig von uns irdischen Menschen unterschieden, aber im wesentlichen doch einen Menschen. Ich wenigstens erwartete es. Aber als ich genauer hinsah, bemerkte ich plötzlich, wie sich im Schatten etwas rührte, grau, in wellenförmigen Bewegungen, eines über dem andern. Und dann gewahrte ich zwei glühende Scheiben wie Augen. Dann löste sich etwas, das einer kleinen grauen Schlange glich, etwa in der Stärke eines Spazierstockes, aus der sich windenden Masse los und schlängelte sich in der Luft gegen mich – und dann ein zweites.

Mich durchfröstelte es plötzlich. Hinter mir hörte ich eine Frau laut kreischen. Ich drehte mich halb um, meine Blicke unverwandt auf den Zylinder geheftet, aus dem immer neue Fühler sich herauswanden. Dann begann ich, mir einen Weg vom Rand der Grube zurückzubahnen. Ich sah, wie sich das Erstaunen in den Gesichtern der Leute in Entsetzen verwandelte. Von allen Seiten hörte ich wilde Schreie und Ausrufe. Ein allgemeines Zurückdrängen begann. Ich sah, wie der Kommis sich noch immer abmühte, aus der Grube herauszukommen. Dann sah ich mich allein und bemerkte, wie die Leute auf der anderen Seite der Grube flüchteten, unter ihnen Mr. Stent. Ich wandte mich wieder dem Zylinder zu, und ein unbändiger Schrecken ergriff mich. Wie versteinert stand ich da und starrte.

Ein großer, grauer, gedrungener Körper, ungefähr von der Größe eines Bären, erhob sich langsam und schwerfällig aus dem Zylinder. Als er sich aufrichtete und vom Licht beschienen wurde, glitzerte er wie nasses Leder. Mit seinen zwei großen, dunkelgefärbten Augen blickte das Geschöpf mich unverwandt an. Es hatte unter den Augen einen Mund, dessen Rand unausgesetzt zitterte und von Speichel troff. Der Rumpf hob und senkte sich unter heftigem Keuchen. Ein schlankes fühlerartiges Anhängsel hielt den Rand des Zylinders umklammert, ein anderes schlängelte sich in der Luft.

Wer nie einen lebenden Marsbewohner gesehen hat, wird sich die grauenvolle Häßlichkeit seiner Erscheinung kaum vorstellen können. Der seltsame V-förmige Mund mit seiner zugespitzten Oberlippe, die fehlenden Augenbrauen, das fehlende Kinn unter der keilförmigen Unterlippe, das unaufhörliche Zittern des Mundes, die gorgonenartige Gruppe der Fühler, das geräuschvolle Atmen der Lungen in dieser fremden Atmosphäre, die augenfällige Schwerfälligkeit und Mühseligkeit der Bewegungen (ohne Zweifel eine Folge der größeren Anziehungskraft der Erde), vor allem aber die außergewöhnliche Intensität ihrer ungeheuren Augen – das alles zusammen verursachte eine Übelkeit, als ob man seekrank würde. Es war etwas Schwammiges in ihrer öligen braunen Haut, und in der plumpen Bedächtigkeit ihrer schwerfälligen Bewegungen lag etwas unbeschreiblich Erschreckendes. Schon bei dieser ersten Begegnung, bei diesem ersten Anblick wurde ich von Abscheu und Grauen überwältigt.

Plötzlich verschwand das Ungetüm. Es war über den Rand des Zylinders getaumelt und in die Grube gefallen, wo es aufschlug, als fiele eine große Menge Leders zur Erde. Ich hörte es einen seltsamen, dumpfen Schrei ausstoßen, und in demselben Augenblick erschien ein zweites dieser Geschöpfe in dem tiefen Schatten der Öffnung.

Bei diesem Anblick verließ mich die Erstarrung, die der erste Schreck hervorgerufen hatte. Ich kehrte mich um und rannte wie besessen bis zur nächsten Baumgruppe, die etwa hundert Yards entfernt war. Aber ich lief kreuz und quer und stolperte alle Augenblicke, denn ich brachte es nicht über mich, meine Augen von jenen Vorgängen abzuwenden.

Zwischen einigen jungen Fichten und Ginsterbüschen machte ich keuchend halt, um die weitere Entwicklung der Dinge abzuwarten. Die Weide rings um die Sandhügel war mit Leuten besät, die wie ich trotz des Grauens fasziniert dastanden und auf jene Geschöpfe oder vielmehr auf die Steinhaufen am Kraterrand starrten. Dann sah ich mit erneutem Entsetzen einen runden schwarzen Gegenstand, der an diesem Rand bald auftauchte, bald verschwand. Es war der Kopf jenes Kommis', der in die Grube gefallen war; er hob sich wie ein kleiner schwarzer Gegenstand vom glühenden Abendhimmel ab. Jetzt brachte er Schultern und Knie herauf und wieder schien er zurückzugleiten, bis nur noch sein Kopf sichtbar war. Plötzlich verschwand auch dieser, und mir war, als hätte ein schwacher Schrei mich erreicht. Ich hatte einen Augenblick den Impuls, zurückzugehen und ihm zu helfen. Aber meine Furcht behielt die Oberhand.

Jetzt war nichts mehr zu sehen, da alles von der tiefen Grube und den Sandhaufen, die der Zylinder beim Aufprall gebildet hatte, verdeckt war. Wer jetzt die Straße entlang von Chobham oder Woking gekommen wäre, den hätte das Schauspiel, das sich ihm bot, in Erstaunen gesetzt: eine verstreute Menge von etwa hundert oder mehr Leuten, in einem großen unregelmäßigen Kreis in Mulden, hinter Büschen, hinter Zäunen und Hecken stehend, kaum zueinander redend, und dann nur in kurzen erregten Rufen, und unablässig auf einige Sandhaufen starrend. Der Karren mit dem Ingwerbier, ein seltsames Überbleibsel, stach schwarz von dem glühenden Abendhimmel ab. Bei den Sandgruben stand eine Reihe verlassener Fuhrwerke, deren Pferde aus Hafersäcken fraßen oder ungeduldig den Boden aufscharrten.

5. Der Hitzstrahl

Nach dem Blick auf die Marsleute, wie sie aus dem Zylinder, in dem sie von ihrem Planeten auf die Erde gekommen waren, hervorkrochen, war ich wie von einem Zauber gelähmt. Ich verharrte knietief im Heidekraut und starrte auf die Sandhügel, die sie verbargen. In mir tobte ein Kampf zwischen Angst und Neugierde.

Ich wagte nicht, zur Grube zurückzugehen; aber ich wünschte

leidenschaftlich, einen Blick hineinzuwerfen. Ich begann daher in einem weiten Bogen herumzugehen, um einen geeigneten Aussichtspunkt zu finden, dabei aber behielt ich fortwährend die Sandhaufen im Auge, die jene merkwürdigen Ankömmlinge auf unserer Erde meinen Blicken entzogen. Auf einmal zuckte ein Gewirr dünner schwarzer Peitschen, wie Arme eines Polypen, vor dem Sonnenuntergang auf, um sofort wieder zu verschwinden. Dann kam schubweise ein dünner Stab hoch, an seiner Spitze eine kreisrunde Scheibe, die sich in schwerfälliger Bewegung drehte. Was konnte dort vorgehen?

Die meisten Zuschauer hatten sich in zwei Gruppen gesammelt – ein kleiner Menschenhaufen stand gegen Woking zu und ein Knäuel von Leuten in der Richtung nach Chobham. Offenbar waren die Leute in demselben seelischen Zwiespalt wie ich. Nur wenige waren ganz in meiner Nähe. In einem Mann erkannte ich einen meiner Nachbarn, obwohl ich seinen Namen nicht wußte. Ich trat auf ihn zu und redete ihn an. Es war aber kaum ein günstiger Augenblick für eine vernünftige Unterhaltung.

»Was für scheußliche Tiere!« sagte er. »Herrgott! was für scheußliche Tiere!« Er wiederholte das immer wieder.

»Haben Sie einen Menschen in der Grube gesehen?« fragte ich ihn; aber er gab mir keine Antwort. Wir schwiegen und standen eine Zeitlang beobachtend nebeneinander und empfingen, glaube ich, einen gewissen Trost aus unserer Gesellschaft. Dann verlegte ich meinen Aussichtspunkt auf einen kleinen, etwas höheren Erdhügel. Als ich mich nach meinem Nachbarn umwandte, sah ich ihn schon nach Woking zurückkehren.

Der Sonnenuntergang verblich allmählich zum Zwielicht, und noch ereignete sich nichts. Die Menge in der Ferne links gegen Woking schien zu wachsen, und ich vernahm ein schwaches Gemurmel. Der kleine Menschenknäuel vor Chobham zerstreute sich. Bei der Grube war kaum ein Anzeichen einer Bewegung wahrzunehmen.

Mehr als alles andere gab das den Leuten ihren Mut zurück. Und ich denke, daß auch die Neuankömmlinge aus Woking dazu beitrugen, wieder eine zuversichtlichere Stimmung zu wecken. Jedenfalls machte sich, als die Dunkelheit hereinbrach, eine langsame, bisweilen unterbrochene Bewegung auf den Sandhaufen zu bemerkbar, die um so mehr an Kraft zu gewinnen schien, als die Stille des Abends rings um den Zylinder ungebrochen blieb. Aufrechte schwarze Gestalten in Zweier- und Dreiergruppen wagten sich vor, machten halt, spähten vorsichtig aus und schoben sich wieder vor. In einem sehr gelichteten, unregelmäßigen Halbkreis suchten die Leute den Krater zu umzingeln. Auch ich begann langsam darauf zuzugehen.

Dann sah ich, wie einige Fuhrleute und andere sich keck in die Sandgruben vorwagten. Ich hörte das Klappern der Hufe und das Knirschen der Räder. Ich sah, wie ein junger Bursche den Karren mit Äpfeln fortzog. Und dann bemerkte ich etwa dreißig Yards von der Grube, aus der Richtung von Horsell kommend, eine kleine schwarze Gruppe von Männern, deren vorderster eine weiße Fahne schwang.

Das war die Deputation. Es hatte eine hastige Beratung stattgefunden; und da die Marsleute trotz ihrer abstoßenden Gestalt intelligente Geschöpfe zu sein schienen, war beschlossen worden, durch Zeichen, mit denen man sich ihnen näherte, ihnen zu zeigen, daß auch wir intelligent seien.

Ich sah die Fahne hin- und herflattern, erst nach rechts, dann nach links. Ich stand zu weit entfernt, um jemand zu erkennen. Doch später erfuhr ich, daß Ogilvy, Stent und Henderson unter andern diesen Verständigungsversuch unternehmen wollten. Diese kleine Gruppe hatte den nun fast vollständigen Kreis von Leuten in eine sozusagen schleifenartige Linie verwandelt. Eine Anzahl dünner schwarzer Gestalten folgte ihr in angemessener Entfernung.

Plötzlich flammte ein Lichtstrahl auf, und eine Menge leuchtenden, grünlichen Rauches schoß in drei deutlich sichtbaren Stößen aus der Grube; eine Rauchsäule nach der andern fuhr kerzengerade in die windstille Luft empor.

Dieser Rauch – Flamme wäre vielleicht die zutreffendere Bezeichnung – war so strahlend hell, daß der tiefblaue Himmel und die undeutlichen Strecken braunen Heidelandes vor Chertsey, die mit schwarzen Fichten bepflanzt waren, sich plötzlich zu verdüstern schienen, als die Stöße sich erhoben, und nur noch düsterer wurden, als sich der Rauch verzogen hatte. Gleichzeitig hörte man einen schwachen zischenden Laut.

Jenseits der Grube stand der kleine Menschenhaufen mit der weißen Fahne an der Spitze bei diesem Anblick still – ein kleiner Knäuel aufrechter, schwarzer Gestalten auf dem schwarzen Boden. Als der grüne Rauch aufstieg, flammten ihre Gesichter in einem fahlen Grün, das verblaßte, sobald jener verschwand.

Da ging das Zischen allmählich in ein Summen über, in ein langes, lautes, surrendes Geräusch. Langsam erhob sich eine unförmige Gestalt aus der Grube, und ein winziger Lichtstrahl schien aus ihr hervorzuflackern.

Plötzlich fuhren wirkliche Flammen aus der zersprengten Menschengruppe hervor. In glänzenden Schwaden sprang es von einem zum andern. Es war, wie wenn ein unsichtbarer Feuerstrahl in sie gefahren sei und nun in einer weißen Flamme ausbräche. Es war, als ob jeder einzelne plötzlich in Feuer verwandelt worden wäre.

Dann sah ich beim Lichte ihrer eigenen Vernichtung, wie sie taumelten und fielen und wie die, welche sie stützten, sich zur Flucht wandten.

Ich stand da und starrte und faßte es noch nicht, daß das der Tod war, der in jener fernen kleinen Menschenmenge von Mann zu Mann raste. Daß dort etwas Seltsames vorging, war alles, was ich empfand. Ein fast lautloser und blendender Blitz – und ein Mann stürzte der Länge nach hin und blieb regungslos liegen. Wie das unsichtbare Hitzegeschoß über sie fuhr, gingen die Fichten in Flammen auf, und jeder dürre Ginsterbusch verwandelte sich knisternd in einen Feuerherd. In weiter Ferne gegen Knaphill zu sah ich Bäume und Hecken in Flammen und bemerkte, wie die Holzbauten plötzlich lichterloh brannten.

Er fuhr pfeilschnell und stetig ringsherum, dieser flammende Tod, dieses unsichtbare und unerbittliche Feuerschwert. An den glühenden Büschen sah ich ihn auch an mich herankommen; aber ich war zu verwirrt und zu betäubt, um mich von der Stelle zu rühren. Ich hörte das Knistern des Feuers in den Sandgruben und den plötzlichen Schrei eines Pferdes, der aber ebenso plötzlich verstummte. Dann war es mir, als ob ein unsichtbarer, aber glühend heißer Finger auf der Heide zwischen mir und den Marsleuten eine Linie zöge; überall in gekrümmter Linie um die Sandgruben herum rauchte und knisterte der tiefschwarze Boden. In weiter Ferne, wo die Straße von der Station Woking links ins Heideland führte, stürzte etwas mit lautem Krach zusammen. Sofort verstummte das Zischen und Summen, und der schwarze, kesselförmige Gegenstand sank, den Blicken entschwindend, langsam in die Grube.

Alles das war mit einer solchen Schnelligkeit vor sich gegangen, daß ich regungslos stehenblieb, erstarrt und geblendet von den Flammenblitzen. Hätte der Tod in vollem Umkreis die Runde gemacht, ich wäre rettungslos mitten in meiner Betäubung getötet worden. Aber er ging vorüber und schonte mich und ließ mich plötzlich in der dunklen und unheimlichen Nacht zurück.

Es war auf einmal völlig menschenleer. Mir zu Häupten tauchten nach und nach die Sterne auf, und am westlichen Himmel stand noch ein blasser, schimmernder, fast grünlichblauer Streifen. Die Wipfel der Fichten und die Dächer von Horsell kamen scharf und schwarz im westlichen Widerschein heraus. Die Marsleute und ihre Gerätschaften waren vollkommen unsichtbar. Nur die dünne Stange, an deren Spitze die rastlose Spiegelscheibe sich drehte, blieb stehen. Ein paar Büsche und einzeln stehende Bäume glühten und rauchten noch immer. Und von den Häusern vor Woking stiegen noch Feuersäulen in die Stille der Abendluft auf.

Sonst hatte sich nichts geändert. Nur diese furchtbare Erschütterung! Die kleine Gruppe schwarzer Punkte mit der weißen Flagge war wie vom Erdboden weggefegt, und die Stille des Abends, so schien es mir, war kaum gebrochen worden.

Da überkam es mich, daß ich auf dieser düsteren Heide hilflos, unbeschützt und allein dastand. Und plötzlich, wie ein Wesen, das mich von außen überfiel, kam – die Angst.

Mühsam drehte ich mich um und begann stolpernd durch das Heidekraut zu laufen.

Die Angst, die mich beschlich, war keine vernünftige Angst, sondern panischer Schrecken, nicht nur vor den Marsleuten, sondern vor dem Dunkel und der Stille rings um mich. Sie nahmen mir den Mut so sehr, daß ich leise weinend wie ein Kind dahinlief. Und jetzt, nachdem ich mich umgekehrt hatte, wagte ich nicht mehr zurückzublicken.

Ich erinnere mich, daß ich fest davon überzeugt war, daß man mit mir spiele, daß jeden Augenblick, schon als ich fast in Sicherheit war, dieser geheimnisvolle Tod – schnell wie das Licht – aus dem Krater heraus mir nachrasen und mich niederschlagen werde.

6. Der Hitzstrahl in der Chobham Road

Es ist noch immer ein ungelöstes Rätsel, wie die Marsleute imstande sind, Menschen so rasch und lautlos zu töten. Viele meinen, daß sie fähig sind, eine ungeheure Hitze in einem Behälter zu erzeugen, der absolut nicht leitet. Diese ungeheure Hitze übertragen sie in parallelen Strahlen auf jedes beliebige Objekt vermittels eines geschliffenen parabolischen Spiegels von unbekannter Zusammensetzung – ähnlich dem Lichtstrahl, den der parabolische Spiegel eines Leuchtturms versendet. Aber noch niemand vermochte diese Einzelheiten zu beweisen. Wie immer es sich verhalten mag, gewiß ist, daß ein starker Wärmestrahl das Wesentliche ist. Hitze und unsichtbares statt sichtbaren Lichtes. Alles irgendwie Brennbare geht bei der Berührung dieses Strahles in Flammen auf; Blei zerfließt wie Wasser; er erweicht Eisen, bricht und schmilzt Glas; wenn er auf Wasser fällt, wird es unverzüglich zu Dampf.

In jener Nacht lagen wohl vierzig Menschen unter dem Sternenlicht um den Krater herum, verkohlt und bis zur Unkenntlichkeit entstellt. Die ganze Nacht blieb das Weideland von Horsell bis Maybury verödet. Nur allmählich brannten die Feuer nieder.

Die Nachricht von dem Gemetzel erreichte Chobham, Woking und Ottershaw wahrscheinlich zur selben Zeit. In Woking waren die Läden schon geschlossen, als das Unglück sich ereignete, und viele Menschen, Geschäftsleute und andere, gingen erregt von den Geschichten, die sie gehört hatten, über die Horsell Bridge die Straße entlang zwischen den Hecken, die zur Weide führten. Man kann sich vorstellen, wie das junge Volk nach der Arbeit des Tages zusammenströmte und jene Nachricht, so wie jede andere, zum Vorwand für gemeinsame Spaziergänge und landläufiges Liebesgeplänkel benützte. Und man kann sich vorstellen, von wieviel Stimmen die abendliche Straße erfüllt war . . .

Bis jetzt wußten es freilich nur wenig Leute in Woking, daß der Zylinder bereits geöffnet war, obwohl der arme Henderson einen Boten auf dem Fahrrad zum Postamt geschickt hatte, um einen besonderen Bericht an ein Abendblatt zu senden.

Als jene Leute in Gruppen zu zweien und dreien aufs offene Feld kamen, fanden sie kleine Menschenansammlungen in erregter Unterhaltung. Alles blickte auf den wirbelnden Spiegel über den Sandgruben. Und bald hatte sich der Neuangekommenen dieselbe Erregung bemächtigt.

Um halb neun Uhr, als die Deputation vernichtet wurde, mag sich etwa eine Menge von dreihundert Leuten an jener Stelle befunden haben, außer jenen, welche die Straße verlassen hatten, um sich näher an die Marsleute heranzuschleichen. Auch drei Schutzleute, darunter ein Berittener, waren zugegen, die, Mr.

Stents Weisungen folgend, ihr möglichstes taten, die Leute zurückzudrängen und sie abzuhalten, sich dem Zylinder zu nähern. Pfiffe und Hohngelächter wurden gehört. Sie kamen von jenen Gedankenlosen und Aufgeregten, denen jedes Gedränge Anlaß zu Lärm und rohen Scherzen bietet.

Stent und Ogilvy, welche die Möglichkeit eines Zusammenstoßes ahnten, hatten von Horsell nach der Kaserne telegraphiert, als die Marsleute auftauchten. Sie hatten um die Unterstützung einer Kompanie Soldaten gebeten, welche jene fremdartigen Geschöpfe vor Gewalttätigkeiten schützen sollten. Dann waren sie sofort wieder zurückgekehrt, um jenen unglückseligen Vorstoß zu leiten. Die Beschreibung ihrer Ermordung, wie sie von der Menge beobachtet wurde, deckte sich genau mit meinen eigenen Eindrücken: die drei Stöße grünen Rauches, das tiefe summende Geräusch und die aufflammenden Blitze.

Aber die Gefahr, in der jene Volksmenge schwebte, war noch größer als die meine. Nur der Umstand, daß ein Sandhügel den unteren Teil des Hitzestrahls aufhielt, rettete sie. Wäre die Stange mit dem parabolischen Spiegel nur einige Yards höher gewesen, es wäre niemand übriggeblieben, um den Vorgang zu berichten. Sie sahen die Blitze, beobachteten, wie die Männer hinstürzten, wie gleichsam eine unsichtbare Hand das Gebüsch in Brand steckte, wie die Flamme im Zwielicht auf sie zuraste. Dann sauste mit einem pfeifenden Laut, der das Surren in der Grube übertönte, der Strahl dicht über ihre Köpfe hinweg, entzündete die Wipfel der Buchen, welche die Straße säumten, zersplitterte die Ziegel, zerschmetterte die Fenster, verbrannte die Fensterrahmen und zertrümmerte einen Teil des Giebels eines Eckhauses.

Bei diesem plötzlichen Aufschlag, dem Zischen und dem blendenden Lichtschein der brennenden Bäume schien die Menge einige Augenblicke zögernd hin- und herzuschwanken.

Funken und brennende Zweige und einzelne Blätter fielen wie flammende Geschosse auf die Straße. Hüte und Kleider fingen Feuer. Von der Weide hörte man erschreckte Rufe.

Kreischende Schreie gellten von allen Seiten. Plötzlich kam ein berittener Schutzmann gegen die Menge herangesprengt. Er schlug die Hände über dem Kopf zusammen und schrie aus Leibeskräften.

»Sie kommen!« kreischte ein Weib, und sofort kehrten sich alle um und drängten die Rückwärtsstehenden, um den Weg nach Woking frei zu machen. Wie eine Herde erschreckter Schafe stob die Menge blindlings auseinander. Zwischen den hohen Böschungen, wo die Straße eng und dunkel wurde, staute sich die Masse und ein verzweifelter Kampf begann. Nicht alle konnten sich retten; drei Personen, zwei Frauen und ein kleiner Knabe, wurden erdrückt und niedergetreten. Man ließ sie liegen und in dem Schrecken der Finsternis sterben.

7. Wie ich nach Hause kam

Was mich betrifft, so entsinne ich mich keiner Einzelheiten meiner Flucht, außer daß ich an Baumstämme stieß und im Heidekraut strauchelte. Alles um mich herum unterlag der unsichtbaren Gewalt der Marsleute; jenes erbarmungslose Feuerschwert schien auf und nieder zu sausen, funkelnd mir zu Häupten, bevor es niederfuhr, mir das Leben zu nehmen. Ich erreichte die Straße zwischen Horsell und den Kreuzwegen und lief darauf bis zu den Kreuzwegen.

Endlich konnte ich nicht weiter; ich war von der Heftigkeit meiner Erregung und meiner Flucht erschöpft. Ich taumelte und stürzte nieder. Das war nahe der Brücke, welche bei den Gaswerken den Kanal kreuzt. Ich fiel und blieb still liegen.

Ich muß eine ganze Weile dort gelegen haben.

Merkwürdig verwirrt richtete ich mich endlich auf. Einen Augenblick vielleicht war mir nicht klar, wie ich hierhergekommen war. Wie ein Kleidungsstück war mein Schrecken von mir gefallen. Mein Hut war verschwunden, und mein Kragen war vom Hemdknopf gerissen. Einige Minuten vorher standen nur drei Dinge greifbar vor mir – die Unermeßlichkeit der Nacht, des Raumes und der Natur, meine eigene Schwäche und Angst und das Nahen des Todes. Nun aber war es mir, als hätte sich alles gewendet, und sofort verschob sich mein Gesichtspunkt. Ich konnte keinen merklichen Übergang von einem Gemütszustand in den andern wahrnehmen. Ganz unvermittelt war ich wieder mein eigenes alltägliches Selbst, ein gewöhnlicher, ehrbarer Bürger. Die schweigende Heide, meine gehetzte Flucht, die aufschießenden Flammen, alles erschien mir jetzt wie ein Traum. Ich fragte mich, ob sich alle diese Dinge wirklich zugetragen hätten. Ich konnte es nicht glauben.

Ich erhob mich und stieg unsicher die steile Brücke hoch. In mir war nichts als eine große Verblüffung. Muskeln und

Nerven schienen alle Kraft verloren zu haben. Ich kann wohl sagen, daß ich wie ein Betrunkener taumelte. Über dem Brückenbogen tauchte ein Kopf auf, und die Gestalt eines Arbeiters, der einen Korb trug, erschien. Ein kleiner Knabe lief neben ihm her. Er ging an mir vorüber und wünschte mir gute Nacht. Ich wollte mit ihm sprechen, konnte es aber nicht. Ich erwiderte seinen Gruß mit einem bedeutungslosen Gemurmel und ging weiter über die Brücke.

Über den Maybury-Viadukt brauste südwärts ein Zug, ein wogendes Wallen weißen, feurigen Rauches, eine lange Raupe erleuchteter Fenster: ein Poltern und Rasseln und Klirren, und fort war er. Eine spärliche Gruppe von Leuten stand plaudernd im Flur eines hübschen Giebelhauses. Das alles war so wirklich und vertraut. Und alles, was hinter mir lag, wie unsinnig und phantastisch! Solche Dinge, sagte ich mir, konnte es ja gar nicht geben.

Ich bin vielleicht ein Mann von ganz besonderen Stimmungen. Ich weiß nicht, wieweit meine Erfahrungen allgemeiner Natur sind. Ich habe Zeiten, in denen ich von den seltsamsten Empfindungen heimgesucht werde, als sei ich von mir selbst und meiner Umgebung losgelöst. Mir ist, als beobachtete ich alles von außen her, aus einer unfaßlich großen Entfernung, außerhalb der Zeit, außerhalb des Raumes, jenseits von allem, was bedrückt und traurig macht. Diese Empfindung war in jener Nacht sehr stark. Das war ein anderer Teil meines Traumes.

Aber was mich verwirrte, war der schreiende Widerspruch zwischen der Heiterkeit, die meine Augen sahen, und dem pfeilschnellen Tod, der dort drüben, nicht zwei Meilen entfernt, umherraste. Von den Gaswerken her scholl geschäftiger Lärm, und die elektrischen Lampen strahlten hell. Als ich zu der plaudernden Menschengruppe kam, machte ich halt.

»Was gibt's Neues auf der Weide?« fragte ich.

Zwei Männer und eine Frau standen beim Tor.

»Was?« rief einer der Männer, sich mir zuwendend.

»Was es Neues auf der Weide gibt?« wiederholte ich.

»Ja, sind Sie denn nicht gerade dort gewesen?« fragten die Männer.

»Die Leute scheinen ja ganz verrückt zu sein wegen der Weide«, ließ sich jetzt die Frau vom Flur her vernehmen. »Was ist denn eigentlich los?«

»Haben Sie denn nichts von den Marsleuten gehört?« fragte ich. »Von den Geschöpfen vom Mars?«

»Mehr als genug«, sagte die Frau. »Danke«, und alle drei lachten.

Ich fühlte mich beschämt und verärgert. Ich versuchte, ihnen mitzuteilen, was ich gesehen hatte, und konnte es nicht. Sie lachten immer nur über meine gebrochenen Sätze.

»Ihr werdet noch mehr davon hören«, sagte ich und ging fort zu meinem Haus.

Schon im Hausflur erschreckte ich meine Frau durch meine eingefallenen Züge. Ich ging in das Speisezimmer, setzte mich, trank etwas Wein, und sowie ich mich etwas gesammelt hatte, erzählte ich ihr, was ich gesehen hatte. Das Essen, das aus kalten Gerichten bestand, war schon aufgetragen, blieb aber unberührt auf dem Tisch, während ich alles erzählte.

»In einem kann ich dich beruhigen«, sagte ich, um die Furcht, die ich in ihr geweckt hatte, wieder abzuschwächen. »Es sind die plumpsten Geschöpfe, die ich je kriechen sah. Sie mögen die Grube besetzt halten und alle Leute, die ihnen nahe kommen, umbringen; aber sie können nicht aus ihr heraus ... Aber scheußlich sind sie!«

»Bitte, nicht!« sagte meine Frau. Sie zog ihre Brauen zusammen und legte ihre Hand auf die meine.

»Der arme Ogilvy!« sagte ich. »Zu denken, daß er da draußen tot liegt!«

Meine Frau wenigstens fand meine Erlebnisse nicht unglaubwürdig. Als ich sah, wie die Totenblässe ihr Gesicht bedeckte, brach ich plötzlich ab.

»Sie könnten hierherkommen«, sagte sie immer wieder.

Ich bat sie, Wein zu trinken, und bemühte mich, sie zu beruhigen.

»Sie können sich ja kaum bewegen«, sagte ich.

Ich begann nun sie und mich selbst dadurch zu trösten, daß ich alles wiederholte, was Ogilvy mir über die Unmöglichkeit eines dauernden Aufenthaltes der Marsbewohner auf der Erde gesagt hatte. Besonderes Gewicht legte ich auf die Schwierigkeiten der Gravitation. Auf der Oberfläche der Erde ist die Schwerkraft dreimal so groß wie auf der des Mars. Ein Marsbewohner würde daher hier dreimal soviel wiegen, seine Muskelkraft aber würde gleich bleiben. Sein eigener Körper würde ihn daher drücken wie ein Bleigewicht. Wirklich war das die allgemeine Ansicht. Sowohl die ›Times‹ wie der ›Daily Telegraph‹ unter anderen Blättern wiesen am nächsten Morgen nachdrücklich darauf hin. Beide aber übersahen, genauso wie ich, zwei diese Tatsachen offenbar umstoßende Erscheinungen.

Wie wir jetzt wissen, enthält die Atmosphäre der Erde weit mehr Sauerstoff oder, anders ausgedrückt, weit weniger Argon als die des Mars. Der kräftigende Einfluß von so viel Sauerstoff auf die Marsleute trug unstreitig viel dazu bei, der erhöhten Schwere ihrer Körper das Gleichgewicht zu halten. Und zweitens übersahen wir die Tatsache, daß die technische Intelligenz der Marsleute sie vollkommen befähigen würde, sich im Notfall ohne jeden Muskelaufwand zu behelfen.

Zu jener Zeit aber erwog ich diese Punkte nicht und übersah so die gefährlichen Möglichkeiten jener Eindringlinge. Durch Wein und Speise und die Notwendigkeit, meine Frau zu beruhigen, wurde ich selbst nach und nach beherzter und sorgloser.

»Sie haben eine große Dummheit begangen«, sagte ich, mein Weinglas ergreifend; »sie sind gefährlich, weil sie zweifelsohne selbst aus Furcht ganz toll geworden sind. Vielleicht erwarteten sie nicht, hier lebende Wesen zu finden, gewiß aber nicht intelligente Lebewesen. Im schlimmsten Fall wirft man eine Bombe in die Grube. Die wird sie alle töten.«

Die ungeheure Aufregung über die letzten Ereignisse hatte meine Auffassungskraft ohne Zweifel in einen Zustand großer Reizbarkeit versetzt. Ich erinnere mich jener Mahlzeit noch jetzt mit großer Deutlichkeit. Das liebliche Gesicht meiner Frau unter dem rosafarbenen Lampenschirm, wie sie mich ängstlich ansah, das weiße Tischtuch mit den silbernen und gläsernen Gerätschaften – denn in jenen Tagen erlaubten sich selbst philosophische Schriftsteller manchen kleinen Luxus –, der purpurrote Wein in meinem Glas, das alles sehe ich photographisch genau vor mir. Am Ende des Tisches saß ich selbst, spielte mit meiner Zigarette, beklagte Ogilvys Übereifer und verwünschte die kurzsichtige Furchtsamkeit der Marsleute. Ich wußte nicht, daß dies die letzte normale Mahlzeit vor vielen merkwürdigen und schrecklichen Tagen sein sollte.

8. Freitag nacht

Von allen sonderbaren und erstaunlichen Dingen, die sich an jenem Freitag zutrugen, war für mich am merkwürdigsten das Verhältnis der Alltagsgewohnheiten unserer gesellschaftlichen Ordnung zu den ersten Anzeichen jener Ereignisse, welche diese gesellschaftliche Ordnung über den Haufen werfen sollten. Hätte man am Freitag nacht mit einem Zirkel einen Kreis von fünf Meilen im Halbmesser rund um die Wokinger Sandgruben gezogen, so hätte man – davon bin ich überzeugt – außer etwa den Angehörigen Mr. Stents oder der paar Radfahrer aus London, die tot auf der Weide lagen, kein menschliches Wesen außerhalb dieses Kreises gefunden, dessen Empfindungen oder Gewohnheiten nur im geringsten von den Neuankömmlingen berührt wurden. Viele Leute hatten natürlich von dem Zylinder gehört; wenn sie Zeit hatten, sprachen sie wohl auch davon; sicherlich aber machte die Geschichte längst nicht die Sensation, die etwa ein Ultimatum an Deutschland gemacht haben würde.

In London wurde in jener Nacht das Telegramm des armen Henderson, das die allmähliche Aufschraubung des Geschosses beschrieb, allgemein für eine Ente gehalten, und sein Abendblatt telegraphierte an ihn um eine aufklärende Bestätigung; da aber keine Antwort von ihm eintraf – der Mann war ja tot –, beschloß man, keine Sonderausgabe zu veranstalten.

Selbst innerhalb des Fünf-Meilen-Kreises blieb die große Mehrheit der Leute gleichmütig. Das Betragen der Männer und der Frauen, mit denen ich sprach, habe ich schon beschrieben. Im ganzen Umkreis setzten sich die Leute mittags und abends zu Tisch; Arbeiter besorgten nach dem Tagewerk ihren Garten, Kinder wurden zu Bett gebracht; junge Leute und Liebespaare lustwandelten in den Heckenwegen; Gelehrte saßen über ihren Büchern.

Mag sein, daß in den Dorfstraßen Gerüchte umgingen und in den Schenken ein neuer Gesprächsstoff auftauchte, daß ab und zu ein Bote, oder sogar ein Augenzeuge der jüngsten Ereignisse, einen Sturm von Aufregung, wildes Geschrei und erschreckte Zusammenläufe verursachte. Aber im großen und ganzen ging das alltägliche Treiben, Arbeiten, Essen, Trinken, Schlafen weiter wie seit ungezählten Jahren – als ob es keinen Planeten Mars am Himmel gäbe. Selbst auf der Station Woking, in Horsell und in Chobham war das der Fall.

Am Knotenpunkt von Woking sah man noch in später Stunde Züge halten und abfahren, andere wurden verschoben, Reisende stiegen aus und warteten, und alles ging in der gewohnten Weise vor sich. Ein Zeitungsjunge von der Stadt verkaufte, unbekümmert um Mr. Smiths Monopol, die Blätter mit den Neuigkeiten des Nachmittags. Das Klirren und Stoßen der Wagen und die gellenden Pfiffe der Lokomotiven vermischten sich mit seinem Geschrei: »Männer vom Mars!« Um neun Uhr kamen einige erregte Leute mit unglaubwürdigen Berichten auf den Bahnhof, riefen aber keine größere Verwirrung hervor als etwa Betrunkene. Leute, die in der Richtung nach London fuhren und durch die Wagenfenster in die Dunkelheit hinausblickten, sahen nur einen seltsam flackernden, immer wieder erlöschenden und immer wieder auftauchenden Lichtschein vor Horsell schimmern, sahen eine rote Glut und einen dünnen Rauchschleier zum Himmel treiben; und sie hielten es höchstens für ein Heidefeuer. Nur am letzten Stück des Weidelandes konnte man einige Aufregung bemerken. An der Gemeindegrenze von Woking brannten etwa sechs Landhäuser. In allen Häusern der drei Dörfer auf der Weideseite brannte Licht und die Leute wachten bis Tagesanbruch.

Neugierige Menschenhaufen hielten sich hartnäckig auf den Brücken in Chobham und in Horsell; Leute kamen und gingen, aber die Menge blieb. Einige waghalsige Gesellen schlichen sich, wie man später hörte, in die Dunkelheit hinaus und krochen ganz nahe an die Marsleute heran; aber sie kehrten nie wieder zurück; denn von Zeit zu Zeit strich ein Lichtstrahl wie der Scheinwerfer eines Kriegsschiffes über die Weide, und der Hitzstrahl folgte unmittelbar darauf. Von diesen Unterbrechungen abgesehen, schien jene große Fläche schweigend und verlassen; und die verkohlten Leichen lagen hier die ganze Nacht unter den Sternen und blieben dort den ganzen nächsten Tag. Ein hämmerndes Geräusch aus dem Krater wurde von vielen Leuten gehört.

Das war der Stand der Dinge Freitag nachts. Im Mittelpunkt der Zylinder, der in der Rinde unseres alten Planeten wie ein vergifteter Wurfspeer steckte. Doch das Gift war noch kaum wirksam. In der übrigen Welt floß der Strom des Lebens wie schon seit undenklichen Jahren. Das Fieber des Krieges, das in kurzem das Blut in den Adern gerinnen lassen, Nerven ertöten und das Gehirn zerstören sollte, mußte erst aufkommen.

Eine ganze, schlaflose Nacht hindurch hämmerten die Marsleute offenbar unermüdlich an Maschinen, die sie instand setzten. Immer wieder fuhr eine Masse grünlich-weißen Rauches zum sternenhellen Himmel auf.

Ungefähr um elf Uhr kam ein Zug Soldaten durch Horsell und verteilte sich am Rand der Weide, um einen Kordon zu bilden. Später marschierte ein zweiter Zug durch Chobham, um sich auf der Nordseite zu verteilen. Einige Offiziere von der Inkerman-Kaserne waren schon am frühen Morgen bei der Weide angekommen, und einer, Major Eden, wurde als vermißt gemeldet. Der Oberst des Regiments kam um Mitternacht zur Brücke von Chobham und fragte die Menge eifrig aus. Die militärischen Behörden waren sich des Ernstes der Dinge ohne Zweifel völlig bewußt. Am nächsten Morgen konnten die Zeitungen mitteilen, daß um elf Uhr eine Schwadron Husaren, zwei Maximgeschütze und etwa vierhundert Mann des Cardigan-Regiments von Aldershot aufbrachen.

Einige Sekunden nach Mitternacht sah die Menge in der Chertsey Road in Woking einen Stern in nordwestlicher Richtung in das Fichtengehölz einfallen. Er fiel unter grünlichen Lichterscheinungen und blendete wie ein sommerlicher Blitz. Das war der zweite Zylinder.

9. Der Kampf beginnt

Der Samstag lebt in meiner Erinnerung als ein Tag Gnadenfrist. Er war auch ein Tag der Abspannung, heiß und schwül; wie man mir mitteilte, wechselte das Barometer unaufhörlich. Meiner Frau war es gelungen, bald einzuschlafen; ich hatte nur wenig Schlaf gefunden und stand früh auf. Vor dem Frühstück ging ich in den Garten und blieb dort lauschend stehen. Aber in der Richtung gegen die Weide regte sich nichts als eine Lerche.

Der Milchmann kam wie gewöhnlich. Ich hörte das Rasseln seines Karrens und ging ums Haus herum zum Seitenpförtchen, um von ihm die letzten Neuigkeiten zu erfahren. Er erzählte mir, daß im Laufe der Nacht die Marsleute von den Truppen umzingelt wurden und daß man die Geschütze erwarte. Ich hörte (ein vertrautes, beruhigendes Geräusch!) einen Zug nach Woking fahren.

»Man will sie nicht töten«, sagte der Milchmann, »wenn es nur irgendwie vermieden werden kann.«

Ich sah einen Nachbarn in seinem Garten arbeiten, plauderte eine Weile mit ihm und schlenderte gemächlich ins Haus zurück, um zu frühstücken. Es war ein ganz gewöhnlicher Morgen. Mein Nachbar war der Ansicht, daß es den Truppen gelingen würde, die Marsleute während des Tages entweder gefangenzunehmen oder zu vernichten.

»Es ist wirklich schade, daß sie sich so unzugänglich machen«, sagte er. »Es wäre doch interessant zu hören, wie man auf einem anderen Planeten lebt; und wir könnten das eine oder andere von ihnen erfahren.«

Er kam an den Zaun heran und hielt mir eine Hand voll Erdbeeren hin; denn er gärtnerte ebenso freigebig wie leidenschaftlich. Zugleich teilte er mir mit, daß das Fichtengehölz bei den Byfleet Golf Links in Flammen stehe.

»Man sagt«, erzählte er, »daß dort noch so ein verdammtes Ding eingefallen sei – Nummer zwei. Aber eins ist wirklich genug. Diese Bescherung wird den Versicherungsleuten ein schönes Stück Geld kosten, bis alles wieder in Ordnung ist.« Er lachte mit der Miene eines überaus gutgelaunten Mannes, als er das sagte. Das Gehölz, fuhr er fort, brenne noch immer, und er zeigte mir eine dunstige Rauchwolke. »Sie werden es noch tagelang heiß unter den Füßen spüren wegen dem Torf und der dichten Schicht glühender Fichtennadeln«, sagte er. Dann wurde er ernst und sprach von dem armen Ogilvy.

Nach dem Frühstück entschloß ich mich, statt zu arbeiten, einen Gang zur Weide zu machen. Unter der Eisenbahnbrücke traf ich eine Gruppe von Soldaten – Pioniere, wie ich glaube, Leute mit kleinen runden Mützen, schmutzigen offenen roten Jacken, die ihre blauen Hemden sehen ließen, in dunklen Hosen und Stiefeln, die bis zur Wade reichten. Sie sagten mir, daß niemand über den Kanal dürfe; und als ich meine Blicke die Straße entlang auf die Brücke richtete, sah ich dort einen Mann des Cardigan-Regiments Wache stehen. Mit diesen Soldaten sprach ich eine Zeitlang; ich erzählte ihnen von meiner Begegnung mit den Marsleuten am vorigen Abend. Keiner von ihnen hatte die Marsleute gesehen, und sie machten sich nur ganz unklare Vorstellungen von ihnen. So kam es, daß sie mich mit Fragen bestürmten. Sie erzählten mir, daß sie nicht wußten, wer das Eingreifen der Truppen veranlaßt hätte; sie vermuteten, daß bei der berittenen Garde eine Auseinandersetzung stattgefunden habe. Der gewöhnliche Pionier ist bei weitem gebildeter als der gemeine Soldat, und sie besprachen die sonderbaren Bedingungen des voraussichtlichen Kampfes mit ziemlich viel Scharfsinn. Ich schilderte ihnen den Hitzstrahl, und sie fingen an, sich darüber zu streiten.

»Sich unter Bedeckung heranankriechen und dann erst auf sie losstürzen, sage ich«, meinte einer.

»Hör auf!« sagte ein anderer, »wozu denn eine Bedeckung bei dieser Hitze? Höchstens um dich besser zu braten. Nein, wir müssen so nahe heranrücken, wie das Terrain es erlaubt, und dann einen Graben ziehen.«

»Zum Kuckuck mit deinen Gräben! Du brauchst immer Gräben. Du hättest als Kaninchen zur Welt kommen sollen, Snippy.«

»Haben sie also wirklich keinen Nacken?« fragte mich plötzlich ein dritter, ein kleiner, dunkler, nachdenklicher Mann, der eine Pfeife rauchte.

Ich wiederholte meine Beschreibung.

»Oktopoden«, sagte er, »sind das für mich. Da spricht man von Menschenfischern – diesmal heißt es Fische bekämpfen!«

»Es ist kein Mord, solche Bestien umzubringen«, sagte der erste Sprecher.

»Warum diese verfluchten Dinger nicht zusammenschießen und ein Ende mit ihnen machen?« meinte der kleine Dunkelhaarige. »Ihr könnt nicht wissen, was sie noch anstellen.«

»Wo sind denn deine Bomben?« höhnte der erste. »Dazu ist nicht mehr Zeit. Macht einen Überfall, das ist mein Plan, und macht ihn sofort.«

In dieser Weise besprachen sie den Fall. Nach einer Weile verließ ich sie und ging zum Bahnhof, um mir soviel Morgenblätter als möglich zu verschaffen.

Doch will ich den Leser mit einer Beschreibung des langen Morgens und des noch längeren Nachmittags nicht ermüden. Es gelang mir nicht, auch nur einen Blick auf die Weide zu werfen, denn selbst die Kirchtürme von Horsell und Chobham waren in den Händen der militärischen Behörden. Die Soldaten, an die ich mich wendete, wußten nicht das geringste. Die Offiziere waren ebenso geheimnisvoll wie geschäftig. Die Leute in der Stadt fühlten sich, wie ich sah, vollkommen sicher bei der Anwesenheit des Militärs. Damals erst hörte ich von Marshall, dem Tabakskrämer, daß sein Sohn sich unter den Toten auf der Weide befand. Die Soldaten hatten die Bewohner am Rand von Horsell genötigt, ihre Häuser zu schließen und zu verlassen.

Sehr ermüdet kehrte ich etwa um zwei Uhr zum Mittagessen

nach Hause zurück, denn, wie schon erwähnt, war der Tag drükkend heiß; um mich etwas zu erfrischen, nahm ich nachmittags ein kaltes Bad. Um halb fünf ungefähr ging ich zum Bahnhof, um mir ein Abendblatt zu kaufen, denn die Morgenblätter hatten nur sehr unzulängliche Berichte von der Ermordung Stents, Hendersons, Ogilvys und der andern enthalten. Auch sonst stand wenig darin, das ich nicht schon wußte. Die Marsleute ließen nicht einen Zoll von sich sehen. Sie schienen in ihrer Grube sehr geschäftig zu sein; man vernahm ein unausgesetztes Hämmern und sah fast ununterbrochen Rauchsäulen aufsteigen. Sie waren augenscheinlich beschäftigt, sich für einen Kampf in Bereitschaft zu setzen. »Erneute Versuche wurden gemacht, eine Verständigung zu erzielen, doch ohne Erfolg«, das war eine stereotype Wendung der Blätter. Ein Pionier erzählte mir, der Annäherungsversuch habe darin bestanden, daß ein Mann in einer Grube an einer langen Stange eine Fahne schwenkte. Die Marsleute schenkten solchen Maßregeln ebensogroße Beachtung, wie wir etwa dem Brüllen einer Kuh.

Ich muß gestehen, daß mich der Anblick aller dieser Ausrüstungen und Vorbereitungen aufs äußerste erregte. Meine Einbildungskraft wurde kriegerisch und besiegte die Eindringlinge auf dutzenderlei hervorragende Weise. Ein Rest meiner Schulknabenträume von Schlacht und Heldentum wachte wieder in mir auf. Diesmal aber schien es mir kein ehrlicher Kampf zu sein. So hilflos erschienen mir jene in ihrer Grube.

Um drei Uhr etwa hörte man von Chertsey oder Addlestone her in abgemessenen Zwischenräumen die ersten Kanonenschüsse. Ich erfuhr, daß man das glimmende Fichtengehölz, in das der zweite Zylinder gefallen war, beschoß; man hoffte, das Rohr zu zerstören, bevor es sich öffnete. Indessen dauerte es bis ungefähr fünf Uhr, ehe ein Feldgeschütz Chobham erreichte, um gegen die erste Abteilung der Marsleute gerichtet zu werden.

Um sechs Uhr abends, als ich mit meiner Frau im Gartenhaus beim Tee saß und eifrig den Kampf besprach, der uns bevorstand, hörte ich gedämpften Donner von der Weide her dröhnen, und unmittelbar darauf ein überaus heftiges Geschützfeuer. In blitzartiger Folge hörte ich ein furchtbares prasselndes Krachen, das den Boden erschütterte. Auf den Rasenplatz hinausstürzend, sah ich, wie die Wipfel der Bäume beim Oriental College in rauchenden roten Flammen standen und der Turm der kleinen Kirche daneben einstürzte. Die Kuppel der Moschee war verschwunden, und der Dachstuhl der Schule sah aus, als hätte ihn ein Hundertpfünder beschossen. Einer unserer Schornsteine zerbarst, wie von einer Bombe getroffen; seine Hauptmasse kam über die Dachziegel herabgepoltert und bildete einen Haufen roter Trümmer auf dem Blumenbeet vor dem Fenster meines Studierzimmers.

Ich und meine Frau blieben wie betäubt stehen. Dann wurde mir klar, daß der Kamm des Maybury Hill im Bereich des Hitzstrahls der Marsleute sein müsse, jetzt, da das Schulgebäude aus dem Weg geräumt war.

Da faßte ich meine Frau am Arm, und ohne weitere Überlegung stürzte ich mich auf die Straße hinaus. Dann holte ich das Dienstmädchen und versprach ihr, den Koffer, nach dem sie jammerte, selbst herabzubringen.

»Wir können unmöglich hierbleiben«, sagte ich; und während ich sprach, hörte man einen Augenblick wieder Geschützfeuer auf der Weide.

»Aber wohin sollen wir gehen?« fragte meine Frau entsetzt.

Verwirrt überlegte ich. Dann erinnerte ich mich ihrer Verwandten in Leatherhead.

»Leatherhead!« schrie ich, den plötzlichen Lärm übertönend.

Sie blickte den Hügel hinunter. Die Leute stürzten erschreckt aus ihren Häusern.

»Wie sollen wir nach Leatherhead kommen?« fragte sie.

Am Fuße des Hügels sah ich einen Trupp Husaren unter der Eisenbahnbrücke hinreiten; sie sprengten durch die offenen Tore des Oriental College. Zwei stiegen vom Pferd und begannen von Haus zu Haus zu laufen.

Die Sonne leuchtete durch den Rauch, der von den Wipfeln der Bäume aufstieg. Sie schien blutrot und warf auf alles einen ungewohnt düsteren Schein.

»Bleib hier stehen«, sagte ich, »hier bist du sicher«; dann eilte ich sofort zu dem ›Gefleckten Hund‹, denn ich wußte, daß der Wirt ein Pferd und einen Dogcart besaß. Ich rannte, denn ich sah voraus, daß in kürzester Zeit jeder diese Seite des Hügels verlassen würde.

Ich fand den Wirt in seinem Schankzimmer, völlig unwissend über alles, was hinter seinem Hause vorging. Ein Mann, der mir den Rücken zuwandte, sprach mit ihm.

»Ich will ein Pfund«, sagte der Wirt, »und außerdem habe ich keinen Kutscher.«

»Ich gebe Ihnen zwei Pfund«, sagte ich über die Schulter des Fremden hinweg.

»Wofür?«

»Und ich bringe Ihnen den Wagen um Mitternacht zurück«, sagte ich.

»Herrgott!« rief der Wirt, »wozu denn die Eile? Da bleibt einem ja der Verstand stehen. Zwei Pfund, und Sie wollen ihn zurückbringen? Was ist denn los?«

Ich setzte ihm hastig auseinander, daß ich mein Haus verlassen müsse, und so sicherte ich mir das Gefährt. Es erschien mir damals längst nicht so dringend, daß auch der Wirt sein Haus verlassen müsse. Ich trug Sorge, den Wagen auf der Stelle zu bekommen, fuhr mit ihm die Straße hinunter und ließ ihn unter der Obhut meiner Frau und meines Dienstmädchens. Dann stürzte ich ins Haus zurück und raffte einige Dinge von Wert zusammen. Die Buchen unterhalb des Hauses brannten lichterloh und das Gitter zur Straße hin glühte. Während ich noch meine Sachen packte, kam einer der Husaren heraufgelaufen. Er eilte von Haus zu Haus, um die Leute zur Flucht zu mahnen. Er lief schon wieder fort, als ich aus der Haustür trat, meine Schätze, die ich in ein Tischtuch gebunden hatte, mit mir schleppend. Ich schrie ihm nach: »Was gibt's Neues?«

Er wandte sich um, starrte mich an und brüllte etwas von »rauskriechen in einem Ding, das wie ein Schüsseldeckel aussieht.« Damit lief er weiter zu dem Tor des Hauses auf der Spitze des Kammes. Ein jäher Wirbel schwarzen Rauches, der die Straße entlangzog, verbarg ihn einen Augenblick. Ich lief zur Tür meines Nachbars, klopfte an und überzeugte mich von dem, was ich bereits wußte: er war mit seiner Frau nach London gefahren und hatte sein Haus verschlossen. Ich eilte meinem Versprechen getreu ins Haus zurück, holte den Koffer meines Dienstmädchens, schleifte ihn heraus und befestigte ihn neben ihr auf dem Rücksitz des Wagens. Dann ergriff ich die Zügel und schwang mich auf den Kutschbock neben meine Frau. Im nächsten Augenblick waren wir Rauch und Lärm entkommen und jagten den Abhang gegenüber dem Maybury Hill hinab nach Old Woking.

Vor uns lag eine stille, sonnige Landschaft, Weizenfelder, die von jeder Seite der Straße aufstiegen, und das Wirtshaus von Maybury mit seinem hin- und herschwankenden Schild. Vorne sah ich das Gefährt des Doktors. Am Fuß des Hügels wandte ich mich um, um die Hügelseite, die wir jetzt verließen, noch einmal zu sehen. Dichte Säulen schwarzen Rauches, durchzuckt von roten Feuerzungen, ragten in die stille Luft hinauf und warfen dunkle Schatten auf die grünen Baumwipfel im Osten. Der Rauch breitete sich schon weit aus, gegen das Fichtengehölz von Byfleet im Osten und gegen Woking im Westen. Die Straße war voll mit Leuten, die uns entgegenliefen. Und jetzt hörte man sehr leise, aber sehr deutlich durch die heiße, stille Luft das Knattern eines Maschinengeschützes, das aber rasch wieder verstummte, zwischendurch das Krachen von Gewehren. Die Marsleute steckten offenbar alles in der Reichweite ihres Hitzstrahls in Brand.

Ich bin kein erfahrener Kutscher und mußte sofort meine Aufmerksamkeit auf das Pferd lenken. Als ich mich wieder umblickte, hatte der zweite Hügel den schwarzen Rauch verborgen. Ich hieb mit der Peitsche auf das Pferd und hielt die Zügel lose, bis Woking und Send zwischen uns und jenem rasenden Tumult lagen. Den Doktor überholte ich zwischen Woking und Send.

10. Im Sturm

Leatherhead ist etwa zwölf Meilen von Maybury Hill entfernt. Ein Duft von frischem Heu war in der Luft, als wir zu den üppigen Wiesen jenseits von Pyrford kamen, und die Hecken beidseits des Weges standen im fröhlichen Schmuck wilder Rosen. Das heftige Schießen, das begann, als wir den Maybury Hill hinabfuhren, hörte ebenso unvermutet auf, als es eingesetzt hatte. Der Abend war wieder friedlich und still. Wir kamen ohne jeden Unfall um neun Uhr ungefähr nach Leatherhead. Das Pferd rastete eine Stunde, während ich mit meinen Verwandten das Abendbrot nahm und meine Frau ihrer Obhut empfahl.

Meine Frau war während der Fahrt auffallend schweigsam gewesen und schien auch jetzt durch böse Vorahnungen bedrückt zu sein. Ich versuchte sie in jeder Weise aufzuheitern, bewies ihr, daß die Marsleute durch ihr Schwergewicht an die Grube gebunden seien und daß sie höchstens ein wenig aus ihr herauskriechen könnten. Aber sie gab mir nur einsilbige Antworten. Hätte sie nicht das Versprechen, das ich dem Wirt gegeben hatte, abgehalten, so hätte sie wohl in mich gedrungen, jene Nacht in Leatherhead zu bleiben. Wollte Gott, daß ich es getan hätte! Ich erinnere mich noch, wie weiß ihr Gesicht war, als wir Abschied nahmen.

Ich selbst war den ganzen Tag fieberhaft erregt gewesen. Etwas von dem Kriegsfieber, das gelegentlich jede zivilisierte Gemeinschaft erfaßt, war in mein Blut gefahren. Und in meinem Herzen war ich nicht sehr bekümmert, daß ich in dieser Nacht noch nach Maybury zurück mußte. Ich fürchtete sogar, daß jenes letzte Gewehrfeuer, das ich gehört hatte, die Vertilgung unserer Eindringlinge vom Mars bedeutet hatte. Genaugenommen wollte ich bei ihrem Tod dabei sein.

Es war fast elf Uhr, als ich mich zur Rückfahrt anschickte. Die Nacht war unerwartet finster. Als ich aus dem erleuchteten Hausflur trat, schien sie mir geradezu schwarz; und es war heiß und schwül wie am Tag. Zu unsern Häupten jagten die Wolken, obwohl kein Lufthauch das Buschwerk um uns bewegte. Der Diener zündete beide Wagenlampen an. Zum Glück kannte ich die Straße ganz genau. Meine Frau stand im Licht der Einfahrt und sah mir zu, bis ich mich auf den Wagen schwang. Dann wandte sie sich plötzlich um und ging hinein. Sie überließ es unsern Verwandten, mir eine glückliche Fahrt zu wünschen.

Anfangs war ich ein wenig gedrückter Stimmung, weil die ängstliche Stimmung meiner Frau mich angesteckt hatte. Sehr bald aber kehrten meine Gedanken zu den Marsleuten zurück. Ich war damals noch völlig im dunkeln, wie der Kampf am Abend verlaufen war. Ich kannte nicht einmal die Umstände, die den Zusammenstoß beschleunigt hatten. Als ich durch Ockham kam (denn zurück fuhr ich nicht wieder über Send und Old Woking), sah ich am westlichen Himmel einen blutroten Schein, der, als ich näherkam, langsam am Himmel hochstieg. Die treibenden Wolken eines drohenden Gewitters vermengten sich mit Schwaden schwarzen und roten Rauches.

Die Ripley Street war verlassen, und außer einigen beleuchteten Fenstern gab es im Dorf kein Lebenszeichen. Aber ich entging nur mit knapper Not einem Unfall an der Ecke der Straße, die nach Pyrford führt. Dort stand eine Gruppe von Leuten, die mir alle den Rücken kehrten. Sie riefen mir nichts zu, als ich an ihnen vorüberfuhr. Ich weiß nicht, wieviel sie von den Vorgängen jenseits des Hügels wußten. Ich weiß auch nicht, ob die schweigenden Häuser, an denen mein Weg vorbeiführte, in sorglosen Schlaf versunken oder verlassen und öde waren, oder verwüstet und der Schrecken harrend, die die Nacht noch bringen sollte.

Von Ripley bis Pyrford fuhr ich im Tale des Wey, und der rote Feuerschein blieb unsichtbar, bis ich den kleinen Hügel jenseits der Kirche von Pyrford hinauffuhr. Die Bäume um mich herum bebten unter den ersten Anzeichen des Sturmes, der sich über mir zusammenzog. Dann hörte ich von der Pyrforder Kirche hinter mir Mitternacht schlagen, und dann kam die Silhouette des Maybury Hill heraus, mit seinen Baumwipfeln und seinen Dächern, die sich schwarz und scharf von der Röte abhoben. In diesem Moment erhellte ein fahler grüner Schein die Straße vor mir und beleuchtete den fernen Wald vor Addlestone. Ich spürte einen Ruck an den Zügeln. Ich sah, wie die jagenden Wolken wie von einer grünen Feuerlanze durchstochen wurden, die ihre wilden Formen erhellte und auf das Feld zu meiner Linken einschlug. Es war die dritte ›Sternschnuppe‹!

Unmittelbar nach ihrem Erscheinen zuckte, durch den Gegensatz blendend violett, der erste Blitz, und ein Donnerschlag folgte wie der Knall einer Rakete. Das Pferd verbiß sich in die Trense und ging durch.

Zum Fuße des Maybury Hill führte ein sanft ansteigender Weg, und hier rasten wir entlang. Jetzt, da das Gewitter losgebrochen war, schossen die Blitze von allen Seiten, wie ich es kaum je gesehen hatte. Die Donnerschläge, die mit seltsam krachenden Nebengeräuschen dicht aufeinander folgten, glichen eher den Explosionen einer riesigen elektrischen Maschine als den gewöhnlichen widerhallenden Detonationen. Das flackernde Licht wirkte blendend und verwirrend, und ein dünner Hagel peitschte mein Gesicht, als ich den Abhang hinunterjagte.

Anfangs achtete ich nur auf die Straße vor mir; plötzlich aber wurde meine Aufmerksamkeit durch etwas erregt, das sich mit rasender Schnelligkeit auf dem gegenüberliegenden Abhang des Maybury Hill abwärts bewegte. Zuerst hielt ich es für das nasse Dach eines Hauses; aber ein Blitz, der einem anderen unmittelbar folgte, zeigte es mir in rascher, rollender Bewegung. Es war eine flüchtige Erscheinung – ein Augenblick verwirrender Dunkelheit, gefolgt von einem taghellen Blitz, dann traten die roten Mauern des Waisenhauses nahe dem Hügelkamm, die grünen Wipfel der Fichtenbäume und dieser zweifelhafte Gegenstand deutlich und scharf und glänzend heraus.

Und ich sah ihn wirklich! Wie soll ich ihn beschreiben? Ein ungeheurer Dreifuß, höher als viele Häuser, fuhr über die jungen Fichten und schmetterte sie in seinem Lauf zur Seite; eine wandelnde Maschine aus glitzerndem Metall, die jetzt über die Heide fuhr; gegliederte Stricke aus Stahl hingen von ihr herab, und der rasselnde Lärm ihrer Fahrt vermischte sich mit dem Getöse des Donners. Ein Blitz, und sie kam deutlich zum Vorschein, wie sie mit zwei Füßen in der Luft über einen Weg setzte, um zu verschwinden und, wie es schien, beim nächsten Blitz etwa hundert Yards näher wieder zu erscheinen. Man mag sich etwa einen schräggestellten, heftig den Boden entlanggeschleuderten Melkschemel vorstellen. Das war der Eindruck, den jene kurzen Blitze zu gewinnen erlaubten. Aber statt eines Melkschemels denke man sich den gewaltigen Körper einer Maschine auf einem dreifüßigen Gestell.

Da teilten sich plötzlich die Bäume des Fichtengehölzes auf der Anhöhe vor mir, so wie sich brüchige Schilfrohre teilen, wenn ein Mann sie durchbricht. Sie brachen kurzweg ab, fielen der Länge nach hin, und ein zweiter ungeheurer Dreifuß tauchte auf, der, wie es schien, geradenwegs auf mich zuraste. Und ich fuhr ihm eilends entgegen! Aber beim Anblick des zweiten Ungetüms wurde ich kopflos. Ohne lange zu überlegen, riß ich das Pferd herum, und im nächsten Augenblick stand der Wagen über dem gestürzten Tier; die Deichsel zerbrach mit Getöse, ich wurde zur Seite geschleudert und fiel mit aller Wucht in eine seichte Wasserpfütze.

Ich kroch auf der Stelle hinaus und duckte mich, meine Füße noch im Wasser, hinter einem Ginsterbusch. Das Pferd lag regungslos da (dem armen Tier war das Genick gebrochen), und bei den flammenden Blitzen sah ich die schwarze Masse des umgestürzten Wagens und die Umrisse des Rades, das sich noch langsam drehte. Im nächsten Augenblick kam die riesige Maschine an mir vorbei und wandte sich hügelaufwärts gegen Pyrford.

Von nahem sah der Gegenstand unglaublich seltsam aus, denn es war nicht eine bloße, sinnlose Maschine. Eine Maschine war es wohl, mit metallisch klingendem Schritt und langen, biegsamen, glitzernden Fühlern (von denen einer eine junge Fichte erfaßte), die schwingend und rasselnd von dem seltsamen Körper herabhingen. Das Ding bahnte sich mit langen Schritten seinen Weg, und das eherne, kappenartige Gehäuse obenauf bewegte sich hin und her und erweckte den zwingenden Eindruck, als sei es ein Kopf, der umhersah. Hinter dem Hauptteil der Maschine befand sich ein ungeheurer Gegenstand aus weißem Metall, wie ein riesiger Fischkorb. Massen grünen

Rauches entwichen stoßweise aus den Gelenken seiner Glieder, als das Ungetüm an mir vorbeisauste. Und im Nu war es wieder fort.

So viel sah ich damals, wenn auch undeutlich beim Flackern des Blitzes.

Als es an mir vorbeikam, erscholl aus ihm ein frohlockendes und betäubendes Heulen, das den Donner übertönte: »Alu-u, Alu-u!« In der nächsten Minute war es mit seinem Gefährten vereinigt und bückte sich, eine halbe Meile entfernt, über einen Gegenstand, der auf dem Feld lag. Ich hege nicht den leisesten Zweifel, daß dieser Gegenstand der dritte jener zehn Zylinder war, die man vom Mars auf uns gefeuert hatte.

Einige Minuten lag ich da und spähte trotz Regen und Dunkelheit beim Schein gelegentlicher Blitze nach jenen riesenhaften metallenen Wesen, die sich in der Ferne auf und nieder bewegten. Ein dünner Hagel fiel herab, und wie die Blitze kamen und gingen, wurden die Gestalten eher nebelhaft oder strahlten in hellem Schein wieder auf. Hier und da trat eine längere Pause ein, und dann verschlang die Nacht alles.

Ich war oben vom Hagel und unten vom Pfützenwasser völlig durchnäßt. Es dauerte einige Zeit, ehe meine lähmende Verblüffung es mir erlaubte, mich in eine trockene Lage durchzukämpfen und überhaupt über die Gefahr, die mich bedrohte, nachzudenken.

Nicht weit von mir entfernt stand die kleine Holzhütte eines Waldbauers, die aus einem Zimmer bestand und von einem kleinen Kartoffelgarten umsäumt war. Ich brachte mich endlich wieder auf die Füße, und mich duckend und jede Gelegenheit eines Verstecks benützend, lief ich auf die Hütte zu. Ich hämmerte an die Türe, fand aber bei den Leuten kein Gehör (wenn Leute da waren). Nach einiger Zeit gab ich es auf und gelangte, weite Strecken durch einen feuchten Graben kriechend und von jenen riesigen Maschinen unbemerkt, in das Fichtengehölz von Maybury.

Unter dem Schutze der Bäume tastete ich mich, naß und durchfröstelt, bis zu meinem Hause durch. Ich versuchte, im Wald den Fußweg zu finden. Es war völlig dunkel im Gehölz; die Blitze wurden seltener, und der Hagel fiel in Säulen durch die Lücken der dichten Zweige.

Hätte ich die Bedeutung aller Erscheinungen, die ich gesehen hatte, klar erfaßt, dann hätte ich wohl unverzüglich den

Weg über Byfleet nach Street Cobham eingeschlagen und wäre auf diese Weise zurückgekehrt, um mich mit meiner Frau in Leatherhead wieder zu treffen. Aber in jener Nacht hinderten mich die seltsamen Erlebnisse und mein elendes körperliches Befinden daran; denn ich war zerschunden, ermattet, bis auf die Haut durchnäßt und vom Sturm betäubt und geblendet.

Ich hatte nur ganz unbestimmt den Plan, nach meinem Haus zu gelangen, und das war der einzige Gedanke, der mich erfüllte. Ich stolperte über die Baumstrünke, fiel in eine Pfütze, verletzte meine Knie an einer Planke und watete endlich auf dem Weg, der vom Gasthaus ›Zum College-Wappen‹ hinunterführt. Ich sage watete, denn das stürmische Wasser schwemmte den Sand in schmutzigen Wildbächen den Hügel hinab. In dieser Dunkelheit taumelte plötzlich ein Mann gegen mich und stieß mich fast zu Boden.

Er stieß einen Schreckensschrei aus, sprang zur Seite und rannte wie besessen davon, bevor ich meine Gedanken so weit sammeln konnte, um mit ihm zu sprechen. Aber die Wut des Sturmes war gerade an dieser Stelle so heftig, daß ich nur mit dem Aufgebot meiner ganzen Kräfte den Weg hügelaufwärts gewinnen konnte. Ich ging dicht an dem Geländer zu meiner Linken entlang und tastete mich an den Planken weiter.

Nahe der Spitze des Hügels stolperte ich über etwas Weiches, und beim Zucken eines Blitzes sah ich zu meinen Füßen eine Masse schwarzen Tuches und ein Paar Stiefel. Bevor ich deutlich sehen konnte, in welchem Zustand der Mann dalag, war das Flakkern des Lichtes wieder verschwunden. Ich blieb über ihn gebeugt stehen und wartete auf den nächsten Blitz. Als er kam, sah ich, daß es ein kräftiger Mann war, einfach, aber nicht schäbig gekleidet; sein Kopf war unter seinem Körper verborgen, und er lag zusammengekrümmt hart am Geländer, als wäre er heftig gegen den Zaun geschleudert worden.

Den Widerwillen überwindend, der bei einem Menschen, welcher noch nie zuvor einen toten Körper berührt hat, natürlich ist, bückte ich mich nieder und kehrte ihn um, nach seinem Herzen fühlend. Er war tot. Offenbar war sein Genick gebrochen. Ein dritter Blitz zuckte, und das Gesicht des Mannes leuchtete auf. Ich sprang auf meine Füße. Es war der Wirt des ›Gefleckten Hundes‹, dessen Wagen ich gemietet hatte.

Ich stieg behutsam über ihn und eilte den Hügel weiter hinauf. Ich nahm meinen Weg an der Polizei-Wachstube und dem ›College-Wappen‹ vorbei zu meinem Haus. Nichts brannte auf der Hügelseite, aber auf der Weide sah man einen roten Schein, und ein wilder Qualm rotgelben Rauches kämpfte mit dem niederströmenden Hagel. Soweit ich es beim Licht der Blitze unterscheiden konnte, waren die Häuser in meiner Umgebung meist unversehrt. Vor dem Gasthaus lag eine dunkle Masse auf der Straße.

Von der Straße, abwärts gegen die Maybury Bridge zu, hörte ich Stimmen und das Geräusch von Füßen. Aber ich hatte nicht den Mut zu rufen oder hinzugehen. Ich öffnete die Tür mit meinem Hausschlüssel, trat ein, verschloß und verriegelte das Tor, stolperte bis zum Fuß der Treppe und setzte mich nieder. Meine Einbildungskraft war erfüllt von jenen sausenden metallischen Ungetümen und von dem toten Körper, der gegen das Geländer geschleudert war.

Ich verkroch mich am Fuß der Treppe, den Rücken an der Mauer, und zitterte heftig.

11. Am Fenster

Ich habe bereits erwähnt, daß meine Erregungszustände sich irgendwie von selbst erschöpfen. Nach einiger Zeit entdeckte ich, daß ich kalt und naß war, und ich bemerkte einige kleine Wasserpfützen, die sich auf dem Treppenläufer gebildet hatten. Ich stand fast mechanisch auf, ging ins Speisezimmer und trank etwas Whisky. Dann trieb mich etwas, meine Kleider zu wechseln.

Nachdem ich es getan hatte, ging ich die Treppe hinauf in mein Studierzimmer; warum, weiß ich nicht. Das Fenster meines Studierzimmers blickte über die Bäume und die Eisenbahn hinweg auf die Horsell-Weide.

In der Hast unserer Abreise war dieses Fenster offen geblieben. Der Weg war dunkel, und im Gegensatz zu dem Bild, das der Fensterrahmen einschloß, schien diese Seite des Zimmers undurchdringlich finster zu sein. Ich blieb auf der Türschwelle stehen.

Das Gewitter war vorüber. Die Türme des Oriental College und die Fichtenbäume, die sie umgeben hatten, waren verschwunden. In weiter Ferne war, von einem lebhaften roten Schein erhellt, die Weide um die Sandgruben herum sichtbar. Jenseits des Lichtes bewegten sich riesengroße, schwarze Gestalten, grotesk und seltsam, und liefen geschäftig hin und her.

Es schien in der Tat so, als stünde das ganze Land in Flammen. Eine breite Hügelseite war besät mit winzigen Feuerzungen, die in den Windstößen des sterbenden Sturmes sich wanden und drehten und einen roten Widerschein auf die Wolkenzüge über ihnen warfen. Von Zeit zu Zeit trieb ein Rauchschleier, der von einer näheren Feuersbrunst kam, am Fenster vorbei und verhüllte die Gestalten der Marsleute. Ich konnte nicht sehen, was sie taten, noch vermochte ich deutlich ihre Formen auszumachen; am allerwenigsten war ich imstande, die schwarzen Gegenstände zu erkennen, mit denen sie sich so geschäftig befaßten. Auch konnte ich das nähere Feuer nicht entdecken, obwohl sein Widerschein an den Wänden meines Studierzimmers tanzte. Ein scharfer, harziger Geruch von Feuer war in der Luft.

Geräuschlos schloß ich die Tür und schlich auf das Fenster zu. Je näher ich kam, desto mehr weitete sich mein Ausblick, bis er auf der einen Seite die Häuser beim Wokinger Bahnhof, auf der andern das verkohlte und geschwärzte Fichtengehölz von Byfleet erreichte. Unten am Fuß des Hügels, bei der Eisenbahn, nahe dem Viadukt, war ein Licht zu bemerken, und mehrere Häuser an der Straße nach Maybury und in den Gassen beim Bahnhof waren nichts als glimmende Trümmer. Das Licht auf der Bahnstrecke machte mich zuerst stutzig; ich sah eine schwarze Masse und einen lebhaften Schein und rechts davon eine Reihe gelber Rechtecke. Da erkannte ich, daß es ein zerstörter Zug war, die vorderen Teile zerschmettert und in Flammen, die hinteren Wagen noch auf den Schienen.

Zwischen diese drei Hauptfeuerherde, die Häuser, den Zug und das brennende Land bei Chobham, schoben sich unregelmäßige Strecken dunklen Bodens, hie und da durchbrochen von Streifen schwach glimmenden und rauchenden Erdreichs. Es war ein überaus seltsames Schauspiel, diese weithin ausgedehnte, mit feurigen Punkten übersäte Fläche. Leute konnte ich zuerst nicht entdecken, obwohl ich eifrig nach ihnen ausblickte. Später sah ich in der Richtung des Lichtes auf dem Wokinger Bahnhof eine Anzahl schwarzer Gestalten, die eine nach der anderen über die Lichtlinie eilten.

Und das war die kleine Welt, in der ich jahrelang so sorglos gelebt hatte, dieses feurige Chaos! Was eigentlich in den letzten sieben Stunden geschehen war, wußte ich noch immer nicht. Noch erkannte ich nicht, obwohl ich es allmählich zu erraten begann, den Zusammenhang zwischen jenen mechanischen Ungeheuern und den schwerfälligen Klumpen, die der Zylinder ausgespieen hatte. In einem eigentümlichen Gefühl unpersönlichen Interesses schob ich meinen Schreibtischstuhl ans Fenster, setzte mich nieder und starrte hinaus in die geschwärzte Landschaft und besonders auf jene drei riesigen schwarzen Unholde, die dort im Lichtschein bei den Sandgruben auf- und niedereilten.

Sie schienen erstaunlich geschäftig. Ich begann mich zu fragen, was sie wohl sein könnten. Waren sie vernunftbegabte Mechanismen? Doch ich fühlte, so etwas sei unmöglich. Oder saß in jedem ein Marsmann, der es beherrschte, bewegte und leitete, so wie das Gehirn des Menschen in seinem Körper sitzt und herrscht? Ich fing an, diese Dinge mit menschlichen Maschinen zu vergleichen, mich zum erstenmal in meinem Leben zu fragen, was wohl ein vernünftiges, aber tieferstehendes Wesen von einem Panzerschiff, einer Dampfmaschine denken möge.

Der Sturm hatte den Himmel geklärt, und über dem Rauch des brennenden Landes versank der kleine verblassende Stecknadelkopf des Mars im Westen, als ein Soldat in meinen Garten kam. Beim Gartenzaun hörte ich ein leises Scharren. Ich raffte mich aus meiner Erstarrung auf und sah deutlich, wie er über die Planken kletterte. Beim Anblick eines andern menschlichen Wesens verließ mich meine Betäubung, und ich lehnte mich eifrig aus dem Fenster.

»Pst!« rief ich leise.

Er blieb, wie im Zweifel, auf dem Geländer rittlings sitzen. Dann stieg er herüber und kam über den Rasen zur Ecke des Hauses. Er ging vorgebeugt und trat nur leise auf.

»Wer ist da?« rief er im gleichen Flüsterton. Er stand unter dem Fenster und spähte herauf.

»Wohin gehen Sie?« fragte ich.

»Gott weiß es.«

»Wollen Sie sich verstecken?«

»Jawohl.«

»Kommen Sie ins Haus«, sagte ich.

Ich ging hinab, öffnete die Tür und ließ ihn herein. Dann schloß ich die Tür wieder ab. Sein Gesicht konnte ich nicht sehen. Er war ohne Hut, und sein Rock war offen.

»Mein Gott!« sagte er, als ich ihn hereinzog.

»Was ist denn geschehen?« fragte ich.

»Was ist nicht geschehen?« Selbst in der Dunkelheit konnte ich sehen, wie er eine Gebärde der Verzweiflung machte. »Sie haben uns weggewischt – einfach weggewischt«, wiederholte er immer wieder.

Er folgte mir fast mechanisch ins Speisezimmer.

»Nehmen Sie etwas Whisky«, sagte ich und schenkte ihm ein tüchtiges Glas voll ein.

Er trank es aus. Dann setzte er sich plötzlich an den Tisch, legte seinen Kopf auf seine Arme und begann zu weinen und zu schluchzen wie ein kleines Kind, in einer geradezu leidenschaftlichen Erregung. Ich stand in einer merkwürdigen Vergeßlichkeit für meine eigene, eben empfundene Verzweiflung neben ihm und staunte.

Es dauerte eine Weile, ehe er seiner Nerven so weit Herr wurde, um meine Fragen zu beantworten, und dann konnte er nur verworren und gebrochen sprechen. Er war Kutscher in der Artillerie und war erst um sieben Uhr ins Gefecht gekommen. Zu jener Zeit war das Geschützfeuer auf der Weide schon in vollem Gange. Man sagte, daß die erste Abteilung der Marsleute langsam zum zweiten Zylinder hinkroch, unter dem Schutz eines Metallschildes.

Später erhob sich dieser Schild auf ein dreifüßiges Gestell und wurde die erste jener Kriegsmaschinen, die ich gesehen hatte. Das Geschütz, das er lenkte, war bei Horsell abgeprotzt worden, mit dem Befehl, die Sandgruben zu bestreichen, und seine Ankunft hatte den Kampf beschleunigt. Als die Protzwagenkanoniere sich zur Nachhut begaben, trat sein Pferd in ein Kaninchenloch, kam zu Fall und schleuderte ihn in eine eingesunkene Erdstelle. Im selben Augenblick explodierte die Kanone hinter ihm, die Munition flog in die Luft, alles um ihn herum stand in Flammen und er fand sich unter einem Haufen verkohlter Leichen und toter Pferde liegen.

»Ich lag ganz still«, erzählte er, »sinnlos vor Schrecken, das Vorderteil eines Pferdes auf mir. Wir waren weggewischt worden. Und der Geruch – guter Gott! Wie verbranntes Fleisch! Mein ganzer Rücken war wund durch den Sturz des Pferdes, und ich mußte dort liegenbleiben, bis ich mich besser fühlte. Eine Minute vorher war es noch wie bei einer Parade gewesen – dann ein Stolpern, ein Krachen, ein Zischen!«

»Weggewischt!« sagte er.

Lange Zeit lag er unter dem toten Pferd verborgen; nur verstohlen spähte er auf die Weide hinaus. Die Cardigan-Leute hatten einen Sturm versucht, in Plänkelordnung, auf die Grube los, um einfach aus dem Leben hinausgefegt zu werden. Dann hatte sich das Ungetüm auf seine Füße erhoben und wanderte gemächlich zwischen den wenigen Flüchtigen die Weide entlang auf und ab. Dabei drehte sich seine kopfartige Bedachung nach allen Seiten genauso wie der Kopf eines mit einer Kapuze bekleideten Menschen. Eine Art Arm trug einen komplizierten metallischen Behälter, aus dem grüne Blitze sprühten, und aus einem daran befestigten Trichter fuhr der Hitzestrahl.

Soweit der Soldat sehen konnte, war auf der Weide nach wenigen Minuten kein lebendes Wesen mehr übriggeblieben, und jeder Busch, jeder Baum, der nicht schon ein geschwärztes Gerippe war, stand in Flammen. Jenseits der Bodenerhebung hatten die Husaren auf der Straße gestanden, aber er sah keine Spur von ihnen. Er hörte noch einige Zeit die Maximgeschütze rasseln, aber dann wurde alles still. Das Ungeheuer schonte den Wokinger Bahnhof und die Häusergruppe um ihn bis zuletzt; dann aber wurde plötzlich der Hitzstrahl hingelenkt, und die Stadt wurde ein Haufen brennender Trümmer. Darauf schloß die Maschine den Hitzstrahl und begann, indem sie dem Artilleristen den Rücken wandte, gegen das glühende Fichtengehölz zu watscheln, das den zweiten Zylinder barg. Im selben Augenblick erhob sich ein zweiter glitzernder Titan aus der Grube.

Das zweite Ungetüm folgte dem ersten, und dann erst begann der Artillerist sehr behutsam über die heiße Heidenasche hin nach Horsell zu kriechen. Es gelang ihm, lebend in einen feuchten Straßengraben zu gelangen, und so entkam er nach Woking. Von da an bestand sein Bericht nur aus wirren Ausrufen. Durch den Ort zu kommen war unmöglich. Nur wenige Leute schienen noch am Leben zu sein, die meisten waren wahnsinnig, viele mit Brandwunden oder halbverbrüht. Er ging um das Feuer herum und verbarg sich unter einigen, fast versengend heißen Trümmern zerborstenen Mauerwerks. Da kehrte eines der Marsungeheuer zurück. Er sah, wie es einen Mann verfolgte, ihn mit einem seiner stählernen Fühler ergriff und seinen Kopf gegen den Stamm einer Fichte schmetterte. Endlich, nach Einbruch der Nacht, lief der Artillerist in eiliger Hast zum Bahndamm und gelangte glücklich hinüber.

Seitdem hatte er sich weiter nach Maybury zu fortgeschlichen, in der Hoffnung, weiteren Gefahren zu entrinnen, wenn er die Richtung nach London einschlug. Die Leute hielten sich in Gräben und Kellern verborgen, und viele der Überlebenden hatten sich nach Woking Village und Send aufgemacht. Der Mann war fast verschmachtet vor Durst, bis er endlich in der Nähe des Brückenbogens der Eisenbahn ein geborstenes Wasserrohr entdeckte, aus dem das Wasser sich wie aus einer Quelle auf die Straße ergoß.

Das war der Bericht, den ich Stück für Stück aus ihm herausbekam. Während des Erzählens wurde er ruhiger und versuchte, mir die Dinge so anschaulich zu machen, wie er sie gesehen hatte. Seit Mittag, sagte er mir gleich anfangs, hatte er keinen Bissen zu sich genommen. Ich fand etwas Hammelfleisch und Brot in der Speisekammer und brachte es ins Zimmer. Wir zündeten keine Lampen an, aus Furcht, die Aufmerksamkeit der Marsleute auf uns zu lenken. Und immer wieder stießen unsere Hände zusammen, wenn wir nach Brot oder Fleisch langten. Während er sprach, traten die Gegenstände um uns etwas aus der Dunkelheit heraus, und die niedergetretenen Büsche und Rosensträucher draußen wurden sichtbar. Es sah aus, als hätte eine Schar Menschen oder Tiere den Rasen zerstampft. Allmählich nahm ich auch das Gesicht meines Gastes wahr; es war geschwärzt und eingefallen, wie ohne Zweifel auch das meine.

Nachdem wir unsere Mahlzeit beendigt hatten, tappten wir leise in mein Studierzimmer hinauf, und ich blickte wieder durch das offene Fenster. In einer einzigen Nacht war aus dem Tal eine Aschenstätte geworden. Die Feuer waren jetzt heruntergebrannt. Wo Flammen gewesen waren, sah man jetzt nur Rauchsäulen. Aber die zahllosen Trümmer eingestürzter und verwüsteter Häuser, die geborstenen und geschwärzten Bäume, welche die Nacht verhüllt hatte, erhoben sich nun unheimlich und furchtbar in dem unbarmherzigen Schein der Morgendämmerung. Hie und da aber war ein Gegenstand glücklich dem Verderben entronnen – hier ein weißes Eisenbahnsignal, dort das Ende eines Glashauses, weiß und heil inmitten der Verheerung. Nie vorher in der Geschichte der Kriegsführung war eine Zerstörung so wahllos und allgemein vor sich gegangen. Und beleuchtet von dem aufsteigenden Licht im Osten, standen drei jener metallischen Riesen bei der Grube. Ihre Dachkappen drehten sich im Kreise herum, als überblickten sie die Verwüstung, die sie angerichtet.

Mir schien, als hätte der Krater sich erweitert. Und immer wieder fuhren Stöße lebhaft grünen Dampfes gegen den heller werdenden Himmel auf – fuhren auf, drehten sich wirbelnd, verteilten sich und verschwanden.

Jenseits erblickte man die Feuersäulen von Chobham. Sie wurden Säulen blutigroten Rauches beim ersten Strahl des Tages.

12. Was ich von der Zerstörung von Weybridge und Shepperton gesehen habe

Als es heller wurde, zogen wir uns vom Fenster zurück und gingen leise die Stiege hinab.

Der Artillerist stimmte mit mir überein, daß das Haus nicht der Ort sei, um dort zu verweilen. Wie er mir sagte, wollte er die Richtung nach London einschlagen, um dort mit seiner Batterie – Nr. 12 von der reitenden Artillerie – zusammenzutreffen. Meine Absicht war es, sofort nach Leatherhead zurückzukehren; und so sehr hatte mich die Kraft der Marsleute beeindruckt, daß ich fest entschlossen war, meine Frau nach Newhaven zu bringen, um von dort mit ihr unverzüglich das Land zu verlassen. Denn ich hatte klar begriffen, daß die Gegend um London unvermeidlich der Schauplatz verhängnisvoller Kämpfe werden müsse, ehe Geschöpfe wie diese vernichtet werden konnten.

Aber zwischen uns und Leatherhead lag der dritte Zylinder bei den wachsamen Riesen. Wäre ich allein gewesen, so hätte ich wahrscheinlich alles in die Schanze geschlagen und wäre querfeldein gegangen. Aber der Artillerist riet mir davon ab: »Einer rechten Frau«, sagte er, »erweist man keinen Gefallen, wenn man sie zur Witwe macht.« Und schließlich ließ ich mich überreden, unter dem Schutz der Wälder mit ihm nördlich bis Street Cobham zu gehen. Dort wollten wir uns trennen. Dann wollte ich einen großen Umweg über Epsom machen, um Leatherhead zu erreichen.

Ich wäre auf der Stelle aufgebrochen, aber mein Gefährte hatte im aktiven Dienst gestanden und verstand es besser. Er veranlaßte mich, das ganze Haus nach einer Feldflasche zu durchstöbern, die er mit Whisky füllte; und jede mögliche Tasche stopften wir mit Zwieback und Fleischschnitten voll. Dann schlichen wir uns aus dem Hause und liefen, so schnell wir konnten, die schlechte Straße hinab, auf der ich die Nacht vorher gekommen war. Die Häuser schienen verlassen. Auf der Straße lagen dicht nebeneinander drei vom Hitzstrahl getroffene Leichen; und hie und da sah man Gegenstände, welche die Leute auf ihrer Flucht verloren hatten – eine Uhr, einen Pantoffel, einen Silberlöffel und ähnliche armselige Kostbarkeiten. An der Ecke vor dem Postamt stand ein kleiner Karren, mit Koffern und Hausgerät bepackt, ohne Pferd, halb umgestürzt, mit einem gebrochenen Rad. Eine Geldschatulle war hastig aufgebrochen und in den Wirrwarr zurückgeschleudert worden.

Außer dem Pförtnerhäuschen beim Waisenhaus, das noch immer brannte, hatte keines der Häuser hier sehr gelitten. Der Hitzstrahl hatte die Schornsteine abgeschlagen und war weitergefahren. Dennoch schien es außer uns keine lebende Seele am Maybury Hill zu geben. Die Mehrheit der Bewohner hatte auf der Straße nach Old Woking – derselben, auf der ich nach Leatherhead gefahren war – ihr Heil in der Flucht gesucht, oder sie hielt sich verborgen.

Wir gingen den kleinen Feldweg hinab, vorbei an der Leiche des Mannes in Schwarz, die jetzt vom nächtlichen Hagelschlag ganz durchnäßt war, und schlugen uns am Fuß des Hügels in das Gehölz. Wir arbeiteten uns bis zur Eisenbahn durch, ohne einer lebenden Seele zu begegnen. Der Wald jenseits des Eisenbahndammes war nur noch die geborstene und verkohlte Ruine eines Waldes; zum größten Teil waren die Bäume umgestürzt, aber eine geringe Anzahl stand noch da, trostlose graue Stämme mit dunkelbraunen statt grünen Nadeln.

Auf unserer Seite hatte das Feuer nur einige näher stehende Bäume versengt; doch nicht genügend, um einen Brand zu entfachen. An einer Stelle hatten die Holzfäller noch am Samstag gearbeitet; gefällte und frischgeschnittene Baumstämme lagen mit ganzen Hügeln von Sägespänen neben der Sägemaschine und ihrem Motor in einer Lichtung. Dicht daneben sah man eine nur für vorübergehenden Gebrauch gezimmerte Hütte, die verlassen dalag. Nicht ein Lüftchen regte sich an diesem Morgen, und alles war seltsam still. Selbst die Vögel waren verstummt, und als wir so entlangeilten, sprachen der Artillerist und ich nur im Flüsterton, und von Zeit zu Zeit blickten wir über die Schulter zurück. Ein- oder zweimal hielten wir an, um zu lauschen.

Nach einiger Zeit näherten wir uns der Straße, und als wir ihr ganz nahe kamen, hörten wir das Klappern von Hufen und sahen durch die Baumstämme drei Kavalleristen, die langsam auf Woking zuritten. Wir riefen sie an, und sie machten halt, während wir auf sie zueilten. Es waren ein Leutnant und zwei Mann von den 8. Husaren. Sie trugen ein Gestell, das wie ein Theodolit aussah, das aber der Artillerist mir als Heliographen erklärte.

»Sie sind die ersten Menschen, die ich auf dieser Straße heute morgen gesehen haben«, sagte der Leutnant; »was ist denn eigentlich los?«

Seine Stimme und sein Gesicht waren erfüllt von Wißbegierde. Auch die Soldaten hinter ihm starrten uns neugierig an. Der Artillerist sprang über den Graben auf die Straße hinab und salutierte.

»Kanonen zerstört vorige Nacht, Herr Leutnant. Habe mich versteckt. Versuche zur Batterie zurückzukommen, Herr Leutnant. Sie werden, wenn Sie noch eine halbe Meile auf dieser Straße reiten, die Marsleute zu Gesicht bekommen, glaube ich.«

»Wie zum Kuckuck sehen die denn aus?« fragte der Leutnant.

»Riesen in Rüstung, Herr Leutnant. Hundert Fuß hoch. Drei Beine und ein Rumpf wie Aluminium, mit einem ungeheuren Kopf in einer Kappe, Herr Leutnant.«

»Hören Sie doch auf!« rief der Leutnant. »Was für ein verfluchter Unsinn!«

»Sie werden schon sehen, Herr Leutnant. Sie führen eine Art Kasten mit sich, der Feuer ausspeit und Sie totschlägt.«

»Was meinen Sie eigentlich – ein Geschütz?«

»Nein, Herr Leutnant«, und der Artillerist gab nun eine lebhafte Beschreibung des Hitzstrahls. Mitten in seiner Schilderung unterbrach ihn der Leutnant und blickte nach mir. Ich stand noch immer auf dem Damm neben der Straße.

»Haben Sie es gesehen?« fragte der Leutnant.

»Es ist vollkommen wahr«, erwiderte ich.

»So«, sagte der Leutnant, »dann glaube ich, ist es wohl auch meine Pflicht, es anzusehen. Passen Sie auf« – er wandte sich an den Artilleristen – »wir sind hier verteilt, um die Leute aus ihren Häusern zu schaffen. Sie tun am besten, wenn Sie sich beim Brigade-General Marvin melden und ihm alles berichten, was Sie wissen. Er ist in Weybridge. Weg bekannt?«

»Ich kenne ihn«, sagte ich. Er wandte sein Pferd wieder südwärts.

»Eine halbe Meile, sagen Sie?« fragte er.

»Höchstens«, entgegnete ich und wies über die Baumwipfel nach Süden. Er dankte mir und ritt weiter. Wir haben sie nie wieder gesehen.

Etwas weiter stießen wir auf eine Gruppe von drei Frauen und zwei Kindern. Sie waren eifrig damit beschäftigt, die Hütte eines Taglöhners auszuräumen. Sie hatten sich einen kleinen Handwagen verschafft und beluden ihn mit unsauber aussehenden Bündeln und schäbigem Hausgerät. Sie waren viel zu eifrig am Werk, um uns anzusprechen, als wir vorübergingen.

Beim Bahnhof von Byfleet kamen wir aus den Fichtenbäumen heraus und fanden im Licht der Morgensonne das Land ruhig und friedlich. Wir befanden uns jetzt weit außerhalb des Bereiches des Hitzstrahls; wären nicht die große Stille und Verlassenheit in manchen Häusern gewesen und das geschäftige Treiben und Pakken in andern, hätten wir nicht die kleine Gruppe von Soldaten gesehen, die bei der Eisenbahnbrücke stand und fortwährend nach Woking hinüberstarrte – es wäre ein Tag sehr ähnlich jedem anderen Sonntag gewesen.

Einige Bauernwagen und Karren bewegten sich ächzend auf der Straße, die nach Oddlestone führt. Plötzlich bemerkten wir durch die Zauntüre eines Feldes, jenseits eines Streifens ebenen Wiesengrundes, sechs Zwölfpfünder, in gleichmäßigen Zwischenräumen aufgestellt und gegen Woking gerichtet. Die Kanoniere standen bei den Geschützen in Bereitschaft, und die Munitionswagen befanden sich in gefechtsmäßiger Entfernung. Die Leute standen da, als warteten sie auf augenblicklichen Befehl.

»Sehr gut!« sagte ich. »Einen Schuß werden sie auf alle Fälle abbekommen.«

Der Artillerist zögerte an der Türe des Zauns.

»Ich gehe weiter!« sagte er.

Weiter hin gegen Weybridge zu, gerade bei der Brücke, stand eine Anzahl Soldaten in weißen Arbeitskitteln und warf eine lange Schanze auf. Dahinter wieder einige Geschütze.

»Einerlei, das nenne ich Pfeil und Bogen gegen Blitze«, sagte der Artillerist. »Die haben den Feuerstrahl noch nicht gesehen.«

Die Offiziere, die nicht beschäftigt waren, standen da und blickten unverwandt über die Baumwipfel südwestwärts. Und die Mannschaft hielt alle Augenblicke mit dem Graben ein, um in dieselbe Richtung zu starren.

Byfleet war in wilder Bewegung. Die Leute packten ein, und ein Trupp Husaren, einige zu Fuß, andere beritten, jagte sie durcheinander. Drei oder vier schwarze, stattliche Wagen mit dem Kreuz in weißem Feld und ein alter Stellwagen wurden nebst andern Gefährten in der Dorfstraße beladen. Es waren Scharen von Leuten in den Straßen, die meisten von ihnen sonntäglich genug gestimmt, um mit ihren besten Gewändern bekleidet zu sein. Die Soldaten hatten die größte Mühe, ihnen den Ernst ihrer Lage begreiflich zu machen. Wir sahen einen runzligen alten Gesellen mit einer riesigen Kiste und etwa zwanzig oder mehr Blumentöpfen mit Orchideen, wie er wütend einen Korporal anfuhr, der die Blumen zurücklassen wollte. Ich blieb stehen und faßte ihn beim Arm.

»Wissen Sie, was dort drüben ist?« fragte ich ihn und wies auf die Fichtenwipfel, welche die Marsleute verbargen.

»Was?« sagte er und wandte sich um, »ich habe eben erklärt, wie kostbar diese Blumen sind.«

»Der Tod!« schrie ich. »Der Tod kommt! Der Tod!« Und indem ich es ihm überließ, das hinunterzuwürgen, so gut er konnte, eilte ich dem Artilleristen nach. An der Ecke blickte ich zurück. Der Soldat hatte ihn stehengelassen; aber er stand noch bei seiner Kiste und den Orchideentöpfen und starrte verständnislos über die Bäume hinweg.

Kein Mensch in Weybridge konnte uns sagen, wo das Hauptquartier aufgeschlagen war. Der ganze Ort befand sich in einem Zustande geräuschvoller Verwirrung, den ich in noch keiner Stadt vorher gesehen hatte. Überall Karren und Wagen, die erstaunlichsten Zusammensetzungen von Fahrgelegenheiten und Pferdematerial. Die angesehenen Einwohner des Ortes, Männer in Golf- und Ruderkostümen, hübsch gekleidete Frauen, alle packten ein, von den Flußbummlern kräftig unterstützt. Die Kinder aufgeregt und zum größten Teil höchlichst entzückt über diese erstaunliche Änderung ihrer Sonntags-Erfahrungen. Und inmitten dieses Wirrwarrs stand der würdige Prediger, der mit anerkennenswertem Mut einen Frühgottesdienst abhielt. Seine Glocke schrillte in die Aufregung hinein.

Der Artillerist und ich saßen auf der Sockelstufe des Trinkbrunnens und hielten mit den mitgenommenen Eßvorräten eine ganz leidliche Mahlzeit. Soldaten-Patrouillen, hier nicht Husaren, sondern weiße Grenadiere, ermahnten die Leute, nicht länger zu zögern, sondern zu fliehen oder in den Kellern ihre Zuflucht zu nehmen, sobald das Schießen beginnen werde. Als wir die Eisenbahnbrücke überschritten, sahen wir, daß ein stetig anwachsender Menschenhaufen sich in und vor dem Bahnhof angesammelt hatte, und daß der Bahnsteig mit Koffern und Paketen überhäuft war.

Wir hielten uns einige Zeit in Weybridge auf. Um die Mittagsstunde befanden wir uns an der Stelle neben der Sheppertonschleuse, an der Wey und Themse sich vereinigen. Der Wey hat eine dreiteilige Mündung, und an dieser Stelle kann man Boote mieten, oder man benutzt die Fähre, die über den Fluß führt. Auf der Seite von Shepperton war ein Gasthaus mit einem Rasenplatz, und dahinter erhob sich der Turm der Sheppertoner Kirche über den Bäumen.

Hier fanden wir einen erregten und lärmenden Haufen Flüchtiger versammelt. Bisher war die Flucht noch nicht zu einer Panik angewachsen; doch waren schon jetzt viel mehr Leute da, als die Boote, die hin- und herfuhren, aufnehmen konnten. Immer mehr Menschen kamen, die unter ihren schweren Lasten keuchten. Ein Ehepaar schleppte sogar eine kleine Haustüre heran, auf die es seine Gerätschaften getürmt hatte. Ein Mann meinte, er würde versuchen, vom Sheppertoner Bahnhof abzufahren.

Es wurde viel hin- und hergeschrien, und jemand machte sogar Witze. Die Leute schienen sich vorzustellen, daß die Marsleute einfach furchtbare menschliche Wesen seien, die wohl eine Stadt angreifen und plündern könnten, aber die man schließlich doch ganz gewiß vernichten werde. Jeden Augenblick spähten die Leute über den Weg hinweg nach den Wiesen vor Chertsey. Dort aber war alles ruhig.

Jenseits der Themse, außer gerade dort, wo die Boote landeten, war alles still, in grellem Gegensatz zur Surreyseite. Die Leute, welche dort landeten, trabten alle den Feldweg hinab. Das große Fährboot hatte eben eine Fahrt zurückgelegt. Drei oder vier Soldaten standen auf dem Rasenplatz des Gasthauses, gafften und machten sich über die Flüchtlinge lustig, ohne Miene zu machen, ihnen zu helfen. Das Gasthaus war vorschriftsmäßig geschlossen.

»Was ist das?« rief ein Bootsmann, und »Kusch dich, du Narr!« herrschte ein Mann neben mir seinen kläffenden Hund an. Da war der Ton wieder, dieses Mal aus der Gegend von Chertsey, ein dumpfer Schlag – das Feuern eines Geschützes.

Die Schlacht begann. Fast unmittelbar fielen unsichtbare Batterien – unsichtbar wegen der Bäume – jenseits des Flusses zu unserer Rechten in den Chor ein, heftig feuernd – eine nach der andern. Eine Frau kreischte. Jedermann stand bei dem plötzlichen Beginn der Schlacht wie gebannt da; sie tobte neben uns und uns doch unsichtbar. Nichts war zu sehen als ebene Wiesen und unbekümmert weitergrasende Kühe und beschnittene Silberweiden, die regungslos im warmen Sonnenlicht standen.

»Die Soldaten werden sie schon aufhalten«, meinte eine Frau neben mir etwas unsicher. Ein feiner Rauch erhob sich über den Baumkronen.

Plötzlich sahen wir eine Rauchwolke weit oben am Fluß, ein Rauchstoß, der in die Luft schoß und dort hängenblieb. Im selben Augenblick hob sich der Boden unter unsern Füßen, und ein heftiger Zündschlag erschütterte die Luft; einige Fenster in den näher gelegenen Häusern zerschellten. Wir blieben betäubt stehen.

»Da sind sie!« schrie ein Mann in blauem Jersey. »Da drüben! Seht ihr's nicht? Da drüben!«

Blitzschnell, einer nach dem andern, tauchten ein, zwei, drei, vier gepanzerte Marsleute in weiter Ferne bei den kleinen Bäumen jenseits der ebenen Wiesen auf, die sich nach Chertsey hinziehen. Sie näherten sich eilends dem Fluß. Kleine kapuzinerartige Gestalten schienen sie zuerst, die sich rollend fortbewegten, schnell wie fliegende Vögel.

Dann kam ein fünfter in schräger Richtung auf uns zu. Ihre gepanzerten Leiber glitzerten in der Sonne, als sie auf die Geschütze zurasten, und im Näherkommen wuchsen sie mit reißender Schnelligkeit. Der, der am weitesten entfernt, ganz links war, schwang einen ungeheuren Behälter in der Luft, und der geisterhafte, furchtbare Hitzstrahl, den ich schon Freitag nachts gesehen hatte, fuhr gegen Chertsey und traf die Stadt.

Beim Anblick dieser seltsamen, schnellen, schrecklichen Geschöpfe schien die Menge am Ufer vor Schrecken erstarrt zu sein. Man hörte weder Schreien noch Jammern. Alles blieb still. Dann ein heiseres Gemurmel, eine Bewegung von Füßen – ein Aufspritzen von Wasser. Ein Mann, der zu erschreckt war, um seine Reisetasche von der Schulter fallen zu lassen, warf sich herum und stieß mich mit seiner Bürde fast zu Boden. Eine Frau stieß mit ihrer Hand nach mir und stürzte an mir vorüber. Zugleich mit der Menge wandte ich mich um; aber mein Entsetzen war nicht stark genug, um mich am Denken zu hindern. Der furchtbare Hitzstrahl beschäftigte meine Gedanken. Unter das Wasser flüchten! Das war das Richtige!

»Unters Wasser!« schrie ich, ohne gehört zu werden.

Ich wandte mich wieder um und rannte dem herankommenden Marsmann entgegen – rannte spornstreichs die kiesige Böschung hinab und stürzte mich kopfüber ins Wasser. Andere folgten mir. Ein Boot kam zurück, und die Leute sprangen heraus, als ich an ihnen vorbeistürmte. Die Steine unter meinen Füßen waren lehmig und schlüpfrig, und der Fluß war so seicht, daß ich vielleicht zwanzig Fuß weit lief und das Wasser mir nur bis zur Hüfte reichte. Dann, als der Marsmann kaum zweihundert Yards entfernt zu meinen Häupten auftauchte, warf ich mich nieder und tauchte unter. So oft die Leute aus den Booten in den Fluß sprangen, scholl es wie Donnerschläge in meinen Ohren. Auf beiden Seiten des Flusses stiegen Leute ans Land.

Aber die Marsmaschine beachtete diese hin- und herlaufende Menschenmenge nicht mehr, als etwa ein Mensch, der mit dem Fuß einen Ameisenhaufen zerstört hat, dessen Verwirrung beachtet. Als ich, halb erstickt, meinen Kopf über das Wasser erhob, war die Dachhaube des Marsmannes gegen die Batterien gerichtet, die noch immer über den Fluß schossen; und als er herankam, schwang er frei in der Luft jenes Ding, das der Generator des Hitzstrahls sein mußte.

Im nächsten Augenblick war die Maschine am Ufer, und weit ausschreitend watete sie halb durch. Die Knie der Vorderbeine waren schon auf dem andern Ufer, und gleich darauf erhob es sich schon zu seiner vollen Höhe, ganz in der Nähe von Shepperton. Sofort begannen die sechs Geschütze, welche jedermann unsichtbar am rechten Ufer hinter den Ausläufern des Dorfes verborgen waren, gleichzeitig zu feuern. Die unerwartete Nähe der Erschütterung, die Schnelligkeit, mit der der letzte Schuß dem ersten folgte, ließen meine Pulse fliegen. Das Ungeheuer erhob schon den Hitzstrahlgenerator, als die erste Bombe sechs Yards über der Dachhaube platzte.

Ich stieß einen Schrei des Erstaunens aus. Ich sah und hörte nichts von den vier andern Marsungetümen, meine Aufmerksamkeit galt einzig und allein dem naheliegendsten Ereignis. Gleichzeitig barsten zwei weitere Bomben in der Luft dicht neben dem Körper des Riesen; er drehte die Dachhaube, gerade zur rechten Zeit, um die vierte Bombe zu erhalten, aber nicht rasch genug, um ihr auszuweichen.

Die Bombe fuhr mitten in das Gesicht des Marsmannes. Die Haube blähte sich, blitzte auf und zersprang in ein Dutzend zerschellter Stücke roten Fleisches und glitzernden Metalles.

»Getroffen!« schrie ich; meine Stimme klang halb kreischend, halb jubelnd.

Ich hörte die antwortenden Schreie von den Leuten, die um mich herum im Wasser standen. In der augenblicklichen freudigen Stimmung hätte ich aus dem Wasser springen können.

Der enthauptete Koloß wankte wie ein betrunkener Riese. Aber er stürzte nicht. Wie durch ein Wunder gewann er sein Gleichgewicht wieder. Nichts war mehr da, das seinen Lauf zügelte, und der Generator, der den Hitzstrahl abfeuerte, blieb hocherhoben. So raste er polternd auf Shepperton los. Die lebende Intelligenz, der Marsmann in der Dachhaube, war erschlagen und seine Reste waren in die vier Winde zerstoben; das Ding war jetzt bloß noch ein wildes Gewirr von Metall, das seiner Vernichtung entgegeneilte. Ledig jeder Leitung, fuhr es in gerader Richtung weiter. Es traf den Turm der Sheppertoner Kirche, zerschmetterte ihn, so wie ein Rammbock ihn zerschmettert hätte, bog seitwärts ab, polterte weiter, stürzte endlich unter ungeheurem Getöse in den Fluß und entschwand meinen Blicken.

Ein heftiger Zündschlag erschütterte die Luft. Ein Strahl von Wasser, Dampf, Schmutz und zersplittertem Metall schoß hoch auf. Als der Generator mit dem Hitzstrahl das Wasser berührte, verwandelte sich dieses unmittelbar in Dampf. Im nächsten Augenblick wälzte sich eine ungeheure Woge wie eine schlammige Springflutwelle, aber fast kochend heiß, den gekrümmten oberen Teil des Flusses entlang. Ich sah, wie Leute dem Ufer zustrebten, und hörte ihre jammernden Schreie nur undeutlich neben dem Zischen und Brüllen, das den Zusammenbruch des Marsungeheuers begleitete.

Für den Augenblick beachtete ich die Hitze nicht und vergaß das dringende Gebot der Selbsterhaltung. Ich watete durch das tosende Wasser, stieß einen schwarzgekleideten Mann zur Seite, um vorwärts zu kommen, bis ich endlich um die Biegung des Flusses sehen konnte. Ein halbes Dutzend verlassener Boote trieb ziellos auf dem Wellengewirr umher. Weiter unten sah ich das gestürzte Marsungetüm quer über dem Flusse liegen; der größte Teil war unter Wasser.

Dichte Wolken von Dampf strömten aus dem Wrack, und durch die wie toll wirbelnden Wellen konnte ich die riesenhaften Glieder sehen, wie sie das Wasser bewegten und einen Schauer von Schlamm und Schaum aufpeitschten. Die Fühler griffen und schlugen um sich wie lebende Arme, und abgesehen von der hilflosen Zwecklosigkeit dieser Bewegungen, sah das Ganze aus, als führe ein verwundetes Geschöpf mit den Wellen einen verzweifelten Kampf um sein Leben. Ungeheuere Mengen einer rötlichbraunen Flüssigkeit quollen zischend aus der Maschine.

Meine Aufmerksamkeit wurde von diesem Anblick durch ein wütendes Heulen abgelenkt, wie man es in unseren Fabrikstädten von Sirenen hört. Ein Mann, der knietief im Wasser neben dem Leinpfad stand, rief mich laut flüsternd an und machte mir ein

Zeichen. Zurückblickend sah ich die andern Marsleute mit Riesenschritten das Flußufer aus der Richtung von Chertsey herabeilen. Diesmal sprachen die Geschütze von Shepperton vergeblich.

Ich tauchte sofort unter, hielt den Atem an, bis jede Bewegung in mir erstarrte, und trieb mich von Schmerz gequält unter dem Wasser weiter, solange es mir möglich war. Das Wasser um mich war in wildem Aufruhr und wurde unaufhörlich heißer. Als ich einen Augenblick meinen Kopf aus dem Wasser steckte, um Atem zu schöpfen und Haare und Wasser aus den Augen zu wischen, stieg der Dampf wie ein wirbelnder weißer Nebel auf, der die Marsleute zuerst meinen Blicken entzog.

Der Lärm war betäubend. Dann aber sah ich sie, riesige graue Gestalten, durch den Nebel noch vergrößert. Sie waren an mir vorübergeschritten, und zwei von ihnen beugten sich gerade über die schäumenden und tobenden Trümmer ihres Kameraden.

Der dritte und der vierte standen neben ihnen im Wasser, einer vielleicht 200 Yards von mir entfernt, der andere nach Laleham blickend. Sie hielten die Hitzstrahlgeneratoren hoch in die Luft, und die zischenden Strahlen fuhren nach allen Richtungen.

Die Luft war von Lärm erfüllt, von einem betäubenden und verwirrenden Gemisch von Geräuschen, von dem klirrenden Getöse der Marsmaschinen, dem Krachen einstürzender Häuser, dem dumpfen Aufschlagen der Bäume, Gitter und flammenumzüngelten Scheunen und dem Knattern und Prasseln des Feuers. Dichter schwarzer Rauch fuhr auf und vermischte sich mit dem Dampf des Flusses; und wo der Hitzstrahl über Weybridge hinfuhr, loderte weißglühendes Licht auf, das sich sofort in einen rauchigen Tanz gelblicher Flammen verwandelte. Die näher liegenden Häuser waren noch unversehrt; beschattet, durch den Qualm undeutlich und düster, erwarteten sie ihr Schicksal, während das Feuer hinter ihnen auf- und niederraste.

Nur einen Augenblick stand ich in dem brusthohen, fast kochenden Wasser, betäubt von meiner Lage, ohne Hoffnung zu entrinnen. Durch den Qualm hindurch konnte ich die Leute sehen, die mit mir im Fluß gewesen waren; wie kleine Frösche, die durchs Gras fliehen, wenn ein Mensch sie aufschreckt, arbeiteten sie sich durch das Schilf aus dem Wasser oder rannten in wildem Entsetzen am Leinpfad auf und ab.

Plötzlich kamen die weißen Blitze des Hitzstrahls auf mich zugeschossen. Die Häuser sanken bei ihrer Berührung zusammen und spien Flammen aus; die Bäume verwandelten sich mit Getöse in Feuersäulen. Die Blitze flackerten auf dem Leinpfad auf und ab und verzehrten die Leute, die dort planlos auf- und niederliefen. Dann näherten sie sich dem Rande des Wassers, nicht fünfzig Yards von der Stelle entfernt, auf der ich stand. Nun fuhr der Strahl über den Fluß hinüber nach Shepperton, und wo er das Wasser berührte, da schwoll es in einer kochenden, dampferfüllten Blase auf. Ich wandte mich dem Ufer zu.

Im nächsten Augenblick hatte sich die riesige, dem Siedepunkt nahe Welle über mich gestürzt. Ich schrie laut auf, und halb verbrüht, halb geblendet, taumelte ich, sinnlos vor Schmerz, durch das aufschießende, zischende Wasser dem Ufer zu. Wäre mein Fuß ausgeglitten, es wäre das Ende gewesen. Hilflos fiel ich vor den Augen der Marsleute auf die breite, nackte, kiesige Sandbank, die sich dort beim Zusammenfluß von Wey und Themse hinzieht. Ich erwartete nichts als den Tod.

Ich erinnere mich dunkel, wie ein Marsmann den Fuß seiner Maschine etwa zwanzig Yards von meinem Kopf entfernt niederstellte, wie dieser tief in den lockeren Kiessand einsank, wie der Kies hierhin und dorthin stob, wie jener Fuß wieder erhoben wurde. Ich erinnere mich der Augenblicke banger Erwartung, und dann, wie die vier die Überbleibsel ihres Kameraden forttrugen, erst ganz deutlich sichtbar, gleich darauf verschwommen in einem Rauchschleier, endlich, wie es mir schien, auf einer unermeßlichen Fläche von Fluß und Wiese in unendlicher Entfernung gänzlich verschwindend. Und nun kam es mir ganz allmählich zum Bewußtsein, daß ich wie durch ein Wunder entkommen war.

13. Wie ich mit dem Kuraten zusammentraf

Nach diesem plötzlichen Unterricht über die Fähigkeiten auch der irdischen Waffen, zogen sich die Marsleute wieder in ihr ursprüngliches Hauptquartier auf der Horsell-Weide zurück. In ihrer Hast und überdies mit den Resten ihres zerschmetterten Gefährten beladen, übersahen sie ohne Zweifel viele solche verstreut liegende und unnötige Opfer, wie ich es war. Hätten sie ihren Kameraden im Stich gelassen und sich sofort aufgemacht, so hätte es zu jener Zeit zwischen ihnen und London nichts gegeben als Batterien zwölfpfündiger Geschütze; und ohne Zweifel hätten sie die Hauptstadt schneller erreicht als die Kunde ihres Herannahens. Ihre Ankunft wäre ebenso plötzlich, erschreckend und vernichtend gewesen wie das Erdbeben, das ein Jahrhundert vorher Lissabon zerstört hatte.

Doch sie hatten keine Eile. Ein Zylinder folgte dem andern auf seiner Bahn von Planet zu Planet; alle vierundzwanzig Stunden erhielten sie Verstärkungen. Unterdessen gingen die Militär- und Marinebehörden, die sich jetzt der ungeheuren Gewalt ihrer Gegner völlig bewußt waren, mit fieberhaftem Eifer ans Werk. Jede Minute wurde ein neues Geschütz aufgepflanzt; bevor noch die Dämmerung hereinbrach, barg jedes Gehölz, jede Reihe vorstädtischer Landhäuser an dem hügeligen Abhang um Kingston und Richmond eine kampflustige schwarze Mündung. Durch die verkohlte und verödete Fläche – in einem Ausmaß von etwa zwanzig Quadratmeilen –, die das Feldlager der Marsleute auf der Horsell-Weide umschloß, durch die ausgebrannten und in Trümmern liegenden Dörfer mit ihren grünen Bäumen, durch die schwarzen und rauchenden Säulengänge, die noch einen Tag vorher Fichtenanpflanzungen gewesen waren, krochen die treuen Kundschafter mit den Heliographen, welche den Kanonieren das Herannahen der Marsleute anzeigen sollten. Die Marsleute aber waren jetzt von der Bedeutung unserer Artillerie unterrichtet, sie kannten die Gefahren menschlicher Nähe, und nicht einer von ihnen wagte sich außerhalb des Bereiches einer Meile von jedem Zylinder, außer um den Preis seines Lebens.

Es schien, als verbrachten diese Riesen den frühen Nachmittag damit, hin- und herzuwandern und den gesamten Inhalt des zweiten und des dritten Zylinders – jener lag bei den Addlestone Golf Links, dieser bei Pyrford – in ihre ursprüngliche Grube auf der Horsell-Weide zu schaffen. Weiter drüben, bei dem geschwärzten Heidekraut und den zertrümmerten Gebäuden, die sich weit und breit erstreckten, stand einer als Wache, während die übrigen ihre riesigen Kriegsmaschinen verließen und in die Grube hinabstiegen. Sie arbeiteten bis spät in die Nacht hinein mit vollen Kräften, und die hochgetürmte Säule dichten grünen Rauches, die sich aus der Grube erhob, konnte von den Hügeln bei Merrow gesehen werden und soll selbst von Banstead und Epsom Downes aus bemerkt worden sein.

Während so die Marsleute hinter mir sich für ihren nächsten Ausfall rüsteten, während vor mir die Menschheit sich zum Kampf vorbereitete, bahnte ich mir unter unsäglichen Schmerzen und Mühen meinen Weg durch Feuer und Rauch des brennenden Weybridge nach London.

Ich sah ein sehr kleines verlassenes Boot in ziemlicher Entfernung flußabwärts treiben. Und nachdem ich den größten Teil meiner durchnäßten Kleidungsstücke abgeworfen hatte, eilte ich ihm nach, erreichte es und entkam so der Verwüstung. Es waren keine Ruder im Boot, aber ich paddelte, soweit es meine verbrühten Hände erlaubten. So gelangte ich nur sehr mühsam weitertreibend den Fluß hinab nach Halliford und Walton; dabei blickte ich mich unaufhörlich um, wie man wohl begreifen wird. Ich folgte dem Fluß, indem ich mir sagte, daß das Wasser mir die beste Gelegenheit zum Entkommen bieten werde, wenn jene Riesen wiederkehrten.

Das dampfende Wasser, das sich bei dem Sturz der Marsmaschine gebildet hatte, floß mit mir stromabwärts, und so konnte ich fast während einer Meile nur wenig von beiden Ufern erblicken. Einmal jedoch gewahrte ich eine Reihe schwarzer Gestalten, die aus der Richtung von Weybridge über die Wiesen eilten. Halliford schien gänzlich verödet zu sein, und einige Häuser am Fluß standen in Flammen. Es berührte mich seltsam, den Ort so friedlich daliegen zu sehen, so verlassen unter dem heißen blauen Himmel, während der Rauch und kleine Feuerfäden kerzengerade in die schwüle Luft des Nachmittags aufstiegen. Ich hatte noch nie vorher Häuser ohne den Zulauf einer störenden Menschenmenge brennen sehen. Ein wenig weiter rauchte und glühte das ausgedorrte Schilf am Ufer, und eine Feuerlinie, die landeinwärts führte, kroch gierig über ein verspätetes Heufeld.

Lange Zeit trieb ich so hin; ich war von Schmerzen gepeinigt und erschöpft nach all dem Schrecklichen, das ich erlebt; und die Hitze auf dem Wasser war fast unerträglich. Dann überfiel mich wieder die Furcht, und ich paddelte weiter. Die Sonne brannte auf meinen nackten Rücken. Endlich, als nach der Krümmung die Brücke von Walton mir entgegenkam, besiegten Fieber und Schwäche meine Furcht; ich landete am Middlesex-Ufer und legte mich, fast zu Tode erschöpft, im hohen Gras nieder. Es war, wie ich vermute, etwa vier oder fünf Uhr. Ich erhob mich bald wieder, ging eine halbe Meile weiter, ohne einer lebenden Seele zu begegnen, und legte mich dann wieder in den Schatten einer Hecke. Ich erinnere mich dunkel, während dieses letzten anstrengenden Marsches mit mir selbst gesprochen zu haben. Ich war auch sehr durstig und bereute es bitter, nicht mehr Wasser getrunken zu haben. Es ist auch eigentümlich, daß ich etwas wie Ärger über meine Frau empfand; ich kann es mir nicht erklären; aber mein ohnmächtiges

Verlangen, Leatherhead zu erreichen, brachte mich über die Maßen auf.

Ich entsinne mich nicht mehr deutlich der Ankunft des Kuraten. Ich schlummerte also wahrscheinlich. Erst allmählich nahm ich ihn wahr, wie er mit rußbedeckten Hemdärmeln dasaß und mit seinem aufwärts gerichteten, glattrasierten Gesicht auf ein schwach flackerndes Licht starrte, das am Himmel tanzte. Es war ein Himmel, den man bei uns einen ›Makrelen-Himmel‹ nennt, über und über besät mit feinen, daunenfedergleichen Wölkchen, die von der sinkenden Hochsommersonne rosig angehaucht waren.

Ich setzte mich auf, und beim Geräusch meiner Bewegung blickte er rasch nach mir.

Er schüttelte den Kopf.

»Haben Sie etwas Wasser?« fragte ich ohne Begrüßung.

»Sie haben schon seit einer ganzen Stunde um Wasser gebeten«, sagte er.

Einen Augenblick lang schwiegen wir und maßen uns gegenseitig mit den Blicken. Ich muß gestehen, daß er eine recht wunderliche Gestalt in mir fand, nackt bis auf meine durchnäßten Beinkleider und Socken, halbverbrüht, und Gesicht und Schultern von Rauch geschwärzt. Sein Gesicht war das eines blonden Schwächlings, sein Kinn trat stark zurück, und sein Haar lag in krausen, fast flachsfarbenen Wellen auf seiner niedrigen Stirne. Seine Augen waren ziemlich groß, blaßblau und ins Leere starrend. Er sprach abgebrochen und blickte von mir weg irgendwohin.

»Was bedeutet das?« sagte er, »was sollen alle diese Dinge bedeuten?«

Ich starrte ihn an und gab keine Antwort.

Er streckte eine dünne weiße Hand aus und fuhr in fast klagendem Tone fort:

»Warum werden solche Dinge zugelassen? Was für Sünden haben wir begangen? Die Morgenandacht war zu Ende, ich wandelte durch die Straßen, um meine Gedanken für den Nachmittag zu klären – da – Feuer, Erdbeben, Tod! Als ob es Sodom und Gomorrha wäre! Die ganze Arbeit zerstört, die ganze Arbeit ... Wer sind diese Marsleute?«

»Wer sind wir?« antwortete ich und räusperte mich.

Er umklammerte seine Knie und wandte sich wieder zu mir. Eine halbe Minute vielleicht brütete er schweigend vor sich hin.

»Ich wandelte durch die Straßen, um meine Gedanken zu klären«, sagte er. »Und plötzlich Feuer, Erdbeben, Tod!«

Er verfiel wieder in Schweigen; sein Kinn sank fast auf seine Knie.

Bald darauf fing er wieder an und fuhr mit der Hand umher.

»Die ganze Arbeit – alle die Sonntagsschulen. Was haben wir denn getan – was hat Weybridge getan? Alles verschwunden – alles zerstört. Die Kirche! Wir haben sie erst vor drei Jahren wieder aufgebaut. Verschwunden! – Vom Erdboden weggefegt! Warum?«

Abermals eine Pause; dann brach er wieder los wie ein Rasender.

»Der Rauch Seines Feuers gehet auf für ewig und immerdar!« schrie er.

Seine Augen flammten, und sein magerer Finger wies gegen Weybridge.

Ich war jetzt soweit, um mir über ihn klarzuwerden. Das entsetzliche Trauerspiel, in das er verflochten war – er war offenbar ein Flüchtling aus Weybridge –, hatte ihn an den Rand des Wahnsinns getrieben.

»Sind wir weit von Sunbury?« fragte ich in einem gleichgültigen Ton.

»Was sollen wir tun?« fragte er. »Sind denn diese Geschöpfe überall? Ist ihnen denn die Erde übergeben worden?«

»Sind wir weit von Sunbury?«

»Diesen Morgen erst hielt ich den Frühgottesdienst ab.«

»Die Dinge haben sich seither verändert«, sagte ich ruhig. »Sie müssen Ihren Kopf oben behalten. Es gibt noch Hoffnung.«

»Hoffnung?« »Ja; Hoffnung in Menge – trotz aller Zerstörung!«

Ich fing an, meine Ansicht über unsere Lage darzulegen. Er hörte anfangs zu, aber während ich weitersprach, verwandelte sich das Interesse in seinen Augen wieder in das leere Starren von früher, und seine Blicke schweiften von mir weg in die Ferne.

»Das muß der Anfang vom Ende sein«, sagte er, mich unterbrechend, »das Ende! Der große und schreckliche Tag des Herrn! Wenn die Menschen werden anrufen die Berge und die Felsen, daß sie mögen fallen auf sie und sie verbergen – verbergen vor Seinem Angesicht, vor dem Antlitz dessen, der da sitzet auf dem Throne!«

Ich begann die Sachlage zu verstehen. Ich gab meine anstrengenden Vernunftpredigten auf, richtete mich mühsam auf und legte meine Hand auf seine Schulter.

»Seien Sie ein Mann«, sagte ich. »Der Schrecken hat Sie um Ihren Verstand gebracht. Wozu ist denn die Religion gut, wenn sie beim ersten Unglück zusammenbricht? Bedenken Sie doch, was Erdbeben und Wasserfluten, Kriege und Vulkane schon früher der Menschheit angetan haben. Dachten Sie denn, daß Gott mit Weybridge eine Ausnahme machen wollte? ... Er ist kein Versicherungsagent, Herr.«

Eine Zeitlang saß er in Schweigen verloren da.

»Aber wie sollen wir entfliehen?« fragte er plötzlich. »Sie sind unverwundbar, sie sind erbarmungslos.«

»Weder das eine, noch vielleicht das andere«, antwortete ich. »Und je mächtiger sie sind, um so vernünftiger und behutsamer sollten wir sein. Nicht drei Stunden sind es her, daß einer von ihnen da drüben getötet wurde.«

»Getötet!« sagte er und starrte mich an. »Wie können die Gesandten des Herrn getötet werden?«

»Ich sah es«, fuhr ich in meiner Erzählung fort. »Der Zufall will es eben, daß wir ins Ärgste hineingeraten sind«, sagte ich, »das ist alles.«

»Was bedeutet denn jenes Flackern am Himmel?« fragte er unvermittelt.

Ich sagte ihm, daß es die Signale der Heliographen seien – das Zeichen menschlicher Hilfe und Bemühungen am Himmel.

»Wir sind gerade mitten darinnen«, sagte ich, »so ruhig alles auch ist. Das Flackern am Himmel deutet auf nahenden Sturm. Dort drüben, glaube ich, sind die Marsleute, und gegen London zu, dort, wo die Hügel um Richmond und Kingston sich erheben und die Bäume Schutz gewähren, werden Schanzen aufgeworfen und Geschütze aufgepflanzt. Bald werden die Marsleute wieder hierherkommen ...«

Während ich noch sprach, sprang er auf und unterbrach mich mit einer Gebärde.

»Hören Sie«, sagte er ...

Jenseits der niedrigen Hügel über dem Wasser erschollen der dumpfe Widerhall ferner Geschütze und in weiter Ferne ein unheimliches Schreien. Dann war alles still. Ein Maikäfer schwirrte über die Hecke an uns vorüber. Hoch im Westen hing, bleich und kaum sichtbar, die Sichel des Mondes über dem Rauch von Weybridge und Shepperton und der heißen, stillen Pracht der sinkenden Sonne.

»Am besten«, sagte ich, »gehen wir nach Norden.«

14. In London

Mein jüngerer Bruder war in London, als die Marsleute Woking überfielen. Er war Student der Medizin, arbeitete gerade für eine bevorstehende Prüfung und hörte von ihrer Ankunft erst am Samstag früh. Die Morgenblätter am Samstag enthielten als Ergänzung ziemlich ausführliche Fachartikel über den Planeten Mars, das Leben auf dem Planeten und so weiter und nur ein kurzes, in unbestimmten Wendungen gehaltenes Telegramm, das durch seine Kürze um so auffälliger wirkte.

Die Marsleute, durch die Annäherung einer Menschenmenge erschreckt, haben eine Anzahl Menschen mit einem Schnellfeuergeschütz getötet, so etwa lautete der Bericht. Das Telegramm schloß mit den Worten: »So furchtbar sie auch scheinen mögen, haben sich die Marsleute noch nicht aus der Grube, in die sie gefallen sind, gerührt und scheinen auch ganz unfähig dazu zu sein. Dies ist wahrscheinlich eine Folge der relativ ungleich stärkeren Anziehungskraft der Erde.« Über diesen letzten Punkt verbreitete sich der Artikelschreiber überaus beruhigend.

In dem biologischen Kurs der Vorbereitungsschule, die mein Bruder zu jener Zeit besuchte, waren natürlich alle Studenten von dem lebhaftesten Anteil an diesen Vorgängen erfüllt. Aber auf den Straßen waren keine Zeichen einer ungewöhnlichen Erregung wahrzunehmen. Die Nachmittagsblätter brachten einige Neuigkeiten unter riesigen Schlagzeilen. Aber außer der Bewegung der Truppen auf der Weide und dem Brand des Fichtengehölzes zwischen Woking und Weybridge um 8 Uhr wußten sie nichts zu berichten. Später teilte die ›St. James Gazette‹ die bloße Tatsache von der Unterbrechung der telegraphischen Verbindung in einer besonderen Ausgabe mit. Man nahm an, daß dies dem Sturz einiger brennender Fichtenstämme auf die Drähte zuzuschreiben sei. Über das Gefecht in jener Nacht, der Nacht meiner Fahrt nach Leatherhead und zurück, wurde nichts weiter bekannt.

Mein Bruder war nicht im mindesten um uns besorgt, als er aus der Beschreibung der Blätter erfuhr, daß der Zylinder gute zwei Meilen von unserem Haus entfernt war. Er nahm sich vor, in der Nacht zu mir zu fahren, um, wie er sagte, sich die Geschöpfe anzusehen, bevor sie getötet würden. Er sandte mir ein Telegramm, das mich nie erreichte. Das war um vier Uhr. Den Abend verbrachte er in einem Konzertsaal.

Auch in London herrschte Samstag nachts eine starkes Un-Unwetter, und mein Bruder fuhr in einer Droschke zur Waterloo Station. Auf dem Bahnsteig, von dem der Mitternachtszug die Station gewöhnlich verläßt, erfuhr er nach einigem Warten, daß ein Unfall die Züge verhindere, diese Nacht Woking zu erreichen. Über das Nähere dieses Unfalls konnte er nichts Verläßliches erfahren; selbst die Bahnbeamten wußten damals noch nichts Bestimmtes. Auf dem Bahnhof herrschte nur eine geringe Aufregung, und die Bahnbeamten, weit entfernt, etwas anderes anzunehmen als eine geringe Störung zwischen Byfleet und Woking Junction, expedierten die Theaterzüge, welche gewöhnlich über Woking fuhren, auf einen Umweg über Virginia Water oder Guildford. Ebenso eifrig waren sie damit beschäftigt, die Linien der Sonntags-Vergnügungszüge nach Southampton und Portsmouth zu ändern. Der Nacht-Berichterstatter einer Zeitung, der meinen Bruder irrtümlich für den Betriebsleiter hielt, mit dem er eine entfernte Ähnlichkeit besitzt, stellte sich ihm in den Weg und versuchte einiges aus ihm herauszubekommen. Außer einigen Bahnbeamten brachten nur wenige Leute den Unfall mit den Marsmännern in Zusammenhang.

In einem anderen Bericht dieser Ereignisse habe ich gelesen, daß am Sonntag morgen »ganz London durch die Nachrichten aus Woking elektrisiert war«. In Wahrheit aber gab es nichts, das diesen übertriebenen Ausdruck rechtfertigen konnte. Zahlreiche Leute in London haben bis zur Panik am Montag morgen nichts von den Marsleuten gehört. Nur die davon gehört hatten, nahmen sich die Zeit, um sich aus den hastig entworfenen Telegrammen der Sonntagsblätter ein Bild zu machen. Aber die Mehrheit der Leute in London liest keine Sonntagsblätter.

Außerdem wurzelt das gewohnte Gefühl persönlicher Sicherheit so tief in der Seele des Londoners, und aufregende Zeitungsnachrichten sind eine so alltägliche Sache in London, daß die Leute ohne besondere Furcht Dinge wie diese lesen konnten: »Vorige Nacht kamen die Marsleute um sieben Uhr aus ihrem Zylinder heraus. Sie wagten sich in Harnischen aus Metallplatten hervor, zerstörten das Bahnhofsgebäude von Woking samt den umliegenden Häusern vollständig und vernichteten ein ganzes Bataillon des Cardigan-Regimentes. Einzelheiten sind nicht bekannt. Maximgeschütze erwiesen sich als völlig nutzlos gegen ihren Harnisch; Feldgeschütze wurden von ihnen zertrümmert. Fliehende Husaren sprengten nach Chertsey. Die Marsleute scheinen langsam nach Chertsey oder Windsor vorzurücken. In West Surrey herrscht große Angst, und Schanzen werden aufgeworfen, um einem Einrücken in London vorzubeugen.« In dieser Weise drückte sich die ›Sunday Sun‹ aus; und ein geschickter und mit bemerkenswerter Schnelligkeit geschriebener Fachaufsatz im ›Referee‹ verglich die Sache mit einer plötzlich auf ein Dorf losgelassenen Menagerie.

Niemand war in London über die Beschaffenheit der gepanzerten Marsleute genau unterrichtet, und noch immer herrschte die fixe Idee, daß diese Ungeheuer nur schwerfällig ›krabbelten‹, ›mühselig krochen‹. Solche Ausdrücke fanden sich fast in jedem der ersten Berichte. Keines jener Telegramme konnte von einem Augenzeugen herrühren. Die Sonntagsblätter druckten Sonderausgaben, als weitere Nachrichten bekannt wurden, und manche druckten sie auch ohne das. Aber es gab tatsächlich keine Neuigkeiten bis zum späten Nachmittag, als die Behörden den Presseagenturen bekanntgaben, was sie wußten. Es wurde die Mitteilung gemacht, daß die Bewohner von Walton und Weybridge, und überhaupt aus diesem ganzen Bezirk, auf den Straßen London zuströmten. Das war alles.

Am Morgen ging mein Bruder in die Kirche des Foundling Hospital, immer noch ohne zu wissen, was sich am Abend vorher zugetragen hatte. Er hörte dort Anspielungen auf den Einfall der Marsbewohner und ein besonderes Gebet um Frieden. Nach dem Gottesdienst kaufte er eine Nummer des ›Referee‹. Die darin enthaltenen Nachrichten machten ihn doch besorgt, und er begab sich neuerdings zur Waterloo Station, um dort ausfindig zu machen, ob die Verbindung schon hergestellt sei. Die Stellwagen, die Droschken, die Radfahrer und die zahllosen Leute, die in ihren besten Kleidern umherspazierten, schienen von den seltsamen Nachrichten, welche die Zeitungsjungen ausriefen, kaum berührt zu werden. Die Leute interessierten sich zwar, aber wenn sie besorgt waren, so nur wegen ihrer dort wohnenden Angehörigen. Auf dem Bahnhof hörte er zum erstenmal, daß die Linien nach Windsor und Chertsey schon unterbrochen waren. Die Träger erzählten ihm, daß am Morgen einige wichtige Telegramme von den Stationen Byfleet und Chertsey eingetroffen seien. Plötzlich aber wäre nichts mehr gekommen. Mein Bruder konnte keine genaueren Einzelheiten aus den Männern herausbekommen. »Der Kampf vor Weybridge geht weiter«, darauf liefen alle ihre Mitteilungen hinaus.

Der Bahndienst war jetzt in große Unordnung geraten. Eine erhebliche Menge Menschen, die aus den Ortschaften des südwestlichen Bahnnetzes Freunde erwartet hatten, stand unschlüssig herum. Ein grauköpfiger alter Herr kam an meinen Bruder heran und ließ sich in heftigen Worten über die South-Western Company aus. »Die sollte mal tüchtig hergenommen werden«, sagte er.

Ein paar Züge kamen an aus Richmond, Putney und Kingston. Sie brachten Leute, die ausgezogen waren, um einen Tagesausflug zu Wasser zu machen, aber sie hatten die Schleusen geschlossen gefunden und glaubten etwas wie ein Gefühl von Angst, das in der Luft lag, zu merken. Ein Mann in blau-weiß gestreiftem Flanell wandte sich an meinen Bruder, um seine seltsamen Neuigkeiten an den Mann zu bringen:

»Scharen von Leuten fahren auf Karren und Wagen und allen erdenklichen Fuhrwerken nach Kingston und schleppen dabei Koffer mit ihren Habseligkeiten mit«, sagte er, »sie kommen aus Molesey und Weybridge und Walton und behaupten, in Chertsey ein heftiges Geschützfeuer gehört zu haben; berittene Soldaten sollen ihnen geraten haben, schleunigst die Flucht zu ergreifen, da die Marsleute kämen. Auch wir hörten Geschützfeuer an der Hampton Court Station, aber wir hielten es für Donner. Was zum Kuckuck soll denn das alles bedeuten? Die Marsleute können doch nicht aus ihrer Grube heraus? Oder doch?«

Mein Bruder konnte ihm keine Auskunft geben.

Später bemerkte er, daß ein unbestimmtes Gefühl der Furcht sich auch der Benutzer der Untergrundbahn bemächtigt hatte und daß die Sonntagsausflügler aus den südwestlichen Sommerfrischen – Barnes, Wimbledon, Richmond Park, Kew und so weiter – ungewöhnlich früh zurückzukehren begannen. Aber nicht einer von ihnen wußte außer leeren Gerüchten etwas Nennenswertes zu erzählen. Jeder, der im Bahnhof zu tun hatte, schien schlechter Laune zu sein.

Um fünf Uhr etwa geriet der anschwellende Menschenhaufe am Bahnhof in ungeheure Aufregung, weil die fast beständig geschlossene Verbindungslinie zwischen den südöstlichen und südwestlichen Haltestellen geöffnet wurde. Die Aufregung wuchs beim Anblick einfahrender Güterwagen, die mit riesigen Geschützen beladen, und Wagenabteilen, die von Soldaten dicht besetzt waren. Es waren die Geschütze, die von Woolwich und Chatham heraufgebracht worden waren, um Kingston zu decken.

Sofort begann ein Austausch von Scherzworten: »Ihr werdet gefressen werden!« – »Wir sind die Tierbändiger!« und dergleichen. Kurz darauf kam ein Zug Wachleute, welche die Bahnsteige freimachten. Auch mein Bruder begab sich wieder auf die Straße.

Die Kirchenglocken läuteten zum Abendsegen, und eine Abteilung von Mädchen der Heilsarmee kam singend die Waterloo Street herab. Bei der Brücke beobachteten ein paar Müßiggänger einen sonderbaren braunen Schaum, der in großen Flocken den Strom herabtrieb. Die Sonne versank eben, und der Clock Tower und die Houses of Parliament erhoben sich gegen einen Abendhimmel, den man sich kaum friedlicher vorstellen konnte, einen goldenen Himmel, unterbrochen von langen Querstreifen purpurroter Wolken. Es ging die Rede von einem schwimmenden Leichnam. Einer der Männer, ein Reservist, wie er sagte, erzählte meinem Bruder, er habe im Westen den Heliographen aufblitzen gesehen.

In der Wellington Street begegnete mein Bruder einem Paar stämmiger Bengel, die eben mit noch feuchten Zeitungsblättern und auffallenden Plakaten aus der Fleet Street stürmten. »Furchtbare Katastrophe!« brüllten sie einer den andern überschreiend. »Kämpfe in Weybridge! Ausführliche Beschreibung! Flucht der Marsleute! London in Gefahr!« Mein Bruder mußte ihnen drei Pence für eine Nummer des Blattes geben.

Jetzt, und erst jetzt machte er sich einen Begriff von der vollen Gewalt und der Furchtbarkeit jener Ungeheuer. Er erfuhr, daß sie nicht bloß eine Handvoll kleiner, plumper Geschöpfe waren, sondern Wesen, die riesige mechanische Körper lenkten, die sich blitzschnell bewegen und mit solcher Kraft ihre Opfer treffen konnten, daß selbst die mächtigsten Geschütze ihnen nicht standzuhalten vermochten.

Sie wurden geschildert als »ungeheure spinnenartige Maschinen, fast hundert Fuß hoch, fähig, sich mit der Schnelligkeit von Eilzügen vorwärtszubewegen, und imstande, Strahlen von unermeßlicher Hitze abzufeuern«. Verborgene Batterien, hauptsächlich aus Feldgeschützen bestehend, seien in der Umgebung der Horsell-Weide aufgepflanzt worden, besonders zwischen dem Wokinger Bezirk und London. Man habe fünf Maschinen gesehen, wie sie sich der Themse näherten, und eine sei durch eine Laune des Zufalls zerstört worden. In allen andern Fällen seien die Geschosse fehlgegangen und die Batterien von den Hitzstrahlen sofort vernichtet worden. Schwere Verluste von Soldaten wurden gemeldet, aber der Ton des Berichtes war hoffnungsvoll.

Die Marsleute seien zurückgeschlagen worden; sie seien nicht unverwundbar. Sie hätten sich wieder in ihr Zylinderdreieck im Kreise von Woking zurückgezogen. Leute mit Heliographen näherten sich ihnen unausgesetzt von allen Seiten. Mit größter Schnelligkeit würden von Windsor, Portsmouth, Aldershot, Woolwich, selbst aus dem Norden Geschütze an Ort und Stelle geschafft; unter anderm lange gezogene Geschütze von fünfundneunzig Tonnen aus Woolwich. Alles in allem würden hundertundsechzehn aufgestellt oder hastig vorbereitet werden, hauptsächlich zum Schutze Londons. Niemals vorher habe in England ein so ungeheures oder schleuniges Aufgebot von kriegerischer Macht stattgefunden.

Jeder in Zukunft niederfallende Zylinder würde, so hoffte man, durch starke Sprenggeschosse sofort zerstört werden, die schleunigst hergestellt und verteilt werden sollten. Ohne Zweifel, fuhr der Bericht fort, könne die Lage nicht sonderbarer und ernster sein, aber die Öffentlichkeit sei hiermit ermahnt, Paniken zu vermeiden und unterdrücken. Ohne Zweifel seien die Marsleute äußerst seltsame und erschreckende Geschöpfe, aber im schlimmsten Fall gäbe es nicht mehr als zwanzig gegen unsere Millionen.

Die Behörden hätten guten Grund, aus dem Umfang der Zylinder zu schließen, daß im äußersten Fall nicht mehr als fünf in jedem Zylinder stecken könnten – zusammen also fünfzehn. Und einer wenigstens sei schon abgetan – vielleicht schon mehr. Die Öffentlichkeit sei schon genügend vor der drohenden Gefahr gewarnt worden; und die umfangreichsten Vorsichtsmaßregeln seien getroffen worden, um die Bevölkerung der bedrohten südwestlichen Vororte zu schützen. Und mit wiederholten Beteuerungen in bezug auf die Sicherheit Londons und in festem Vertrauen darauf, daß die Behörden ihrer schweren Aufgabe gewachsen seien, schloß diese Quasi-Proklamation.

Das alles war in riesigen Buchstaben gedruckt, so frisch, daß das Papier noch feucht war, und es war nicht Zeit gewesen, ein Wort der Erklärung hinzuzufügen. Es sei merkwürdig gewesen, erzählte mein Bruder, wie rücksichtslos der übrige Inhalt des Blattes verstümmelt und beseitigt wurde, um für diese Mitteilungen Raum zu schaffen.

Die ganze Wellington Street entlang konnte man die Leute sehen, wie sie diese blaßroten Blätter auseinanderfalteten und lasen; und der Strand war plötzlich erfüllt von den lärmenden Stimmen eines Heeres von Zeitungsverkäufern, die jenen Pionieren auf dem Fuße folgten. Die Leute kletterten von den Bussen herab, um sich Blätter zu sichern. Diese Nachrichten erregten die Menge natürlich aufs äußerste, so groß ihr früherer Gleichmut auch war. Die Türe eines Landkartenladens am Strand wurde aufgeschlossen, erzählte mein Bruder, und hinter dem Fenster wurde ein Mann in seinem Sonntagsstaat mit zitronengelben Handschuhen sichtbar, wie er Karten von Surrey hastig an das Glas befestigte.

Als er, die Zeitung in seiner Hand, den Strand entlang zum Trafalgar Square kam, sah mein Bruder einige Flüchtlinge aus West Surrey. Ein Mann kam mit seinem Weibe, zwei Knaben und einigen Einrichtungsstücken in einem Karren, wie ihn Gemüsehändler benutzen. Er kam aus der Richtung der Westminster Bridge und dicht hinter ihm ein Heuwagen mit fünf oder sechs anständig aussehenden Leuten und einigen Koffern und Bündeln. Die Gesichter dieser Leute waren eingefallen, und ihre ganze Erscheinung stand in auffallendem Gegensatz zu dem sonntäglich geschmückten Äußern der Leute in den Omnibussen. Modisch gekleidete Menschen blickten neugierig aus ihren Mietwagen auf die Flüchtlinge. Diese machten auf dem Platze halt, unschlüssig, welchen Weg sie einschlagen sollten. Schließlich wandten sie sich ostwärts und zogen den Strand entlang. Einige Zeit nachher kam ein Mann in Werktagskleidern auf einem jener altfränkischen Dreiräder mit einem kleinen Vorderrad. Er hatte ein kreideweißes Gesicht und war über und über von Schmutz bedeckt.

Mein Bruder wandte sich abwärts nach der Victoria Station und begegnete einer ganzen Anzahl solcher Leute. Er hatte das unbestimmte Gefühl, dabei auch auf mich zu stoßen. Er bemerkte eine ungewöhnlich große Menge von Schutzleuten, die den Verkehr regelten. Einige von den Flüchtlingen besprachen die Ereignisse mit den Leuten in den Omnibussen. Einer behauptete, die Marsleute gesehen zu haben. »Kessel auf Stelzen, sage ich Ihnen, die laufen wie Menschen.« Die meisten erschienen durch ihre seltsamen Erfahrungen belebt und aufgeregt.

Jenseits der Victoria Station machten die Wirtshäuser mit diesen Ankömmlingen ein gutes Geschäft. An allen Straßenecken sammelten sich Leute an, lasen Zeitungen, sprachen erregt miteinander oder starrten diese ungewohnten Sonntagsgäste an. Diese schienen sich mit der allmählich anbrechenden Nacht nur noch zu vermehren, und schließlich wirkten die Straßen nach dem Bericht meines Bruders wie die Epsom High Street an einem Derbytag. Mein Bruder sprach mehrere dieser Flüchtlinge an, erhielt aber von den meisten nur unzulängliche Antworten.

Keiner von ihnen konnte ihm irgendwelche Nachrichten von Woking mitteilen, außer einem Mann, der ihm versicherte, daß Woking in der vorigen Nacht gänzlich zerstört worden sei.

»Ich komme aus Byfleet«, erzählte er; »ein Mann auf einem Fahrrad kam am frühen Morgen durch unseren Ort; er lief von Tür zu Tür und ermahnte uns zur Flucht. Dann kamen Soldaten. Wir gingen hinaus, um zu sehen, was los sei, und sahen dichte Rauchwolken gegen Süden – nichts als Rauch; keine lebende Seele kam des Weges. Dann hörten wir die Geschütze in Chertsey, und die Leute kamen aus Weybridge. So schloß ich denn mein Haus ab und ging fort.«

Zu jener Zeit herrschte ein starkes Gefühl der Erbitterung auf den Straßen. Man tadelte die Behörden wegen ihrer Unfähigkeit, der fremden Eindringlinge ohne alle diese Umstände Herr zu werden. Um acht Uhr etwa erscholl im ganzen Süden Londons heftiges Geschützfeuer. Bei dem großen Lärm auf den Hauptstraßen konnte es mein Bruder nicht hören, aber als er sich durch die stillen Nebengassen zum Fluß durchschlug, hörte er es ganz deutlich.

Es war zehn Uhr geworden, als er von Westminster zu seiner Wohnung am Regent's Park zurückkehrte. Er war jetzt schon sehr besorgt um mich und durch die sichtliche Tragweite dieser Ereignisse ganz verstört. Es drängte ihn plötzlich, sich in Gedanken mit kriegerischen Einzelheiten zu beschäftigen, genauso wie auch ich mich am Samstag damit beschäftigt hatte. Er dachte an alle jene in erwartungsvoller Ruhe harrenden Geschütze, an jenen plötzlich in einen Nomadenbezirk verwandelten Landstrich. Er bemühte sich, hundert Fuß hohe ›Kessel auf Stelzen‹ sich vorzustellen.

Einige Karren, besetzt von Flüchtlingen, fuhren die Oxford Street entlang, manche auch in der Marylebone Road. Aber so langsam verbreiteten sich die Nachrichten, daß die Regent Street und die Portland Road von jenen Leuten, die auch sonst Sonntag nachts dort lustwandelten, voll waren. Wohl standen auch Gruppen lebhaft disputierender Menschen umher. Aber am Rande des Regent's Park ergingen sich so viele stille Pärchen im Licht der spärlichen Gaslampen, wie man dort immer zu sehen pflegte. Die Nacht war still und warm, fast ein wenig drückend; gelegentlich scholl der Lärm der Geschütze herüber, und nach Mitternacht bemerkte man ein Wetterleuchten im Süden.

Mein Bruder las immer wieder das Zeitungsblatt und fürchtete schon, daß mir das Schlimmste zugestoßen sei. Er war rastlos, und nach dem Abendbrot ging er wieder aus und trieb sich ziellos umher. Dann kehrte er zurück und versuchte, seine nagenden Gedanken durch seine Prüfungsschriften zu verscheuchen. Bald nach Mitternacht ging er zu Bett, wurde aber in den ersten Morgenstunden des Montags durch Türklopfer, Füßegetrappel auf den Straßen, Getrommel und Glockenläuten aus einem düsteren Traum geschreckt. Ein roter Widerschein spielte auf der Decke. Einen Augenblick blieb er betäubt liegen und fragte sich, ob der Tag schon angebrochen oder die Welt verrückt geworden sei. Dann sprang er aus dem Bett und eilte ans Fenster.

Sein Zimmer war eine Dachkammer; und als er den Kopf zum Fenster hinaussteckte, vernahm er die Straße hinauf und hinab einen dutzendfachen Widerhall des Lärmes, den das Öffnen seiner Fenster hervorrief; und Köpfe in allen Spielarten nächtlicher Verstörtheit tauchten auf. Überall wurden fragende Rufe laut: »Sie kommen!« brüllte ein Schutzmann, indem er auf das Tor loshämmerte. »Die Marsleute kommen!« Dann eilte er weiter zum nächsten Tor.

Der Lärm von Trommeln und Trompeten scholl von der Kaserne in der Albany Street herüber; und in jeder Kirche in Hörweite war man damit beschäftigt, den Schlaf durch regelloses Sturmläuten zu töten. Man vernahm das Geräusch sich öffnender Tore, und in den gegenüberliegenden Häusern flammte ein Fenster nach dem andern in gelbem Licht auf.

Eine geschlossene Kutsche kam die Straße heraufgesprengt. Dicht auf dem Fuße folgten zwei Mietwagen, der Vortrab einer langen Reihe rasender Wagen, die zum größten Teil nach der Chalk Farm Station eilten, wo die North-Western Sonderzüge die Reisenden aufnahmen, und wo man die Steigung zur Euston Station vermeiden konnte.

Lange Zeit starrte mein Bruder in dumpfer Betäubung aus dem Fenster; er sah dem Schutzmann nach, wie er auf ein Haustor nach dem andern hämmerte und sich seiner unverständlichen Botschaft entledigte. Da öffnete sich die Zimmertüre meines Bruders, und der Mann, der jenseits der Treppe wohnte, kam herein. Er war noch in Hemd, Beinkleidern und Pantoffeln, die Hosenträger hingen lose herab, und sein Haar war noch wirr vom Schlaf.

»Was zum Teufel ist denn los?« fragte er. »Ein Feuer? Der Teufel hole diesen Radau!«

Beide steckten ihren Kopf weit aus dem Fenster, eifrig bemüht, zu verstehen, was eigentlich der Schutzmann rief. Aus den Seitengassen kamen Leute heraus, die in eifrig schwatzenden Gruppen umherstanden.

»Was zum Teufel soll denn das alles bedeuten?« fragte der Nachbar meines Bruders.

Mein Bruder antwortete nur so obenhin und begann sich anzuziehen. Mit jedem Kleidungsstück eilte er ans Fenster, um nur ja nichts von der wachsenden Erregung der Straßen zu versäumen. Auf einmal tauchten Leute auf, die ganz frühe Zeitungsblätter verkauften und mit ihrem Gebrüll die Straße erfüllten.

»London in Erstickungsgefahr! Die Schanzen von Kingston und Richmond erstürmt! Furchtbare Massaker im Themsetal!«

Und rings um ihn herum – in den Zimmern unten, in den Häusern nebenan und gegenüber, und hinten in den Park Terraces und in den hundert Gassen jenes Teiles von Marylebone, und im Westbourne Park Bezirk und in St. Pancras, und westlich und nördlich in Kilburn und St. John's Wood und Hampstead, und östlich in Shoreditch und Highbury und Haggerston und Haxton und mehr noch, durch das ganze Riesengewirr Londons hin von Ealing bis East Ham – rieben sich die Leute die Augen und öffneten ihre Fenster, um hinauszustarren und zwecklose Fragen zu stellen, und kleideten sich hastig an, als der erste Windstoß, der dem kommenden Sturm der Angst voranging, durch die Straßen fuhr. Es war der Anfang einer großen Panik. London, das Sonntag nachts schlaff und stumpf schlafen gegangen war, erwachte nun in den ersten Stunden des Montagmorgens mit einer starken Empfindung der Gefahr.

Außerstande, von seinem Fenster aus zu erfahren, was eigentlich vorgefallen sei, ging mein Bruder hinab und trat auf die Straße hinaus, gerade als die Morgendämmerung die Wolken zwischen den Firsten der Häuser rosig färbte. Die fliehende Menge zu Fuß und im Wagen wurde jeden Augenblick zahlreicher. »Schwarzer Rauch!« hörte er die Leute rufen, immer wieder »Schwarzer Rauch!« Die Ansteckung durch eine so einmütig gefühlte Furcht war unvermeidlich. Als mein Bruder an der Torschwelle zögerte, sah er einen anderen Zeitungsverkäufer herankommen und kaufte ihm ein Blatt ab. Der Mann eilte mit seiner Ware wieder weiter und verkaufte die Blätter zu einem Shilling das Stück – ein groteskes Gemisch von Habgier und Angst.

Und in dieser Zeitung las mein Bruder jene verhängnisvolle Meldung des Oberkommandanten:

»Die Marsleute sind imstande, vermittels einer Art von Raketen ungeheure Wolken eines schwarzen und giftigen Dampfes zu versenden. Sie haben unsere Batterien erstickt, Richmond, Kingston und Wimbledon zerstört und rücken nun langsam gegen London vor, indem sie unterwegs alles vernichten. Es ist unmöglich, sie aufzuhalten. Es gibt keine andere Rettung vor dem schwarzen Rauch als unverzügliche Flucht.«

Das war alles, aber es war genug. Die ganze Bevölkerung der Sechsmillionenstadt schreckte auf, lief und stürzte in tollem Wirrwarr durcheinander; in kurzem würde sie sich wohl in Massen nordwärts ergießen.

»Schwarzer Rauch!« hallte es von allen Seiten. »Feuer!«

Die Glocken der benachbarten Kirche läuteten schrill, ein achtlos gelenkter Karren zerschellte unter Schreien und Fluchen an einem Wassertrog auf der Straße. Matte Lichter tanzten auf und ab in den Häusern, und auf manchen der vorübereilenden Droschken schienen noch die unausgelöschten Laternen. Und zu Häupten hellte sich die Dämmerung auf, klar und ruhig und mild.

Mein Bruder hörte in den Stuben und hinter ihm treppauf und treppab eilige Schritte. Seine Vermieterin, nur in einen Schlafrock und in einen Schal gehüllt, kam ans Tor; ihr Mann folgte fluchend.

Als mein Bruder anfing, sich die Bedeutung aller dieser Dinge klarzumachen, ging er hastig auf sein Zimmer zurück, steckte alles vorrätige Geld – alles in allem etwa zehn Pfund – in seine Tasche und trat wieder hinaus auf die Straße.

15. Was in Surrey geschah

Während der Kurat dasaß und an der Hecke auf der flachen Wiese bei Halliford verwirrte Reden führte, während mein Bruder den Flüchtlingen zusah, wie sie über die Westminster Bridge strömten, hatten sich die Marsleute zum Angriff entschlossen. Soweit man aus den widersprechenden Berichten, die darüber abgefaßt wurden, klug werden kann, blieb die Mehrheit eifrig mit Vorbereitungen beschäftigt bis neun Uhr abends in der Horsell-Grube. Sie arbeiteten mit großer Hast und produzierten riesige Mengen grünen Rauches.

Gewiß aber ist, daß drei Marsleute etwa um acht Uhr aus der Grube herauskamen und, langsam und behutsam vorrückend, sich ihren Weg durch Byfleet und Pyrford nach Ripley und Weybridge bahnten. So kamen sie, die sinkende Sonne im Rücken, in den Bereich der Batterien. Diese Marsleute rückten nicht geschlossen vor, sondern in einer Linie, jeder etwa anderthalb Meilen vom andern entfernt. Sie setzten sich durch ein sirenenartiges Geheul miteinander in Verbindung, das auf- und niedersteigend alle Noten der Tonleiter umfaßte.

Dieses Geheul und das Feuern der Geschütze in Ripley und St. George's Hill waren es, was wir in Upper Halliford gehört hatten. Die Kanoniere in Ripley, unerfahrene Artillerie-Freiwillige, denen man diese Aufgabe nie hätte zuweisen sollen, flohen dann zu Pferd und zu Fuß kopflos durch das verödete Dorf. Der Marsmann stieg ganz gemächlich über ihre Geschütze hinweg, ohne von seinem Hitzstrahl Gebrauch zu machen, fuhr sachte zwischen ihnen hindurch, überholte sie und kam so ganz unvermutet zu den Geschützen in Painshill Park, die er vernichtete.

Die Leute von St. George's Hill aber standen unter besserer Führung oder waren kaltblütiger. Da sie hinter einem Fichtengehölz verborgen waren, schienen sie von dem Marsmann, der ihnen am nächsten war, gar nicht bemerkt worden zu sein. Sie richteten ihre Geschütze mit soviel Überlegung, als ob sie sich bei einer Truppenschau befänden, und gaben auf etwa tausend Yards Schußweite Feuer.

Die Geschosse blitzten alle um den Marsmann herum; man sah ihn einige Schritte vorwärts machen, taumeln und stürzen. Ein allgemeines gellendes Geschrei, und die Geschütze wurden in wilder Hast von neuem geladen. Der niedergeworfene Marsmann stimmte ein langgedehntes Klagegeheul an, und im Nu tauchte ein zweiter blinkender Riese, der ihm antwortete, bei den Bäumen im Süden auf. Es hatte den Anschein, als sei ein Bein des Dreifußes von einem der Geschosse zerschmettert worden. Die volle Ladung der zweiten Salve fiel weit vor dem

Marsmann zur Erde, und im selben Augenblicke richteten seine beiden Gefährten ihre Hitzstrahlen auf die Batterie. Die Munition flog auf, die Fichtenbäume um die Geschütze herum standen in Flammen, und nur einer oder zwei von der Mannschaft, die bereits über den Kamm des Hügels liefen, entkamen.

Dann schien es, als ob die drei eine eingehende Beratung abhielten; die Späher, die sie beobachteten, berichten, daß sie, ohne sich zu rühren, die nächste halbe Stunde dort geblieben seien. Der niedergestürzte Marsmann kroch vorsichtig aus seinem Gehäuse heraus. Eine kleine braune Gestalt, die wunderlich genug bei dieser Entfernung wie ein Rostfleck aussah. Er war augenscheinlich damit beschäftigt, seine Stütze wieder auszubessern. Um neun Uhr war er damit zu Ende, denn seine Kappe tauchte wieder über den Bäumen auf.

Einige Minuten nach neun Uhr kamen zu diesen drei Wachtposten vier andere Marsleute, von denen jeder ein dickes schwarzes Rohr trug. Ein ähnliches Rohr wurde jedem der drei andern eingehändigt, und alle sieben rückten nun vor, um sich in gleichen Zwischenräumen in einer gekrümmten Linie zwischen St. George's Hill, Weybridge und dem Dorfe Send südwestlich von Ripley zu verteilen.

Ein Dutzend Raketen fuhren von den Hügeln vor ihnen auf, sobald sie sich in Bewegung setzten, und warnten die wartenden Batterien um Ditton und Esher. Zur selben Zeit setzten vier ihrer Kriegsmaschinen, mit ähnlichen Rohren bewaffnet, über den Fluß; zwei von ihnen kamen, sich schwarz vom westlichen Himmel abhebend, dem Kuraten und mir zu Gesicht, als wir erschöpft und von Schmerzen gequält die Straße entlangeilten, die von Halliford nordwärts führt. Es sah aus, als ob sie auf einer Wolke fuhren, denn ein milchartiger Nebel bedeckte die Felder und reichte bis zu einem Drittel ihrer Höhe.

Bei diesem Anblick verfiel der Kurat in ein leises Schluchzen und begann zu laufen; ich aber wußte, daß es nicht guttat, einem Marsmann zu entlaufen, wandte mich seitwärts und kroch durch tauige Nesseln und Dornengestrüpp in den breiten Graben, der neben der Straße lief. Der Kurat blickte sich um, sah, was ich vorhatte, und wandte sich nun, mir zu folgen.

Die zwei Marsmänner hatten haltgemacht; der eine, der näher bei uns stand, blickte nach Sunbury, der andere, wie eine graue Nebelmasse vor dem Abendstern, stand abseits in der Richtung nach Staines.

Das zeitweilige Geheul der Marsleute hatte aufgehört; in jenem riesigen Halbkreis mit ihren Zylindern als Mittelpunkt, bezogen sie in vollkommenem Schweigen ihre Stellungen. Es war ein Halbmond, dessen Hornspitzen zwölf Meilen voneinander entfernt waren. Wohl niemals seit der Erfindung des Schießpulvers hat eine Schlacht in solcher Stille begonnen. Wir sowohl wie ein möglicher Beobachter bei Ripley hätten genau denselben Eindruck gewonnen – die Marsleute schienen im unbestrittenen Besitz der hereinbrechenden Nacht, beleuchtet nur von einem milden Mondlicht, den Sternen, dem Abglanz des scheidenden Tages und dem rötlichen Schein auf St. George's Hill und im Gehölz von Painshill.

Aber gegen diesen Halbmond gerichtet, in Staines, Hounslow, Ditton, Esher, Ockham, hinter Hügeln und Gehölz südlich des Flusses, entlang den ebenen, nordwärts gelagerten Wiesen – wo immer nur eine Gruppe von Bäumen oder Dorfhäusern genügend Deckung bot, standen Geschütze in stummer Erwartung. Signalraketen fuhren auf, ergossen ihre Funkenregen in die Nacht und verschwanden. Die Spannung bei den schweigenden Batterien erreichte ihren Höhepunkt. Die Marsleute brauchten nur bis in die Feuerlinie vorzurücken, und sofort würden jene regungslosen Menschenmassen, jene Geschütze, die dunkel durch die frühe Nacht schimmerten, in die Wut eines wilden Kampfes ausbrechen.

Kein Zweifel, der Gedanke, der in Tausenden jener wachenden Köpfe alle anderen Gedanken beherrschte, der auch in meinem Kopf jeden anderen Gedanken zurückdrängte, war die ungelöste Frage, wie weit jene uns wohl zu beurteilen verstanden. Erfaßten sie, daß unsere Millionen ein geschlossenes, durch Arbeit geeintes Ganzes waren? Oder legten sie unsere Feuerzeichen, unser Bombenschleudern, unser hartnäckiges Bedrängen ihres Lagers etwa so aus, wie wir die wütende Einmütigkeit im Angriff eines gestörten Bienenschwarmes auslegen? Träumten sie davon, uns ausrotten zu können? (Damals wußte noch niemand, welcher Art Nahrung sie bedurften.) Hundert solcher Fragen kreuzten sich in meinem Geist, als ich die riesigen Formen jener Wachtposten beobachtete. Aber zugleich dachte ich an all jene unbekannten und verborgenen Streitkräfte, die sich in der Richtung nach London zu befinden mochten. Hatte man Grubenfallen angelegt? Hatte man die Pulvermühlen in Hounslow gewissermaßen als Schlingen fertig gemacht? Würden die Londoner Herz und Mut genug besitzen, um aus ihrem mächtigen Häusermeer ein größeres Moskau zu machen?

Da klang nach einer wie uns schien unermeßlich langen Zeit, als wir durch das Buschwerk krochen und vorsichtig hinausspähten, ein Schall wie der ferne Donner eines Geschützes zu uns herüber. Da hob der Marsmann, der neben uns stand, sein Rohr hoch in die Luft und feuerte es ab wie ein Geschütz mit einem heftigen Knall, der die Erde erschüttern ließ. Der Marsmann, der bei Staines stand, antwortete ihm. Kein Aufblitzen war zu sehen, kein Rauch, nichts als jenes schußartige Getöse.

Durch diesen Notschüssen vergleichbaren Lärm wurde ich derart erregt, daß ich meine persönliche Sicherheit und den Zustand meiner verbrühten Hände vergaß und mich mühsam in dem Gestrüpp aufrichtete, um nach Sunbury blicken zu können. Während ich mich noch durchkämpfte, folgte noch ein zweiter Knall in meiner Nähe, und ein großes Geschoß sauste über mir gegen Hounslow hin. Ich erwartete wenigstens Rauch oder Feuer oder eine andere ähnliche Folge zu sehen. Aber alles, was ich sah, war der tiefblaue Himmel, auf dem ein einziger Stern schimmerte, und der weiße Nebel, der sich unten weit und tief ausbreitete. Auch kein Geschützdonner war zu hören gewesen, kein die Herausforderung beantwortendes Getöse. Die Ruhe war wiederhergestellt; aus einer Minute wurden drei.

»Was ist geschehen?« fragte der Kurat, der sich neben mir erhoben hatte. »Gott weiß!« erwiderte ich.

Eine Fledermaus huschte an uns vorbei und verschwand. Ein Geräusch wie von fernem Geschrei erhob sich und verstummte. Ich blickte wieder nach dem Marsmann und sah, wie er sich nun pfeilschnell in östlicher Richtung das Flußufer entlang bewegte.

Jeden Augenblick erwartete ich, das Feuer einer verborgenen Batterie auf ihn losbrechen zu sehen. Doch die Ruhe des Abends blieb ungestört. Die Gestalt des Marsmannes wurde immer kleiner in der Entfernung, und bald hatten ihn der Nebel und die hereinbrechende Nacht verschlungen. Von einer gemeinsamen Eingebung bestimmt, kletterten wir höher hinauf. Vor Sunbury erhob sich ein dunkler Gegenstand, so etwa, als hätte sich ein kegelförmiger Hügel plötzlich dort eingeschoben, der das weitere Land unseren Blicken verbarg. Jenseits des Flusses oberhalb Waltons sahen wir in der Ferne eine zweite solche Erhebung. Noch während wir sie anstarrten, schienen diese hügelartigen Körper sich zu senken und auszubreiten.

Von einem plötzlichen Gedanken bewegt, blickte ich nach Norden und sah, daß dort ein dritter dieser wolkigen schwarzen Kegel aufgetaucht war.

Alles war mit einem Male ganz still geworden. Fern im Südosten hörten wir die eulenartigen Schreie der Marsleute, durch die sie sich miteinander verständigten und diese unheimliche Stille nur noch mehr zum Bewußtsein brachten. Dann wieder erbebte die Luft unter dem Donner ihrer Geschütze; aber keine irdische Artillerie gab Antwort.

Zu jener Zeit konnten wir alle diese Vorgänge nicht begreifen; später aber sollte ich die Bedeutung dieser unheimlichen Hügel, die sich in der Dämmerung bildeten, noch verstehen. Jeder einzelne der Marsleute, die sich in jener halbmondartigen Linie aufgestellt hatten, hatte auf ein unbekanntes Zeichen hin vermittels jenes geschützartigen Rohres, das er trug, einen ungeheuren Behälter überall dorthin abgefeuert, wo ein Hügel, eine Anhöhe, eine Häusergruppe oder irgendeine Schutzwehr, hinter der er eine Batterie vermuten konnte, ihm ein Ziel geboten hatten. Manche feuerten nur eine jener Büchsen ab, manche, wie in dem Fall, den wir gesehen hatten, auch zwei; der Marsmann vor Ripley soll nicht weniger als fünf Schüsse nacheinander abgegeben haben. Diese Büchsen barsten, wenn sie zur Erde fielen, explodierten aber nicht. Unverzüglich aber strömte aus ihnen eine ungeheure Menge schweren, tintenschwarzen Dampfes, der hochstieg und sich zu einer riesigen, ebenholzschwarzen, geballten Wolke verdichtete; zu einem gasförmigen Hügel, der sich hob und senkte und sich langsam über die ihn umgebende Bodenfläche hin ausbreitete. Und die Berührung dieses Dampfes, das Einatmen des geringsten seiner beißenden Teilchen, bedeutete für alles, das atmete, den Tod.

Er war schwer, dieser Dampf, schwerer als der dichteste Rauch. So kam es, daß nach dem ersten heftigen Ausströmen und Aufschießen, das dem Bersten der Büchse folgte, er wieder zu sinken begann und sich, mehr in der Art eines flüssigen als eines gasförmigen Körpers, über das Erdreich ergoß. Er verließ die Hügel und strömte in die Täler und Gräben und Wasserrinnen, ähnlich wie es bei der Kohlensäure, die aus vulkanischen Klüften hervorströmt, der Fall sein soll. Und wo er das Wasser berührte, trat ein seltsamer chemischer Vorgang ein: die Oberfläche bedeckte sich sofort mit einem pulverartigen Schaum, der langsam sank und weiteren Raum schuf. Dieser Schaum war gänzlich unauflöslich, und es war eine sonderbare Erscheinung, verglichen mit der augenblicklichen Wirkung des Gases, daß man das Wasser, wenn jener Schaum durch Siebe entfernt wurde, ohne Schaden trinken konnte. Der Dampf verteilte sich nicht wie echtes Gas. Er hing klumpenweise zusammen, ergoß sich klebrig über abschüssiges Erdreich, ließ sich zögernd vom Winde treiben, vermengte sich nur allmählich mit dem Nebel und der Feuchtigkeit der Luft und fiel in der Gestalt von Staub zur Erde. Wir können nur schließen, daß bei diesem Dampf ein uns unbekanntes Element wirksam sein muß, das im Blau der Spektralanalyse eine Gruppe von vier Linien hervorruft. In allem übrigen tappen wir in bezug auf die Art seiner Zusammensetzung völlig im dunkeln.

Jetzt, da der heftige Schwall nach der Detonation vorüber war, haftete der schwarze Rauch so fest auf dem Boden, daß es noch vor seinem Abfließen, in einer Höhe von fünfzig Fuß in der Luft, auf Dächern und oberen Stockwerken hoher Häuser und auf großen Bäumen, eine Möglichkeit gab, sich seiner giftigen Wirkung völlig zu entziehen; das bewährte sich noch in jener Nacht in Street Cobham und Ditton.

Ein Mann, der an jenem Ort dem Tode entrann, überliefert einen merkwürdigen Bericht von diesen Vorgängen: wie er das seltsame, schlangenartige Verteilen des Rauches beobachtet hätte, wie er vom Kirchturm aus heruntergeblickt und die Häuser des Dorfes wie Geister aus dem pechschwarzen Nichts sich erheben gesehen habe. Einen Tag und einen halben blieb er oben, erschöpft, halbverhungert und von der Sonne versengt; die Erde hob sich unter dem blauen Himmel und vor dem Bilde der fernen Hügel wie eine schwarzsamtene, weite Fläche ab; allmählich tauchten dann die roten Dächer, die grünen Bäume und später schwarzumschleierte Büsche und Zäune, Tennen, Hütten und Mauern hier und dort wieder zum Sonnenlicht empor.

Aber das geschah nur in Street Cobham, wo der schwarze Dampf liegenblieb, bis er von selbst in die Erde sank. In der Regel reinigten die Marsleute, wenn der Rauch ihren Absichten entsprochen hatte, die Luft, indem sie in den Qualm hineinwateten und einen Dampfstrahl auf ihn richteten.

In dieser Weise verfuhren sie mit den Qualmmassen in unserer Nähe, wie wir das von den Fenstern eines verlassenen Hauses in Upper Halliford, wohin wir zurückgekehrt waren, beobachten konnten. Von dort konnten wir auch die Scheinwerfer auf den

Hügeln von Richmond und Kingston hin- und herleuchten sehen. Um elf Uhr klirrten unsere Fenster, und wir hörten den Donner der riesigen Belagerungsgeschütze, die dort aufgepflanzt worden waren. In bestimmten Zwischenräumen dauerte das Feuer ungefähr eine Viertelstunde lang. Das konnten nur blinde Schüsse auf die unsichtbaren Marsleute in Hampton und Ditton sein. Dann verschwanden die bleichen Strahlen des elektrischen Lichtes, um einem glühendroten Schein zu weichen.

Damals ging der vierte Zylinder – ein glänzender grüner Meteor – in Bushey Park nieder, wie ich später erfuhr. Ehe noch die Geschütze auf der Hügelkette von Richmond und Kingston ihr Feuer eröffneten, fand fern im Südwesten noch eine unregelmäßige Kanonade statt, die, wie ich vermute, den ins Blaue hinein abgefeuerten Schüssen der dort aufgepflanzten Geschütze zuzuschreiben ist; sie wurden noch abgegeben, bevor der schwarze Dampf die Mannschaft überwältigte.

So nach einem wohlerwogenen Plan vorgehend, wie Menschen etwa ein Wespennest ausräuchern, versandten die Marsleute diesen seltsamen erstickenden Qualm über das Land in der Richtung nach London zu. Die Enden der halbmondartigen Linie erweiterten sich langsam, bis sie endlich das Land von Hanwell bis Coombe und Malden umklammerten. Die ganze Nacht hindurch rückten die Marsleute mit ihren vernichtenden Rohren vor. Nicht ein einziges Mal, nachdem der Marsmann bei St. George's Hill zu Fall gebracht worden war, gaben sie der Artillerie auch nur den Schatten einer Gelegenheit zu wirksamem Angriff. Wo immer eine Möglichkeit vorhanden war, daß, ihnen unsichtbar, Geschütze aufgestellt sein konnten, wurde eine frische Büchse jenes schwarzen Qualmes abgefeuert; und wo die Geschütze ungedeckt dastanden, wurde der Hitzstrahl eingesetzt.

Um Mitternacht warfen die glühenden Bäume an den Abhängen des Richmond Parkes und der Feuerschein auf dem Hügel von Kingston ihr Licht auf ein Netzwerk schwarzen Rauches, der das ganze Themsetal überzog und verschwinden ließ und sich, soweit das Auge reichte, erstreckte. Und hindurch wateten langsam zwei Marsleute, die ihre zischenden Dampfstrahlen hierhin und dorthin versandten.

Die Marsleute setzten in dieser Nacht den Hitzstrahl nur sehr selten ein, sei es, daß sie nur einen beschränkten Vorrat an den Stoffen besaßen, mit denen sie ihn herstellten, sei es, daß es in ihrer Absicht lag, das Land nicht zu verwüsten, sondern nur den Widerstand, den sie gefunden hatten, zu brechen oder einzuschüchtern. Darin erreichten sie ohne Zweifel ihr Ziel. Sonntag nachts brach der organisierte Widerstand gegen ihre Bewegungen zusammen. Von da an konnte keine wie immer geartete Vereinigung von Menschen ihnen standhalten, so hoffnungslos war das Unternehmen gescheitert. Selbst die Mannschaft der Torpedoboote und der Torpedozerstörer, die ihre Schnellfeuergeschütze die Themse heraufgebracht hatte, weigerte sich zu bleiben, meuterte und kehrte wieder um. Das einzige Angriffsunternehmen, an das sich die Leute nach jener Nacht noch heranwagten, war die Anlage von Minen und Fallgruben; aber selbst diese Arbeiten erfolgten unter einem teils unsinnigen, teils krampfhaft überhasteten Aufwand von Kräften.

Man muß sich nur das Schicksal jener Batterien vor Esher vorstellen, die in fast übermenschlich gespannter Erwartung im Zwielicht der Ereignisse harrten. Überlebende gab es nicht. Man kann sich von allem nur ein Bild machen: alles in bester Ordnung voll Erwartung, die Offiziere eifrig und wachsam, die Mannschaft bereit, der Schießvorrat aufgehäuft zur Hand, die Abprotzer bei ihren Pferden und Wagen, die Menge bürgerlicher Zuschauer so nahe, als es ihnen gestattet wurde, die milde Ruhe des Abends; die Ambulanzen und die Feldzelte mit den Verbrannten und Verwundeten von Weybridge; dann plötzlich der dumpfe Widerhall der Schüsse, welche die Marsleute abfeuerten, und die unförmigen Geschosse, die über Bäume und Häuser sausten und auf den benachbarten Feldern zerschellten.

Man mag sich ferner ausmalen, wie die allgemeine Aufmerksamkeit plötzlich erregt wurde, als diese schwarze Masse in blitzschnellen Windungen und Aufblähungen nach vorwärts schoß, sich himmelwärts türmte und das Zwielicht in völlige Finsternis verwandelte; wie ein seltsamer und schrecklicher Gegner in der Gestalt eines Dampfes sich auf seine Opfer stürzte, wie Menschen und Pferde immer mehr in der Dunkelheit verschwanden, wie alles durcheinander flüchtete, wilde Rufe ausstieß und kopfüber niederstürzte; man mag sich die Schreie des Entsetzens ausmalen, vorstellen, wie die Geschütze im Stich gelassen wurden, wie die Menschen sich röchelnd am Boden wanden, wie der dichte Rauchkegel sich nach allen Seiten hin ausbreitete. Und dann Nacht und Vernichtung – nichts als die schweigende Masse undurchdringlichen Qualmes, der seine Toten umhüllte.

Vor dem Morgengrauen ergoß sich der schwarze Rauch durch

die Straßen Richmonds, und der in Auflösung begriffene Organismus der Regierung raffte sich vor seinem Ende noch zu einer letzten Pflicht auf: die Bevölkerung Londons zur augenblicklichen Flucht aufzurufen.

16. Der Exodus aus London

So begreift man wohl die brüllende Woge der Angst, die durch die größte Stadt der Welt jagte, gerade als der Montag andämmerte – der Strom der Flucht, der mit reißender Schnelligkeit zu einem wilden Gewässer anschwoll, in schäumender Wut um die Bahnhöfe brandete, sich bei den Schiffswerften der Themse zu einem entsetzlichen Wirbel aufbäumte und auf jedem möglichen Strombett, das nach Norden oder Osten führte, durchzubrechen suchte. Gegen zehn Uhr verlor die Organisation der Polizei, gegen Mittag selbst die Organisation der Eisenbahnbeamten jeden Zusammenhang, ohne innere Ordnung und Autorität verschmolzen sie erst zögernd, dann um so rascher mit der großen gleichartigen Masse des sozialen Körpers.

Alle Eisenbahnlinien nördlich von der Themse und die Leute von der South-Eastern in der Cannon Street waren schon Sonntag mitternacht von der drohenden Gefahr verständigt worden; und schon um zwei Uhr waren die Züge überfüllt; die Leute kämpften wie Wilde um Stehplätze in den Wagen. Gegen drei Uhr wurden selbst in der Bishopsgate Street Leute niedergetreten und erdrückt; etwa zweihundert oder mehr Yards von der Liverpool Street Station entfernt wurden schon Revolverschüsse abgegeben und Leute erstochen; und die Schutzleute, die hingeschickt wurden, um die Ordnung aufrechtzuerhalten, zerschlugen erschöpft und wütend den Leuten die Köpfe, die sie beschützen sollten.

Als der Tag vorschritt und die Zugführer und die Heizer sich weigerten, nach London zurückzukehren, da trieb der drückende Zwang der Flucht die Leute in immer dichteren Massen von den Bahnhöfen weg auf die Straßen, die nach Norden führten. Um die Mittagsstunde war ein Marsmann in Barnes gesehen worden, und eine Wolke mächtig sinkenden schwarzen Qualmes trieb die Themse entlang über die Ebene von Lambeth und schnitt in ihrem trägen Herannahen jede Möglichkeit der Flucht über die Brücken ab. Eine zweite Wolkenschicht trieb über Ealing hinweg und umzingelte eine kleine Insel von Überlebenden auf

Castle Hill, die wohl ihr Leben fristen, aber auf keinen Ausweg hoffen konnten.

Nach fruchtlosem Kampf, bei Chalk Farm in einen Zug der North-Western zu gelangen – die Maschinen der Züge, welche am Güterbahnhof Reisende aufgenommen hatten, pflügten förmlich durch einen schreienden Menschenhaufen hindurch, und ein Dutzend handfester Männer kämpfte, um die Menge daran zu hindern, den Zugführer gegen seinen Heizkessel zu schleudern –, schlug sich mein Bruder zur Chalk Farm Road durch, wand sich durch einen Schwarm dahineilender Fahrzeuge vorwärts und hatte das Glück, bei der Erstürmung eines Fahrräderladens als erster anzukommen.

Das Vorderrad der Maschine, die er an sich riß, wurde durchgeschnitten, als er sie durch das Fenster zerrte; gleichwohl saß er auf und fuhr mit keiner ernsteren Verletzung als einem Schnitt im Handgelenk ab. Der steile Anstieg des Haverstock Hill war einiger gestürzter Pferde wegen nicht passierbar, und mein Bruder lenkte in die Belsize Road ein.

So entkam er schließlich der wütenden Panik; dem Saum der Edgware Road folgend, erreichte er, hungrig und erschöpft, doch der Menge weit voran, um sieben Uhr Edgware. Die ganze Straße entlang standen die Leute neugierig und staunend. Mein Bruder wurde von Radfahrern, einigen Reitern und zwei Automobilen überholt. Eine Meile vor Edgware brachen die Räder, und die Maschine wurde unbrauchbar. Er ließ sie auf der Straße liegen und schleppte sich ins Dorf. In der Hauptstraße des Ortes waren die Läden halb geöffnet, und auf den Bürgersteigen, in den Fenstern sammelten sich Leute, die verwundert auf jenen außergewöhnlichen Zug von Flüchtlingen starrten, der jetzt heranzunahen begann. Meinem Bruder gelang es, in einem Wirtshaus etwas zu essen zu bekommen.

Er blieb einige Zeit in Edgware, ratlos, was er beginnen solle. Die Flüchtlinge nahmen an Zahl immer mehr zu. Viele von ihnen schienen wie mein Bruder geneigt zu sein, im Orte zu bleiben. Von den Eindringlingen des Mars wußte niemand Neues zu berichten. Die Straße war jetzt schon voll von Leuten, aber noch lange nicht überfüllt. Die meisten Flüchtlinge waren mit Fahrrädern ausgerüstet, bald aber tauchten auch Automobile, Hansoms und Kutschen auf, die rasch vorübereilten und in den dichten Staubwolken verschwanden, die auf der Straße nach St. Albans aufwirbelten.

Es war vielleicht nur ein ganz unklares Vorhaben, den Weg nach Chelmsford zu wählen, wo einige seiner Freunde wohnten, was meinen Bruder schließlich bewog, einen stillen Feldweg, der ostwärts führte, einzuschlagen. Nach kurzer Zeit gelangte er zu einem Zaunsteig, kletterte hinüber und folgte einem Fußweg in nordöstlicher Richtung. Er kam an einigen Bauernhäusern und mehreren kleinen Ortschaften vorbei, deren Namen er nicht kannte. Er sah nur wenige Flüchtlinge, erst auf einem Grasweg in der Nähe von High Barnet stieß er auf die zwei Frauen, die seine Reisegefährtinnen werden sollten. Er kam gerade zur rechten Zeit, um sie zu retten.

Er hörte ihre Schreie und, um die Ecke eilend, sah er zwei Männer, die sie aus dem kleinen Ponywagen, den sie lenkten, mit Gewalt herauszuzerren suchten, während ein dritter sich damit abmühte, den Kopf des erschreckten Ponys zu halten. Die eine der Damen, eine kleine, in Weiß gekleidete Frau, kreischte nur immerzu; die andere, eine dunkle, schlanke Erscheinung, schlug nach dem Mann, der ihren Arm gepackt hatte, mit der Peitsche, die sie in ihrer freien Hand hielt.

Mein Bruder erfaßte die Sachlage auf der Stelle, er rief laut und eilte auf den Kampfplatz. Einer der Männer ließ sofort von den Damen ab und wandte sich ihm zu. Mein Bruder, der aus dem Gesicht seines Gegners sofort erkannte, daß ein Kampf unvermeidlich sei, stürzte sich als der erfahrene Boxer, der er war, sofort auf ihn und schlug ihn gegen das Wagenrad nieder.

Es war nicht die Zeit, um die Ritterlichkeit von Boxern zu üben, und mein Bruder machte ihn durch einen Fußtritt kampfunfähig. Dann packte er den Mann, der die schlanke Dame am Arm gefaßt hatte, beim Rockkragen. Er hörte das Klappern von Hufen, die Peitsche schlug ihm ins Gesicht, ein dritter Gegner versetzte ihm einen wuchtigen Schlag zwischen die Augen, und der Mann, den er festhielt, riß sich los und rannte den Feldweg hinab in der Richtung, aus der er gekommen war.

Halb betäubt sah mein Bruder sich jetzt dem Manne gegenüber, der den Kopf des Pferdes gehalten hatte. Er bemerkte dann, wie der Wagen mit den stets zurückblickenden Frauen, heftig nach beiden Seiten schwankend, den Feldweg entlang davonfuhr. Der Mann vor ihm, ein plumper Lümmel, machte Miene, sich auf ihn zu stürzen, aber mein Bruder schleuderte ihn mit einem Faustschlag ins Gesicht zurück. Als er sich so endlich frei sah, warf er sich herum und lief so schnell er konnte den Feldweg entlang dem Wagen nach; der Plumpe war dicht an seinen Fersen, und der Flüchtige, der sich jetzt umgewandt hatte, folgte in einiger Entfernung.

Plötzlich taumelte mein Bruder und fiel zu Boden; sein nächster Verfolger stürzte auf ihn los, und als er sich wieder aufgerichtet hatte, sah er sich neuerdings zwei Angreifern gegenüber. Wenig fehlte und es wäre um ihn geschehen gewesen, hätte nicht die schlanke Dame mutig den Wagen angehalten. Sie stieg aus und kam ihm zu Hilfe. Sie hatte von Anfang an einen Revolver mit sich geführt, aber er war unter den Sitzen verborgen, als sie und ihre Gefährtin angegriffen wurden. Sie feuerte ihn nun auf eine Entfernung von sechs Yards ab und hätte um ein Haar meinen Bruder getroffen. Der weniger mutige Räuber machte sich davon, und sein Spießgeselle folgte ihm, seine Feigheit verwünschend. Sie machten beide noch in Sicht halt und blieben auf dem Feldweg, wo der dritte Mann besinnungslos lag, stehen.

»Nehmen Sie ihn!« rief die schlanke Dame und reichte meinem Bruder den Revolver.

»Gehen Sie zum Wagen zurück«, bat mein Bruder, indem er sich das Blut aus seiner gespaltenen Lippe wischte.

Sie wandte sich wortlos ab – beide keuchten heftig –, und dann gingen sie zum Wagen, in dem die Dame in Weiß mit krampfhafter Anstrengung das erschreckte Pony zu halten bemüht war.

Die Räuber hatten offenbar genug. Als mein Bruder sich wieder nach ihnen umblickte, zogen sie sich zurück.

»Ich setze mich hierher«, sagte mein Bruder, »wenn ich darf«; und er stieg ein und ließ sich auf den leeren Vordersitz nieder. Die Dame blickte über ihre Schulter.

»Geben Sie mir die Zügel«, sagte sie und strich mit der Peitsche über die Flanke des Ponys. Im nächsten Augenblick verbarg eine Krümmung des Weges die drei Männer den Blicken meines Bruders.

So kam es, daß mein Bruder keuchend, mit zerschnittenem Mund, verletztem Kiefer und blutbefleckten Fingerknöcheln ganz unvermutet auf einer unbekannten Straße mit zwei unbekannten Frauen dahinfuhr.

Er erfuhr, daß sie die Gattin und die jüngere Schwester eines in Stanmore lebenden Chirurgen waren, der in den frühen Morgenstunden von einem gefährlichen Fall in Pinner zurückgekehrt war und auf einer Eisenbahnstation, an der ihn sein Weg vorübergeführt, von dem Heranrücken der Marsleute gehört hatte.

Er war nach Hause geeilt, hatte die Frauen geweckt – das Dienstmädchen hatte sie schon vor zwei Tagen verlassen –, hatte etwas Mundvorrat zusammengerafft, zum Glück für meinen Bruder einen Revolver unter die Sitze gelegt und ihnen aufgetragen, nach Edgware zu fahren, wo es ihnen gelingen würde, in einen Zug zu kommen. Er blieb zurück, um die Nachbarn zu verständigen. Er hatte ihnen versprochen, sie etwa um halb fünf Uhr morgens einzuholen, und jetzt war es beinahe neun Uhr, und sie hatten seither nichts von ihm gesehen. Sie konnten wegen des fast beängstigend anwachsenden Gedränges nicht in Edgware bleiben, und so waren sie auf diesen Seitenweg gekommen.

Das war die Geschichte, die sie in abgebrochenen Sätzen meinem Bruder erzählten. Dann machten sie in der Nähe von New Barnet wieder halt. Mein Bruder aber versprach ihnen, so lange wenigstens bei ihnen zu bleiben, bis sie einen endgültigen Beschluß über ihre nächsten Schritte gefaßt hätten oder bis der vermißte Arzt sie getroffen hätte. Er versicherte ihnen, ein erfahrener Revolverschütze zu sein – er war alles eher als vertraut mit dieser Waffe –, um ihnen Vertrauen einzuflößen.

Neben der Straße schlugen sie eine Art Lager auf, und das Pony tat sich bei der Hecke gütlich. Mein Bruder erzählte ihnen die Einzelheiten seiner Flucht aus London und überdies alles, was er von den Marsleuten und ihrem Treiben wußte. Die Sonne stieg höher am Himmel, und nach einiger Zeit stockte das Gespräch und wich einem unbehaglichen Zustand banger Erwartung. Einige Fußgänger kamen des Weges entlang, und aus ihnen brachte mein Bruder heraus, soviel er konnte. Jede gebrochene Antwort, die er erhielt, vertiefte seinen Eindruck von der schweren Heimsuchung, die über die Menschheit gekommen war, vertiefte auch seine Überzeugung von der zwingenden Notwendigkeit, die Flucht fortzusetzen. In dringenden Worten machte er das den Damen begreiflich.

»Wir haben Geld bei uns«, sagte das Mädchen, und dann zögerte sie, fortzufahren.

Ihre Augen begegneten denen meines Bruders, und ihr Vertrauen kehrte wieder.

»Auch ich habe Geld mit«, sagte mein Bruder.

Sie erklärte nun, außer einer Fünfpfundnote ungefähr dreißig Pfund in Gold bei sich zu führen, und schlug vor, damit zu einem Zug bei St. Albans oder New Barnet zu gehen. Mein Bruder, der die Wut der Londoner, als sie die Züge stürmten, mit angesehen hatte, hielt dieses Vorhaben für hoffnungslos und setzte nun seinen Plan auseinander: Essex zu durchqueren und so nach Harwich zu gelangen, um von dort das Land überhaupt zu verlassen.

Mrs. Elphinstone – so hieß die Dame in Weiß – wollte auf keine Ratschläge hören und rief unaufhörlich nach ihrem ›George‹; ihre Schwägerin aber war erstaunlich ruhig und vernünftig und schließlich bereit, dem Vorschlag meines Bruders zu folgen.

So schlugen sie also die Richtung nach Barnet ein, in der Absicht, die Great North Road zu kreuzen; mein Bruder lenkte das Pony, um es soviel als möglich zu schonen.

Als die Sonne höher stieg, wurde es unbeschreiblich heiß, und unter den Füßen brannte ein dichter weißlicher Sand, so daß sie nur sehr langsam vorwärts kamen. Die Hecken waren grau vor Staub. Und als sie in die Nähe von Barnet kamen, vernahmen sie ein immer lauter anschwellendes Gemurmel.

Sie begegneten immer mehr Leuten. Die meisten starrten vor sich hin, murmelten unbestimmte Fragen und sahen erschöpft, abgemagert und schmutzig aus. Ein Mann im Frack ging zu Fuß an ihnen vorüber, seine Augen auf den Boden geheftet. Sie hörten seine Stimme, und als sie nach ihm blickten, sahen sie, wie er mit der einen Hand sein Haar raufte und mit der anderen nach unsichtbaren Dingen schlug. Als sein Wutanfall vorüber war, ging er seine Straße weiter, ohne sich nur einmal umzublicken.

Als die Gesellschaft meines Bruders sich dem Kreuzweg im Süden von Barnet näherte, sahen sie eine Frau über ein Feld zur Linken auf die Straße zu kommen. Ein Kind trug sie auf dem Arm und zwei andere führte sie; dann ging ein Mann in einem schmutzigen schwarzen Anzug vorbei, einen dicken Rock in der einen Hand, eine kleine Reisetasche in der anderen. Als sie um die Ecke des Feldweges fuhren, dort, wo bei seiner Einmündung in die Landstraße einige Landhäuser stehen, kam ein kleines Gefährt, von einem schweißbedeckten schwarzen Pony gezogen, angefahren; ein blasser Bursche mit einem Sporthut lenkte es. Drei Mädchen, die wie Fabrikmädchen des Londoner Eastend aussahen, und zwei kleine Kinder saßen zusammengekauert in dem kleinen Wagen.

»Hier kommen wir doch nach Edgware?« fragte der mit wilden Augen dreinblickende totenblasse Lenker des Gefährtes in unverkennbarer Londoner Mundart. Und als mein Bruder ihm bedeutete, die Richtung zu seiner Linken einzuschlagen, hieb er auf das Pony ein, ohne sich lange mit der Förmlichkeit des Dankens aufzuhalten.

Jetzt bemerkte mein Bruder, wie aus den Häusern vor ihnen ein dünner grauer Rauch oder Nebel aufstieg, der die weiße Vorderseite einer Terrasse jenseits der Straße, die zwischen den Landhäusern zum Vorschein kam, verschleierte. Mrs. Elphinstone schrie beim Anblick einiger züngelnder rauchiger Feuerflammen, die aus den Häusern vor ihnen gegen den blauen Himmel aufschossen, plötzlich auf. Der wilde Lärm löste sich jetzt in ein wirres Gemenge vieler Stimmen, das Knirschen vieler Räder, das Ächzen von Wagen und das Geklapper von Hufen auf. Keine fünfzig Yards vom Kreuzweg entfernt, machte der Feldweg eine scharfe Biegung.

»Gott im Himmel!« rief Mrs. Elphinstone. »Wohin führen Sie uns denn?«

Mein Bruder hielt an.

Denn die Hauptstraße war ein kochender Strom von Leuten, ein reißender Wildbach menschlicher Wesen, die nach Norden stürmten, einer hinter dem andern drängend. Ein langer Wolkenzug von Staub, weiß und leuchtend im Sonnenglanz, ließ alles innerhalb von zwanzig Fuß über dem Boden grau und undeutlich erscheinen. Er bildete sich immer von neuem durch die dahineilenden Füße einer dichten Menge von Pferden und Männern und Frauen zu Fuß und durch die Räder von Gefährten aller erdenklichen Art.

»Platz da!« hörte mein Bruder Stimmen schreien. »Macht Platz!«

Zum Kreuzungspunkt des Feldweges und der Straße zu gelangen, hieß soviel wie in den Rauch eines Feuers hineinfahren; die Menge brüllte wie ein Feuer, und der Staub war heiß und prickelnd. Und in der Tat stand etwas weiter oben an der Straße ein Landhaus in Flammen und wälzte dichte Mengen schwarzen Rauches über die Straße, um die Verwirrung zu erhöhen.

Zwei Männer kamen dem Wagen nach. Dann ein schmutziges Weib, das ein schweres Bündel trug und heftig schluchzte. Ein verlaufener Jagdhund, heruntergekommen und bedeckt mit Schrammen, lief schnüffelnd um sie herum und floh, als mein Bruder ihm drohte.

Soviel man von der Straße, die nach London führte, zwischen den Häusern zur Rechten sehen konnte, war sie ein einziger, großer Strom schmutziger, fliehender Leute, die zwischen die Landhäuser zu beiden Seiten des Weges eingeklemmt waren; die schwarzen Köpfe, die dicht aneinander gedrängten Gestalten traten deutlicher hervor, als sie auf die Straßenecke zustürzten und vorübereilten; dann verloren sie sich wieder in der fliehenden Menge, die endlich von einer Staubwolke in der Ferne verschlungen wurde.

»Vorwärts! Vorwärts!« riefen die Stimmen. »Platz da, macht Platz!«

Mein Bruder stand bei dem Kopf des Ponys. Unwiderstehlich angezogen, ging er Schritt für Schritt vorwärts den Feldweg hinab.

Edgware war ein Schauplatz der Verwirrung, Chalk Farm ein aufrührerischer Tumult gewesen, hier aber war eine ganze Bevölkerung in Bewegung. Die Karren und die Wagen drängten sich dicht einer hinter dem andern und ließen nur wenig Platz für jene rascheren und ungeduldigeren Fahrzeuge, die jeden Augenblick vorwärts schossen, so oft sich eine Gelegenheit dazu bot, dabei schleuderten sie die Leute rücksichtslos gegen die Zäune und die Gitter der Landhäuser.

»Nur drauflos!« war der allgemeine Schrei. »Nur drauflos! Sie kommen!«

Auf einem Karren stand ein blinder Mann in der Uniform der Heilsarmee. Er schlenkerte mit seinen gekrümmten Fingern herum und brüllte unaufhörlich: »O Ewigkeit! O Ewigkeit!« Seine Stimme war heiser und überaus laut, so daß mein Bruder ihn noch lange hören konnte, als er im südwestlichen Staub schon den Blicken entschwunden war. Einige Karren waren vollgepfropft von Leuten, die blödsinnig auf ihre Pferde einhieben und mit andern Kutschern zankten; einige Leute wieder saßen regungslos da, mit trostlosen Augen ins Leere starrend; andere nagten vor Durst an ihren Fingern oder lagen auf dem Boden ihres Fuhrwerks lang ausgestreckt. Die Zäume der Pferde waren mit Schaum bedeckt, ihre Augen blutunterlaufen.

Man sah Mietwagen, Kutschen, Geschäftswagen, Fuhrwerke ohne Zahl, eine Postkutsche, einen Straßensäuberungswagen mit der Aufschrift ›Gemeindebezirk St. Pancras‹, einen riesigen Bauholzwagen mit roh aussehenden Gesellen beladen. Der Geschäftskarren einer Brauerei rasselte vorüber; seine beiden Räder waren mit frischem Blut bespritzt.

»Aus dem Weg!« riefen die Stimmen. »Aus dem Weg!«

»Ewig–keit! Ewig–keit!« hallte es von der Straße wider.

Traurige, abgemagerte, gut gekleidete Frauen schleppten sich weiter mit Kindern, die weinten und immer stolperten; ihre zarten Kleider starrten vor Staub, und ihre müden Gesichter waren von Tränen entstellt. Viele von ihnen waren von teils hilfreichen, teils mürrischen und rohen Männern begleitet. Seite an Seite mit ihnen drängte sich mit roher Gewalt ein Haufen Londoner Gesindels vorwärts, in schwarze Lumpen gekleidet, mit lauter Stimme unflätige Reden im Munde führend. Dann sah man stämmige Arbeiter, die kraftvoll vorwärts drängten, elend aussehende, ungekämmte Burschen, offenbar Ladenschwengel oder Tagschreiber, nach ihrer Kleidung zu schließen, die gelegentliche Raufereien veranstalteten; zuweilen sah man noch einen verwundeten Soldaten, ferner Leute, die wie die Gepäckträger der Bahnhöfe gekleidet waren, und ein trostlos aussehendes Geschöpf in einem Nachthemd, über das ein Rock geworfen war.

Aber so verschieden auch ihre Zusammensetzung war, gewisse Züge hatte diese Menge gemein. Angst und Schmerz brüteten auf den Gesichtern und Angst saß ihnen im Nacken. Ein Lärm auf der Straße, ein Streit um einen Wagenplatz genügten, und jeder beschleunigte seine Schritte; selbst ein Mann, der so elend und gebrochen war, daß seine Knie unter ihm wankten, wurde für einen Augenblick wieder hochgerissen. Hitze und Durst hatten bei dieser Menge schon ihr Werk getan. Die Haut war trocken, die Lippen schwarz und aufgesprungen. Sie waren durstig und erschöpft und ihre Füße wund. Und aus den vielen Schreien hörte man Gezänk und Vorwürfe und stöhnende Ermattung heraus. Die meisten Stimmen waren schon heiser und schwach. Und zwischendurch der immer gleiche Refrain:

»Platz! Platz! Die Marsleute kommen!«

Nur wenige rasteten oder trennten sich von der Flut. Der Feldweg mündete ziemlich abschüssig in einer engen Öffnung in die Hauptstraße und machte den trügerischen Eindruck, als käme er aus der Richtung von London. Dennoch drängte ein geringer Bruchteil der Leute in die Mündung hinein; Schwächlinge arbeiteten sich mit den Ellbogen aus dem Strom heraus; doch ruhten sie zum größten Teil nur einen Augenblick aus, um wieder in ihn einzutauchen. Ein wenig abseits vom Feldweg lag von zwei Freunden betreut ein Mann, eines seiner Beine war bloß mit ein paar blutigen Lumpen umwickelt. Der Glückliche hatte wenigstens Freunde.

Ein altes Männchen mit einem kriegerisch aussehenden Schnurrbart, mit einem fadenscheinigen schwarzen Gehrock bekleidet, hinkte aus dem Haufen, zog seine Stiefel aus – seine Socken waren mit Blut befleckt – schüttelte einen Kieselstein heraus und humpelte weiter. Ein kleines Mädchen von acht oder neun Jahren, ganz allein, warf sich neben die Hecke dicht neben meinen Bruder und weinte bitterlich.

»Ich kann nicht weiter! Ich kann nicht weiter!«

Mein Bruder erwachte aus der Erstarrung; er hob sie auf, sprach ein paar freundliche Worte zu ihr und trug sie zu Miss Elphinstone. Sobald mein Bruder sie berührte, wurde sie ganz still, wie erschreckt.

»Ellen!« schrie eine Frau im Haufen mit weinender Stimme. »Ellen!« Und das Kind machte sich von meinem Bruder los und schoß, nach der Mutter rufend, davon.

»Sie kommen«, sagte ein Mann zu Pferd, der den Feldweg entlang ritt.

»Aus dem Weg da!« brüllte ein Kutscher und richtete sich hoch auf, und mein Bruder sah einen geschlossenen Wagen in den Feldweg hereinfahren.

Die Leute drängten, einer den andern pressend, zurück, um dem Pferd auszuweichen. Mein Bruder schob das Pony und den Wagen an die Hecke zurück, und der Mann fuhr vorbei, um an der Wegbiegung zu halten. Es war eine Kutsche mit einer Deichsel für zwei Pferde, aber nur eines war in den Strängen.

Mein Bruder sah undeutlich durch den Staub hindurch, wie zwei Männer einen Gegenstand auf einer weißen Tragbahre heraushoben und ihn behutsam auf das Gras zwischen die Ligusterhecken legten.

Einer der Männer eilte auf meinen Bruder zu.

»Wo bekommt man hier etwas Wasser?« fragte er. »Er geht rasch seinem Ende entgegen und leidet heftigen Durst. Es ist Lord Garrick.«

»Lord Garrick!« rief mein Bruder, »der Präsident des Obersten Gerichtes?«

»Das Wasser!« rief der andere.

»Vielleicht finden Sie in einem dieser Häuser eine Wasserleitung«, sagte mein Bruder. »Wir haben kein Wasser. Und ich darf meine Begleiterinnen nicht verlassen.«

Der Mann drängte sich durch die Menge zu dem Tor des Eckhauses.

»Vorwärts!« riefen die Leute, ihn zur Seite schiebend. »Sie kommen! Vorwärts!«

Mein Bruder war entsetzt und verwirrt. Sobald sie sich zurückgezogen hatten, kam es ihm wieder zum Bewußtsein, wie dringend und unvermeidlich es war, den Menschenstrom zu durchqueren. Ohne Verzug wandte er sich entschlossen an Miss Elphinstone.

»Wir müssen diesen Weg einschlagen«, sagte er und lenkte das Pony wieder herum.

Zum zweiten Mal an diesem Tag legte das Mädchen eine Probe seiner Unerschrockenheit ab. Um eine Furt durch diesen Menschenstrom zu erzwingen, stürzte sich mein Bruder in das Getriebe hinein und hielt ein Droschkenpferd zurück, während sie das Pony an dessen Kopf vorbeilenkte. In diesem Augenblick hemmte ein Fuhrwerk sein Rad und riß einen langen Span von dem Ponywagen ab. Gleich darauf wurden sie von dem Strom erfaßt und vorwärtsgetrieben. Mein Bruder, auf dessen Gesicht und Händen die Peitsche des Kutschers rote Striemen hinterlassen hatte, kletterte in den Wagen zurück und nahm seiner Begleiterin die Zügel ab.

»Richten Sie den Revolver auf den Mann hinter uns, wenn er zu heftig drängt«, sagte er, ihr die Waffe reichend. »Nein! – Richten Sie ihn auf sein Pferd.«

Dann begann er nach einer Gelegenheit zu suchen, über die Straße hinweg nach rechts zu fahren. Aber einmal im Strom, schien er seine Willenskraft zu verlieren und ein Glied dieses staubigen Menschenrudels zu werden. Sie wurden von dem wilden Strom durch Chipping Barnet geschwemmt; sie befanden sich schon wieder eine Meile jenseits des Mittelpunktes der Stadt, bevor sie sich auf die andere Seite des Weges durchgekämpft hatten. Der Lärm, die Verwirrung waren unbeschreiblich. Aber in der Stadt und hinter ihr zweigte sich die Straße zu wiederholten Malen und spaltete so wenigstens den Andrang der Masse.

Sie wandten sich nun östlich durch Hadley, und dort, wie auch später, stießen sie beidseits der Straße auf eine beträchtliche Menge von Leuten, die aus dem Fluß tranken; manche mußten kämpfen, um zum Wasser zu gelangen. Etwas weiter auf einer Anhöhe in der Nähe von East Barnet bemerkten sie zwei Eisenbahnzüge, die langsam einer hinter dem andern ohne Signal, ohne Aufsicht dahinfuhren. Die Züge wimmelten von Leuten, selbst zwischen den Kohlen hinter der Maschine kauerten Menschen, die auf der Great Northern Railway nordwärts zu entkommen suchten. Mein Bruder vermutete, daß diese Züge sich erst außerhalb Londons mit Flüchtlingen gefüllt haben müßten, denn zu jener Zeit hatte der wütende Ansturm der Leute die Benutzung der Londoner Bahnhöfe unmöglich gemacht.

In der Nähe von Hadley machte die Gesellschaft meines Bruders für den Rest des Nachmittags halt; die Schrecken des Tages hatten alle drei fast völlig erschöpft. Schon regte sich der erste Hunger; die Nacht begann kalt, und keiner von ihnen wagte zu schlafen. Am Abend eilten viele Leute die Straße an ihrem Rastplatz entlang, vor ungekannten Gefahren fliehend, die in Wahrheit noch vor ihnen lagen. Denn sie liefen in die Richtung, aus der mein Bruder gekommen war.

17. Die ›Thunder Child‹

Hätten die Marsleute nur blindlings zerstören wollen, so hätten sie am Montag die gesamte Bevölkerung Londons vernichten können, wie sie sich langsam über die nächsten Grafschaften hin ausbreitete. Nicht nur durch Barnet, sondern auch durch Edgware und Waltham Abbey, und die ostwärts laufenden Straßen entlang nach Southend und Shoeburyness, und südlich von der Themse nach Deal und Broadstairs ergoß sich derselbe tobende Haufen. Wenn einer an jenem Junimorgen in einem Ballon in dem strahlenden Blau über London geschwebt hätte, dann hätte er jede Straße, die aus dem unendlichen Straßenknäuel nach Norden oder Osten führte, von dahinströmenden Flüchtlingen schwarz übersät erblickt, jeder Punkt eine menschliche Agonie von Schrecken und körperlichem Elend. Noch nie in der Geschichte der Welt hatte sich eine solche Masse menschlicher Wesen in Bewegung gesetzt, noch nie so gemeinsam dieselben Leiden ertragen. Die sagenhaften Scharen von Goten und Hunnen, die riesigsten Heere, die Asien je erblickt hatte, was wären sie anderes gewesen als Wellen dieses Stromes. Und das war kein disziplinierter Marsch; es war eine wilde Jagd, riesenhaft und schreckensvoll, ohne Ordnung, ohne Ziel, sechs Millionen Menschen, die unbewaffnet und ohne Lebensmittel blindlings weitertrieben. Es war der Anfang vom Ende der Zivilisation, das Massaker des Menschengeschlechtes.

Gerade unter sich hätte der Luftschiffer ein weithingesponnenes Netzwerk von Straßen gesehen, Häuser, Kirchen, Plätze, Gassen, Gärten, die, schon verödet, sich verteilten wie über eine ungeheure Landkarte, die im Süden verwischt und zerstört war. Es sah aus, als ob eine Riesenfeder über Ealing, Richmond und Wimbledon Tinte über die Karte gespritzt hätte. Stetig und unaufhaltsam wuchs jeder dieser Flecken; er breitete sich aus, sandte Rinnsale hierhin und dorthin, staute sich gegen Erhebungen des Bodens, ergoß sich dann wieder über abschüssiges Erdreich in neuentdeckte Täler, genauso, wie ein Strom von Tinte sich über Löschpapier verteilt.

Und drüben, bei den blauen Hügeln, die sich südlich vom Fluß erheben, eilten die glitzernden Marsleute hin und her und legten ruhig und überlegen einmal über diesen, dann über jenen Landstrich ihre Giftwolken, die sie, sobald sie ihren Zweck erfüllt hatten, wieder mit ihren Dampfstrahlen erstickten. So ergriffen sie Besitz von dem besiegten Lande. Ihr Ziel schien nicht so sehr die Ausrottung als völlige Unterjochung und Erstickung jedes Widerstandes. Sie sprengten jede Pulveransammlung in die Luft, schnitten jede Telegraphenlinie ab und zerstörten, wo sie konnten, jede Eisenbahn. Sie schnitten die Sehnen der Menschheit durch. Sie schienen keine besondere Eile zu haben, ihr Arbeitsfeld auszudehnen, und gelangten an diesem Tag nicht über den Mittelpunkt von London hinaus. Es ist möglich, daß eine beträchtliche Anzahl Leute in London am Montag morgen in ihren Häusern blieb. Daß viele am schwarzen Rauch zu Hause erstickten, ist gewiß.

Um die Mittagsstunde bot die Werft von London ein erstaunliches Schauspiel. Dampfboote und Schiffe aller Art, deren Eigentümer von den Flüchtlingen mit ungeheuren Geldsummen bestochen wurden, lagen in Bereitschaft; viele Menschen, welche an diese Fahrzeuge heranschwammen, sollen mit Bootshaken zurückgestoßen und ertränkt worden sein. Um ein Uhr nachmittags etwa wurde der verblassende Rest einer Wolke schwarzen Qualmes zwischen den Bogen der Blackfriars Bridge gesehen. Und nun wurde die Werft der Schauplatz einer wahnsinnigen Verwirrung, heißer Kämpfe und Zusammenstöße; eine Zeitlang waren zahllose Boote und Barken im nördlichen Bogen der Tower Bridge eingeklemmt; Seeleute und Löscharbeiter mußten wie Wilde gegen die Menge ankämpfen, die in hellen Haufen vom Ufer her andrängte. Die Leute kletterten tatsächlich die Brückenpfeiler hinab . . .

Als eine Stunde später ein Marsmann jenseits des Clock Tower auftauchte und den Fluß hinabwatete, trieben nur Schiffstrümmer an Limehouse vorüber.

Über den Einfall des fünften Zylinders werde ich später berichten. Der sechste ging bei Wimbledon nieder. Mein Bruder hielt neben den im Wagen schlafenden Frauen auf einer Wiese Wache und sah seinen grünen Blitz weit drüben jenseits der Hügel. Am Dienstag strebte die kleine Gesellschaft, noch immer entschlossen, über das Meer zu fahren, durch das von Menschen wimmelnde Land nach Colchester vorwärts. Die Nachricht, daß die Marsleute nun im Besitz von ganz London seien, wurde bestätigt. Sie waren in Highgate gesehen worden; und wie man erzählte sogar schon bei Neasdon. Aber sie kamen bis zum nächsten Morgen meinem Bruder nicht zu Gesicht.

Am Dienstag nun überfiel die versprengten Massen die Angst vor dem Hunger. Und sobald sie hungrig wurden, hörten sie auf, das Recht des Eigentums zu beachten. Mit den Waffen in der Hand rückten die Bauern aus, ihre Viehställe, ihre Scheunen, ihre reifenden Feldfrüchte zu verteidigen. Eine Anzahl von Leuten gingen wie mein Bruder nun in östlicher Richtung, und ein paar ganz Verzweifelte gingen sogar nach London zurück, um sich Nahrung zu holen. Das waren hauptsächlich Leute aus den nördlichen Vororten, deren Kenntnisse über den schwarzen Rauch nur vom Hörensagen stammten. Mein Bruder erfuhr, daß etwa die Hälfte der Mitglieder der Regierung sich in Birmingham versammelt hatte und daß ungeheure Mengen starker Sprengstoffe vorbereitet wurden, um für automatische Minen in den Midland Grafschaften verwendet zu werden.

Zur gleichen Zeit hörte mein Bruder, daß die Midland Railway Company die im ersten Schrecken aufgegebene Strecke wieder dem Verkehr übergeben hatte und von St. Albans Züge nach Norden abgehen ließ, um in den beängstigend überfüllten Nachbargrafschaften Londons etwas Luft zu schaffen. Ferner wurde in Chipping Ongar bekanntgegeben, daß in den Nordstädten große Mehlvorräte zur Verfügung stünden und daß binnen vierundzwanzig Stunden unter die hungernde Bevölkerung der Nachbarschaft Brot verteilt werden würde. Diese Nachricht aber hielt meinen Bruder nicht von der Ausführung seines Fluchtplanes ab, und die drei Leute flohen den ganzen Tag lang unaufhaltsam in östlicher Richtung vorwärts und erlebten von jener Brotverteilung nicht mehr als eben ihre Verheißung. Tatsache ist, daß auch niemand sonst mehr davon erlebte. In dieser Nacht ging die siebte ›Sternschnuppe‹ nieder und fiel auf den Primrose Hill. Sie ging nieder, während Miss Elphinstone Wache hielt; denn sie unterzog sich abwechselnd mit meinem Bruder dieser Pflicht. Auch sie sah den Stern.

Am Mittwoch erreichten die drei Flüchtlinge, welche die Nacht auf einem Felde unreifen Weizens verbracht hatten, Chelmsford; hier beschlagnahmte eine Gruppe von Bewohnern, die sich ›Öffentlicher Unterstützungs-Ausschuß‹ nannte, das Pony als Nahrungsmittel und wollte nichts als Entgelt dafür geben als das Versprechen, die Besitzer am nächsten Tag an seiner Verzehrung teilnehmen zu lassen. Hier waren Gerüchte im Umlauf, daß die Marsleute in Epping seien; auch erfuhr man, daß die Pulvermühlen von Waltham Abbey während des fruchtlosen Versuches, einen der Eindringlinge in die Luft zu sprengen, zerstört worden seien.

Die Leute spähten hier von den Kirchtürmen nach den Marsleuten aus. Mein Bruder zog es vor – wie es sich später herausstellte, zu seinem Glück – sofort nach der Küste aufzubrechen, statt auf Nahrung zu warten, obwohl sie alle drei sehr hungrig waren. Um die Mittagsstunde kamen sie durch Tillingham, das seltsam genug ganz still und verödet schien, bis auf einige diebische Plünderer, die nach Nahrungsmitteln suchten. In der Nähe von Tillingham erblickten sie plötzlich das Meer und zugleich die erstaunlichste Ansammlung von Fahrzeugen aller Art, die man sich nur vorstellen konnte.

Denn nachdem die Schiffer nicht mehr die Themse hinauffahren konnten, begaben sie sich an die Küste von Essex, nach Harwich, Walton, Clacton und später nach Foulness und Shoebury, um Leute aufzunehmen. Die Schiffe waren in einer ungeheuren, sichelförmigen Linie aufgestellt, die sich gegen das Vorgebirge, die Naze, im Nebel verlor. Dicht am Ufer hatte eine Unmenge Fischerbarken Anker geworfen, englische, schottische, französische, holländische und schwedische; dann sah man kleine Dampfboote von der Themse, Yachten und elektrische Boote; darüber hinaus sah man Schiffe größerer Art, eine große Menge schmutziger Kohlenschiffe, gepflegte Handelsschiffe, Viehtransporter, Passagierdampfer, Petroleumtanker, Ozeanbummler, selbst einen alten weißen Transportsegler, zierliche weiße und graue Linienschiffe von Southampton und Hamburg; und die ganze blaue Küste am Blackwater entlang konnte mein Bruder dichte Schwärme von Booten wahrnehmen, von denen aus mit den Leuten auf dem Ufer gefeilscht wurde. Diese Bootmassen erstreckten sich auch das Blackwater hinauf beinahe bis Maldon.

Ungefähr zwei Meilen draußen lag ein Panzerschiff so tief im Wasser, daß es den Augen meines Bruders fast wie ein halbversenktes Schiff schien. Das war das Rammboot ›Thunder Child‹. Es war das einzige Kriegsschiff in Sicht; aber in weiter Ferne lag auf dem glatten Spiegel der See – an jenem Tage herrschte Totenstille – eine Schlange schwarzen Rauches, welche die nächsten Panzerschiffe der Kanalflotte anzeigte, die in einer weit gezogenen Linie auf- und abkreuzten; sie fuhren während des Einfalles der Marsleute mit vollem Dampf und klar zum Gefecht längs der Themsemündung, kampfbereit und doch machtlos.

Beim Anblick des Meeres wurde Mrs. Elphinstone trotz guter Zureden von heillosem Schrecken überwältigt. Sie war noch nie aus England hinausgekommen und erklärte, lieber sterben zu wollen, als sich ohne Freunde einem fremden Land anzuvertrauen, und so fort. Die Ärmste schien sich die Franzosen und die Marsleute sehr ähnlich vorzustellen. Sie war während der zwei Reisetage immer hysterischer, erschreckter und niedergeschlagener geworden. Ihre fixe Idee war, nach Stanmore zurückzukehren. In Stanmore sei immer alles gut und sicher verlaufen. In Stanmore würden sie George wiederfinden ...

Nur mit den größten Schwierigkeiten gelang es ihnen, sie zum Ufer hinabzubringen, wo es meinem Bruder glückte, die Aufmerksamkeit einiger Leute auf einem Raddampfer, der aus der Themse fuhr, auf sich zu lenken. Der Dampfer schickte ein Boot, und bald wurde man handelseins: sechsunddreißig Pfund für alle drei. Das Schiff ging, wie die Leute ihnen mitteilten, nach Ostende.

Es war etwa zwei Uhr geworden, als mein Bruder das Fahrgeld bezahlt hatte und sich mit seinen Schützlingen sicher an Bord des Dampfers befand. Im Schiff gab es Eßwaren genug, wenn auch zu ganz abenteuerlichen Preisen. Und so gelang es den drei Personen auf den Vordersitzen eine Mahlzeit einzunehmen.

Es waren bereits etwa vierzig Personen an Bord, von denen einige ihren letzten Groschen weggegeben hatten, um sich die Überfahrt zu sichern. Aber der Kapitän blieb beim Blackwater bis fünf Uhr nachmittags stehen und nahm unausgesetzt Passagiere auf, bis das Verdeck beängstigend voll war. Er hätte wohl noch länger gezögert, hätte man nicht um jene Stunde vom Süden her Geschützfeuer vernommen. Gleichsam zur Antwort feuerte das seewärts liegende Panzerschiff ein kleines Geschütz ab und hißte seine Flagge. Ein Rauchstrahl schoß aus seinem Schornstein.

Einige Reisende waren der Meinung, daß der Geschützlärm aus der Gegend von Shoeburyness komme, bis man bemerkte, daß er immer stärker wurde. Gleichzeitig tauchten südöstlich in weiter Ferne die Masten und das Takelwerk dreier Panzerschiffe, eines nach dem andern, aus dem Meere auf, unter Wolken schwarzen Qualmes. Aber die Aufmerksamkeit meines Bruders kehrte rasch wieder zu dem fernen Geschützfeuer im Süden zurück. Er glaubte eine Rauchsäule aus den fernen grauen Nebelschleiern aufsteigen zu sehen.

Der kleine Dampfer nahm aus der großen Halbmondlinie von Schiffen heraus schon klappernd seinen Weg ostwärts. Die flache Küste von Essex schien schon blau und neblig, als plötzlich, winzig und undeutlich in der großen Entfernung, ein Marsmann auftauchte, der die lehmige Küste entlang aus der Richtung von Foulness herankam. Bei diesem Anblick fluchte der Kapitän auf der Schiffsbrücke so laut er konnte vor Angst und Zorn über seine eigene Saumseligkeit, und die Räder schienen von seinem Schrecken angesteckt zu werden. An Bord des Schiffes stand jetzt jeder am Geländer oder auf den Stühlen und starrte nach jener fernen Erscheinung, die, jetzt schon höher als die Bäume und die Kirchtürme landeinwärts, immer näher kam und den menschlichen Gang gleichsam lässig parodierte.

Es war der erste Marsmann, den mein Bruder sah, und so stand er mehr erstaunt als erschreckt da und beobachtete den Titan, wie er entschlossen den Fahrzeugen näher rückte, immer weiter, und wie die Küste zurückwich, ins Wasser watete. Jetzt tauchte jenseits des Dünenkamms in weiter Ferne ein zweiter Marsmann auf, der über die verkümmerten Bäume hinwegfuhr; und noch weiter zurück zeigte sich ein dritter, der tief durch eine glitzernde Sumpffläche watete, die halb zwischen Himmel und Erde zu hängen schien. Sie alle stapften auf das Meer zu, als ob sie die Flucht jener Menge von Fahrzeugen verhindern wollten, die in dichten Haufen zwischen Foulness und dem Vorgebirge Naze ankerten. Trotz der keuchenden Anstrengung des kleinen Raddampfers, trotz der Wolken von Schaum, die seine Räder zurückließen, entfernte sich das Schiff nur erschreckend langsam aus dem Bereich jener unheilvollen Ankömmlinge.

Im Nordwesten sah mein Bruder, wie der riesige Halbkreis von Schiffen sich schon unter dem nahenden Entsetzen zu winden begann. Jedes Schiff versuchte am andern vorbeizukommen, um sich hinter der Breitseite der größeren Schiffe zu verbergen, die Dampfer pfiffen unaufhörlich und stießen ungeheure Qualmmengen aus, Segel wurden gehißt, und Landungsboote schossen hin und her. Mein Bruder wurde von diesem Bild und von der heranschleichenden Gefahr so in Anspruch genommen, daß er für alles, was auf hoher See vorging, keine Augen hatte. So schleuderte ihn eine rasche Bewegung des Dampfers (er hatte plötzlich gewendet, um nicht in den Grund gefahren zu werden) kopfüber von dem Sessel, auf dem er stand. Rings um ihn herum hörte er Geschrei, das Trappeln von Füßen und freudige Rufe, die schwach erwidert zu werden schienen. Der Dampfer schoß vorwärts, und mein Bruder kollerte über den Boden.

Er sprang auf seine Füße und sah nach dem Steuerbord. Nicht hundert Yards von ihrem stoßenden, schwankenden Boot entfernt, sah er eine riesige eiserne Masse, die wie eine ungeheure Pflugschar das Wasser teilte und nach beiden Seiten gewaltige Schaumwogen schleuderte, die auf den Dampfer stürzten, bis seine Räder hilflos in der Luft hingen, um gleich darauf das Verdeck fast bis auf die Wasserfläche zu drücken.

Eine Flut von Gischt blendete meinen Bruder einen Augenblick lang. Als er seine Augen wieder öffnete, sah er, daß das Ungetüm schon vorbei war und dem Lande zuraste. Mächtige Eisenwerke tauchten aus dem Riesenkörper auf; ein Doppelschornstein erhob sich und spie einen zweifachen Schwall feurigen Rauches in die Luft. Es war das Torpedo-Rammschiff ›Thunder Child‹, das in rasender Schnelligkeit den bedrohten Schiffen zu Hilfe kam.

Indem er seine Füße in das Netzwerk des Geländers einhakte und sich so einen sicheren Halt schaffte, blickte mein Bruder über den dahinschießenden Leviathan hinweg wieder nach den Marsleuten. Er sah nun alle drei dicht beieinander; sie standen so weit draußen im Meer, daß ihre dreifüßigen Stützen fast ganz unter Wasser waren. So halb versenkt und in so großer Entfernung, sahen sie weit weniger furchtbar aus als die riesenhafte Eisenmasse, in deren Kielwasser der Dampfer hilflos hin- und herschwankte. Es schien, als betrachteten die Marsleute diesen neuen Gegner in hellem Staunen. Es mag sein, daß nach ihren Begriffen dieser Riese ein ihrer Gattung ähnliches Wesen war. Die ›Thunder Child‹ feuerte keinen Schuß ab, sie rückte nur in voller Wucht gegen sie vor. Vermutlich dankte sie nur dem Umstand, daß sie nicht feuerte, die Möglichkeit, jenen so nahe zu kommen. Sie wußten nicht, was sie aus ihr machen sollten. Nur eine Bombe, und sie hätten sie mit dem Hitzstrahl sofort in den Grund gebohrt.

Das Schiff dampfte mit einer derartigen Schnelligkeit vorwärts, daß es in einer Minute den halben Weg zwischen dem Dampfboot und den Marsleuten zurückzulegen schien – eine sich immer mehr verringernde Masse, die sich schwarz von der zurücktretenden horizontalen Küstenlinie von Essex abhob.

Plötzlich senkte der vorderste Marsmann sein Rohr und feuerte eine Büchse schwarzen Gases auf das Panzerschiff ab. Sie traf es auf der Backbordseite und prallte in einem tintenartigen Strahl ab, der sich seewärts weiterwälzte als ein entfesselter Strom schwarzen Rauches, dem das Panzerschiff glücklich entrann. Den Zuschauern auf dem tief im Wasser fahrenden Dampfer, welche überdies die Sonne im Gesicht hatten, schien es, als sei das Schiff schon mitten unter den Marsleuten.

Sie sahen, wie die ungeschlachten Gestalten sich trennten, sich immer höher aus dem Wasser hoben und sich ans Ufer zurückzogen. Einer von ihnen erhob jetzt den Hitzstrahlgenerator. Er hielt ihn schräg abwärts gerichtet, und sofort fuhr eine Dampfwolke auf, als der Strahl das Wasser berührte. Er mußte durch das Eisen des Schiffskörpers gefahren sein, ähnlich wie weißglühendes Eisen durch Papier dringt.

Eine Flamme zuckte durch den aufsteigenden Dampf, und der Marsmann wankte und taumelte nach vorn. Im nächsten Augenblick war er niedergeschlagen, und eine große Menge Wasser und Dampf schoß hoch in die Luft auf. Die Geschütze der ›Thunder Child‹ donnerten durch den Qualm, eines nach dem andern; ein Geschoß klatschte dicht neben dem Dampfer ins Wasser, prallte in der Richtung der andern fliehenden Schiffe nordwärts und zersplitterte eine Fischerbarke in Zündhölzchen.

Niemand aber schenkte dem besondere Beachtung. Beim Anblick des zusammenbrechenden Marsmannes stieß der Kapitän auf der Brücke unartikulierte, gellende Laute aus, und die zu einem Haufen beim Steuerrad zusammengedrängten Reisenden schrien wild durcheinander. Und noch einmal schrien sie auf. Denn drüben, jenseits des weißen Tumults, tauchte ein langer schwarzer Rumpf auf; Flammen strömten aus seinen Mittelteilen, und die Ventilatoren und Schornsteine spien Feuer.

Die ›Thunder Child‹ lebte noch; das Steuer schien noch unversehrt, und ihre Maschinen arbeiteten. Sie schoß geradeaus auf einen zweiten Marsmann los und war noch hundert Yards von ihm entfernt, als der Hitzstrahl seine Wirkung tat. Mit einem heftigen Getöse und unter blendenden Blitzen flogen ihr Deck und ihre Rauchfänge in die Luft. Der Marsmann wankte bei der Heftigkeit des Zündschlages, und im nächsten Augenblick schoß das flammende Wrack mit der ganzen Wucht seines stürmischen Laufes vorwärts, warf den Marsmann nieder und zermalmte ihn wie ein Stückchen Papier. Mein Bruder schrie unwillkürlich auf. Kochende Dampfwolken hüllten alles wieder ein. »Zwei!« jubelte der Kapitän.

Jedermann jauchzte und schrie; der ganze Dampfer hallte von einem Ende bis zum andern von den wilden Freudenrufen wider, die zuerst vom nächsten und dann von allen den unzähligen Booten und Schiffen aufgenommen wurden, die das offene Meer zu gewinnen suchten.

Der Dampf hing viele Minuten hindurch über dem Wasser und hüllte den dritten Marsmann und die Küste vollständig ein. Und während dieser ganzen Zeit arbeitete sich das Dampfboot stetig auf die hohe See hinaus, fort von dem Schauplatz jener Schlacht. Und als sich endlich der Dampf verzogen hatte, da traten die treibenden Wolken des schwarzen Rauches dazwischen, und von der ›Thunder Child‹ konnte nichts mehr gesehen werden; auch der dritte Marsmann war verschwunden. Aber die Panzerschiffe, die seewärts lagen, waren jetzt ganz nahe und standen der Küste zugekehrt hinter dem Dampfboot.

Das kleine Fahrzeug fuhr fort, sich seinen Weg seewärts zu erkämpfen; die Panzerschiffe traten langsam gegen die Küste zurück, die noch immer von der gefleckten Rauchwand, halb Dampf, halb schwarzem Gas, in den abenteuerlichsten Gestalten auf- und niederwallend, eingehüllt war. Die Flotte der Flüchtlinge zerstreute sich nach Nordosten; einige Fischerbarken segelten zwischen den Panzerschiffen und dem Dampfboot. Nach einiger Zeit, bevor sie den sinkenden Wolkenzug erreichten, wandten sich die Kriegsschiffe nach Norden, und mit einer unvermuteten Schwenkung verschwanden sie in südlicher Richtung in dem sich immer mehr verdichtenden Abendnebel. Die Küste verblaßte und verschwand endlich völlig in den langen Wolkenzügen, die sich um die sinkende Sonne lagerten.

Plötzlich scholl aus dem goldenen Nebelschleier des Sonnenuntergangs das Getöse von Geschützen; und schwarze Schatten tauchten auf und nieder. Alles stürzte wieder an das Geländer des Dampfers und spähte nach dem blendenden Feuerherd des Westens; aber es konnte nichts deutlich unterschieden werden. Ein Schwall dichten Rauches stieg schräg auf und verbarg das Antlitz der Sonne. Das Dampfboot keuchte seinen Weg weiter; und bange Erwartung lastete auf allen.

Die Sonne versank in graue Wolken; der Himmel zuckte auf und verfinsterte sich wieder, und oben zitterte der Abendstern. Es war schon dunkles Zwielicht, als der Kapitän aufschrie und nach aufwärts deutete. Mein Bruder strengte seine Augen an. Aus dem Grau fuhr etwas hoch auf in die Luft, zuckte in reißender Schnelligkeit schief hinüber zu dem glänzenden Licht über den Wolken des westlichen Himmels, ein flacher, breiter und sehr großer Körper; er raste in einer ungeheuren krummen Linie weiter, wurde kleiner, sank dann langsam und verschwand endlich in dem grauen Geheimnis der Nacht. Und während er so dahinflog, ergoß sich die Finsternis über das Land.

Zweites Buch
Die Erde unter den Marsmenschen

1. Unterwegs

Während der Ereignisse der letzten Abschnitte hielten ich und der Kurat uns auf der Lauer in dem leeren Haus in Halliford versteckt, in das wir uns geflüchtet hatten, um dem schwarzen Rauch zu entrinnen. Hier will ich den Faden der Erzählung wieder aufnehmen. Wir blieben während der ganzen Nacht des Sonntags und den ganzen nächsten Tag – dem Tage der Londoner Panik – in dem Haus, zwar dem einzigen Eiland voll Tageslicht, aber durch den schwarzen Rauch von der übrigen Welt abgeschnitten. Wir konnten während dieser zwei trostlosen Tage nichts tun, als in schmerzlicher Untätigkeit warten.

Mein Gemüt war von Sorgen um meine Frau erfüllt. Ich malte mir aus, wie sie voll Angst und in Gefahr in Leatherhead weilte und mich bereits als einen Toten beklagte. Ich schritt in den Zimmern auf und nieder und weinte laut bei dem Gedanken, durch welche Abgründe ich von ihr getrennt war, und was ihr alles während meiner Abwesenheit zustoßen konnte. Mein Vetter, das wußte ich, würde jeder drohenden Gefahr mutig entgegentreten, aber er gehörte nicht zu jenen Männern, die Gefahren rasch begreifen und rechtzeitig handeln. Was jetzt nottat, war nicht Tapferkeit, sondern Umsicht. Mein einziger Trost war die Vermutung, daß die Marsleute gegen London vorrückten, also fort von Leatherhead. Solche vagen Angstgefühle machen reizbar und leidend. Bei den unausgesetzten Klagerufen des Kuraten wurde ich ärgerlich und gereizt, und der Anblick seiner selbstsüchtigen Verzweiflung ermüdete mich. Nach einigen wirkungslosen Vorstellungen hielt ich mich abseits von ihm und zog mich in ein Zimmer zurück, das Globen, Schulbücher und Hefte enthielt, also offenbar ein Schulzimmer war. Als er schließlich mir auch dahin folgte, floh ich in ein Kofferzimmer auf den Boden des Hauses, in dem ich mich einschloß, um mit meinem Kummer allein zu sein.

Wir waren durch den schwarzen Rauch den ganzen Tag und den Morgen des nächsten hoffnungslos eingesperrt. Am Sonntag abend gab es Anzeichen, daß im Nachbarhaus noch Leute waren – ein Gesicht am Fenster, hin- und herflackernde Lichter, und später das Zuschlagen einer Tür. Aber ich weiß nicht, wer diese Leute waren, noch was aus ihnen wurde. Am nächsten Tag erblickten wir keine Spur mehr von ihnen. Der schwarze Rauch trieb langsam dem Fluß zu, den ganzen Montagmorgen hindurch; er kroch näher und näher an uns heran und wälzte sich endlich über die Landstraße vor unserm Haus.

Ein Marsmann kam gegen Mittag über die Felder und vernichtete den Rauch durch einen heißen Dampfstrahl, der gegen die Mauer zischte, alle Fenster, die er traf, zerschmetterte und die Hand des Kuraten verbrühte, als er sich aus dem Vorderzimmer flüchtete. Als wir uns endlich durch die durchnäßten Zimmer schlichen, sah das Land im Norden aus, als wäre ein schwarzer Schneesturm darüberhin gebraust. Und als wir zum Fluß hinblickten, waren wir nicht wenig erstaunt, wie dort eine unerklärliche Röte in den schwarz verbrannten Wiesen auftauchte.

Eine Zeitlang erfaßten wir nicht, ob diese Veränderung unsere Lage günstiger gestalten würde, wir sahen nur, daß wir von unserer Furcht vor dem schwarzen Rauch erlöst waren. Aber später begriff ich, daß uns nun nichts mehr aufhielt. Sobald mir klar wurde, daß der Weg zur Flucht offenstand, kehrte auch meine Handlungsfähigkeit zurück. Aber der Kurat war wie erstarrt und keinen Vernunftgründen zugänglich. »Wir sind hier ja sicher«, rief er unaufhörlich, »ganz sicher.« Ich beschloß, ihn zu lassen, wo er war. Hätte ich es nur getan! Durch die Lehren des Artilleristen klüger geworden, suchte ich jetzt nach Speise und Trank. Ich hatte Öl und Leinen für meine Brandwunden gefunden, auch nahm ich einen Hut und ein Flanellhemd mit, das ich in einem der Schlafzimmer gefunden hatte. Als es dem Kuraten dämmerte, daß ich entschlossen war, allein fort zu gehen, und daß ich mich mit dem Gedanken, allein zu sein, völlig ausgesöhnt hatte, raffte er sich plötzlich auf, mich zu begleiten. Und da während des ganzen Nachmittags alles ruhig blieb, brachen wir etwa um fünf Uhr auf, um die rauchgeschwärzte Straße nach Sunbury einzuschlagen.

In Sunbury und immer wieder längs der Straße lagen tote Körper in verzerrten Stellungen – Pferde sowohl wie Menschen; ferner umgestürzte Karren und Kisten, alles mit einer dicken Schicht schwarzen Staubes bedeckt. Ich erinnerte mich an alles, was ich über die Zerstörung Pompejis gelesen hatte. Ohne weiteren Unfall gelangten wir nach Hampton Court, ganz erfüllt von den seltsamen und ungewohnten Bildern, die wir unterwegs erblickten. In Hampton Court wurden unsere Augen geradezu erlöst, als wir einen grünen Rasenfleck entdeckten, der dem erstickenden Qualm entgangen war. Wir gingen durch den Bushey Park, sahen das Wild unter den Kastanienbäumen und einige Männer und Frauen, die von weither nach Hampton eilten. Das waren die ersten Leute, die wir sahen. So kamen wir nach Twickenham.

Als wir über die Straße blickten, sahen wir, daß das Gehölz jenseits von Ham und Petersham noch brannte. Twickham war sowohl vom Hitzstrahl wie auch vom schwarzen Rauch verschont geblieben, und so fanden wir hier schon mehr Leute, von denen aber niemand uns Neues mitteilen konnte. Zum größten Teil waren sie in derselben Lage wie wir: sie benutzten die augenblickliche Ruhe vor den Marsleuten, um weiter zu fliehen. Ich gewann den Eindruck, daß viele Häuser noch von eingeschüchterten Menschen bewohnt waren, die zu erschreckt waren, um nur die Kraft zur Flucht aufzubringen. Aber auch auf dieser Straße hatte offensichtlich eine Massenflucht stattgefunden. Um halb neun kamen wir bei der Richmond Bridge an. Wir eilten selbstverständlich so rasch wie möglich über die ungedeckte Brücke, dennoch bemerkte ich einige rote Gegenstände, die ein paar Fuß entfernt von mir den Fluß hinabtrieben. Ich wußte nicht, was diese Gegenstände bedeuteten – ich hatte keine Zeit, sie genau zu untersuchen – aber ich legte ihnen eine viel grauenhaftere Bedeutung zu, als sie verdienten. Hier auf der Surreyseite sah ich wieder schwarzen Staub, der einmal Rauch gewesen war, und Leichen – einen großen Haufen beim Eingang zum Bahnhof – aber nirgends war ein Marsmann zu sehen, bis wir uns ziemlich nahe bei Barnes befanden.

Wir sahen in der verdüsterten Ferne eine Gruppe von drei Leuten, die eine Seitenstraße hinab dem Fluß zuliefen; sonst aber schien alles verödet. Im oberen Hügelviertel brannte die Stadt Richmond lichterloh; außerhalb Richmonds war keine Spur von schwarzem Rauch zu entdecken.

Plötzlich, als wir uns schon Kew näherten, kamen uns Leute entgegengelaufen, und nicht hundert Yards von uns entfernt sahen wir einen Marsmann über die Hausdächer aufragen. Angesichts dieser Gefahr standen wir wie versteinert da, und hätte der Marsmann herabgeblickt, wären wir rettungslos verloren gewesen. Wir waren so entsetzt, daß wir nicht wagten, weiterzugehen, sondern uns seitwärts wandten und in dem Verschlag eines Gartens versteckten. Leise vor sich hin weinend verkroch sich der Kurat und weigerte sich, noch einen Schritt zu tun. Aber ich hatte mich so darauf versteift, Leatherhead zu erreichen, daß ich mir keine Rast erlaubte; und im Zwielicht wagte ich mich wieder hinaus. Ich schlug mich durch ein Gebüsch und dann entlang dem Grundstück eines großen Hauses und kam so auf die Straße, die nach Kew führte. Den Kuraten ließ ich im Verschlag, aber er hastete mir eilends nach.

Dieser zweite Aufbruch war das Aberwitzigste, was ich je unternahm. Denn es war offenbar, daß die Marsleute hier um uns herumschwärmten. Kaum hatte der Kurat mich eingeholt, als wir entweder dieselbe Kriegsmaschine, die wir früher gesehen hatten, oder eine andere in ziemlich großer Entfernung über die Wiesen auf Kew Lodge zu laufen sahen. Vier oder fünf kleine schwarze Gestalten flohen über die grünlichgraue Fläche und im Nu war mir klar, daß der Marsmann sie verfolgte. Mit drei Schritten war er mitten unter ihnen und sie stoben nach allen Richtungen auseinander. Er gebrauchte nicht den Hitzstrahl, um sie zu vernichten, sondern las sie, einen nach dem andern, auf. Ich glaubte zu erkennen, wie er sie in den großen metallischen Behälter schleuderte, der hinter ihm vorragte, so wie ein Tragkorb über der Schulter eines Arbeiters hängt.

Zum ersten Male kam mir jetzt der Gedanke, daß die Marsleute noch andere Zwecke verfolgten als die Vernichtung der besiegten Menschheit. Wir standen einen Augenblick lang wie versteinert, dann kehrten wir um und flüchteten uns durch ein Tor in einen von Mauern umgebenen Garten. Glücklicherweise fanden wir einen Graben, in den wir mehr hineinstürzten als hinabstiegen, und hier hielten wir uns versteckt. Bis nicht die Sterne am Himmel standen, wagten wir kaum flüsternd miteinander zu sprechen.

Ich glaube, daß es nahezu elf Uhr nachts wurde, ehe wir genug Mut faßten, um abermals aufzubrechen. Diesmal aber wagten wir uns nicht mehr auf die Straße hinaus, sondern schlichen an Hecken entlang oder durch Baumpflanzungen hindurch; dabei spähten wir scharf nach den Marsleuten aus, die in der Dunkelheit rings um uns herum zu schwärmen schienen. Der Kurat wachte zur Rechten und ich zur Linken. Einmal stolperten wir über eine versengte und rauchgeschwärzte Rasenfläche, die aus ausgekühlter Asche bestand, und taumelten über eine Anzahl menschlicher Leichname, deren Köpfe und Leiber grauenhaft verbrannt, deren Beine und Stiefel aber in den meisten Fällen unversehrt geblieben waren; dann stießen wir auf tote Pferde, die etwa fünfzig Fuß hinter einer Gruppe von vier zertrümmerten Geschützen und zerschellten Lafetten lagen.

Das Dorf Sheen war offenbar von der Zerstörung verschont geblieben, aber der Ort war still und verlassen. Hier trafen wir auf keine Toten, doch war die Nacht zu dunkel, um uns einen Einblick in die Seitengassen des Dorfes zu erlauben. In Sheen klagte mein Gefährte plötzlich über Schwäche und Durst; und so beschlossen wir, in eines der Häuser einzudringen.

Das erste Gebäude, das wir, nach einigen Schwierigkeiten mit dem Fenster, betraten, war ein kleines, halb freistehendes Landhaus; aber im ganzen Haus war nichts Eßbares übriggeblieben als etwas schimmliger Käse. Doch fanden wir Wasser, um unsern Durst zu löschen. Ich nahm noch ein Beil mit mir, das bei unserem nächsten Hauseinbruch von Nutzen sein konnte.

Nach einer Wegkreuzung gelangten wir an einen Platz, von dem die Straße nach Mortlake abbiegt. Hier nun stand ein weißes Haus in einem eingefriedeten Garten. In der Speisekammer dieses Hauses fanden wir Eßvorräte – zwei Brotlaibe in einer Schüssel, ein rohes Steak und einen halben Schinken. Ich gebe dieses Verzeichnis deshalb so genau an, weil es sich fügte, daß wir in den nächsten zwei Wochen von diesem Vorrat unser Leben zu fristen verurteilt waren. Einige Flaschen Bier standen in einem Fach, in dem wir auch zwei Säcke grüner Bohnen und etwas welken Salat fanden. Diese Speisekammer führte in eine Art Waschküche, in der sich gespaltenes Holz fand; und in einem Verschlag entdeckten wir fast ein Dutzend Flaschen Burgunder, einige Zinnbüchsen mit Suppenwürzen und Lachs und zwei Zwiebackdosen.

Wir saßen in der anstoßenden Küche ganz im Finstern – denn wir wagten nicht, Licht zu machen – aßen Brot und Schinken und tranken Bier aus einer Flasche. Diesmal war es der noch immer verschreckte und ratlose Kurat, der, wunderlich genug, zum augenblicklichen Aufbruch drängte. Ich redete ihm eben dringend zu, durch eine Mahlzeit seine Kräfte zu sammeln, als sich der Vorfall ereignete, der uns zu Gefangenen machte.

»Es kann noch nicht Mitternacht sein«, sagte ich; und während ich noch sprach, zuckte ein blendender Schein auf, der von einem lebhaften grünen Licht begleitet war. Jeder Gegenstand in der

Küche trat blitzschnell und ganz deutlich grün und schwarz heraus, um sofort wieder zu verschwinden. Und dann erfolgte eine derartige Erschütterung, wie ich sie weder vorher noch nachher je erlebt habe. Fast gleichzeitig hörte ich hinter mir einen Aufschlag, ein Klirren von Glas, ein Krachen und Prasseln rings um uns einstürzenden Mauerwerks; gleich darauf fiel der Mörtel der Decke auf uns herab und zerschellte auf unseren Köpfen in eine Unzahl kleiner Bruchstücke. Ich stürzte der Länge nach auf den Boden, fiel mit dem Kopf gegen die Ofentür und verlor mein Bewußtsein. Wie mir der Kurat erzählte, war ich lange Zeit besinnungslos, und als ich wieder zu mir kam, beugte sich mein Gefährte mit einem Gesicht, das, wie ich später fand, infolge einer Stirnwunde blutverschmiert war, über mich und besprengte mich mit Wasser.

Einige Zeitlang konnte ich nicht begreifen, was geschehen war. Aber allmählich dämmerte es mir. Eine Beule an meiner Schläfe machte sich bemerkbar.

»Fühlen Sie sich besser?« fragte der Kurat flüsternd.

Endlich konnte ich ihm antworten. Ich setzte mich auf.

»Rühren Sie sich nicht«, sagte er. »Der Boden ist mit Splittern von Geschirr bedeckt, das aus diesem Schrank fiel. Sie können sich auch unmöglich bewegen, ohne Lärm zu machen. Und ich glaube, *sie* sind draußen.«

Wir saßen beide ganz still da, so daß wir kaum einander atmen hörten. Alles schien totenstill, nur einmal fiel etwas, vielleicht Mörtel oder gebrochenes Ziegelwerk, neben uns mit ziemlich starkem Geräusch zu Boden. Draußen, aber ganz in unserer Nähe, hörten wir ein stellenweise aussetzendes, metallisches Geklirr.

»Hören Sie?« flüsterte der Kurat, als es gleich wieder vernehmlich war.

»Ja«, sagte ich. »Aber was ist es?«

»Ein Marsmann!« sagte der Kurat.

Ich lauschte wieder.

»Es sah nicht wie der Hitzstrahl aus«, sagte ich; und eine Zeitlang gab ich mich der Vermutung hin, eine der großen Kriegsmaschinen wäre gegen das Haus angerannt, so ähnlich, wie ich eine gegen den Kirchturm von Shepperton anrennen gesehen hatte.

Unsere Lage war so wunderlich, so unbegreiflich, daß wir uns drei oder vier Stunden lang, bis es dämmerte, kaum rührten. Zögernd flutete das Licht herein, nicht durch das Fenster, sondern durch eine dreieckige Öffnung zwischen einem Balken und einem Haufen zerbröckelter Ziegel in der Mauer hinter uns. Zum ersten Mal sahen wir in der Dämmerung das Innere der Küche.

Das Fenster war durch eine Masse Gartenerde eingedrückt worden, die über den Tisch, auf dem wir saßen, herabrieselte und sich auf unsere Beine legte. Draußen war der Boden hoch gegen das Haus aufgeworfen. Am oberen Ende des Fensterrahmens konnten wir eine abgerissene Dachrinne bemerken. Der Boden war mit zerbrochenem Gerümpel aller Art dicht bedeckt. Ein Teil der an die Hausmauer grenzenden Küchenwand war eingestürzt; und nun, da das Tageslicht voll hereinsah, wurde es uns klar, daß der größere Teil des Hauses zertrümmert war. Einen lebhaften Gegensatz zu dieser Verwüstung bot der zierliche Anrichttisch, der nach der Mode blaßgrün gestrichen war und Kupfergeschirr und Zinnkrüge enthielt. Die Tapete war eine Imitation blauer und weißer Ziegel, und ein paar farbige Bögen hingen lose von den Wänden über dem Küchenherd herab.

Als die Dämmerung fortschritt, sahen wir durch den Spalt in der Mauer die Gestalt eines Marsmannes, der, wie ich vermute, bei dem noch glühenden Zylinder Wache stand. Bei diesem Anblick krochen wir so behutsam als möglich aus dem Zwielicht der Küche in die Dunkelheit der Waschküche zurück.

Ganz unvermittelt fiel mir nun die richtige Auslegung der nächtlichen Vorfälle ein.

»Der fünfte Zylinder«, flüsterte ich, »das fünfte Geschoß vom Mars hat dieses Haus gestreift und uns unter seinen Trümmern begraben!«

Einige Zeit blieb der Kurat still, dann flüsterte er:

»Gott, erbarme Dich unser!«

Dann hörte ich, wie er still vor sich hinwimmerte.

Von diesen Lauten abgesehen, lagen wir ganz still in der Waschküche. Ich wagte kaum zu atmen und saß da, mit meinen Augen unverwandt auf das schwache Licht der Küchentür starrend. Ich konnte gerade noch das Gesicht des Kuraten unterscheiden, eine undeutliche, ovale Fläche; außerdem noch seinen Kragen und seine Manschetten. Draußen begann jetzt ein Hämmern wie auf Metall, dann ein heftiges Geheul, und dann nach einer kurzen Stille ein Zischen wie das Zischen einer Dampfmaschine. Diese zum größten Teil rätselhaften Geräusche setzten sich mit geringen Unterbrechungen fort und schienen womöglich im Lauf der Zeit an Zahl zuzunehmen. Jetzt hörte man ein gemessenes Aufschlagen, und die Erschütterung, die folgte, ließ alles um uns herum erbeben. Das Geschirr in der Speisekammer klirrte und tanzte. Das dauerte lange so fort. Einmal erlosch das Tageslicht völlig, und der geisterhafte Kücheneingang tauchte in vollständige Dunkelheit unter. Viele Stunden lang müssen wir dort schweigend und fröstelnd gekauert haben, bis endlich unsere ermattete Aufmerksamkeit erlahmte . . .

Endlich erwachte ich, von nagendem Hunger gequält. Ich muß wohl annehmen, daß inzwischen der größere Teil eines Tages vergangen war. Mein Hunger war mit einem Male so heftig, daß er mich zum Handeln trieb. Ich sagte dem Kuraten, daß ich nach Nahrung suchen wolle und tastete mich leise nach der Speisekammer durch. Er gab keine Antwort, aber sobald ich zu essen begann, veranlaßte ihn das leise Geräusch, das ich machte, aufzustehen und mir nachzukriechen.

2. *Was wir von dem zerstörten Haus aus erblickten*

Nach dem Essen krochen wir wieder in die Waschküche zurück; dort muß ich wieder eingeschlummert sein, denn als ich erwachte, fand ich mich allein. Das Aufschlagen und die Erschütterung dauerten mit ermüdender Hartnäckigkeit an. Mehrere Male rief ich flüsternd nach dem Kuraten; endlich tastete ich mich nach der Küchentüre hin. Noch war es Tag, und ich bemerkte meinen Gefährten, wie er am andern Ende der Küche vor dem dreieckigen Loch, das auf die Marsleute hinabsah, ausgestreckt lag. Seine Schultern waren in die Höhe gezogen, so daß ich seinen Kopf nicht sehen konnte.

Ich vernahm ein Gewirr von Geräuschen, die fast an den Lärm erinnerten, der aus einem Lokomotivschuppen tönt. Der Boden schwankte unter den heftigen Schlägen. Durch die Maueröffnung konnte ich den von der Sonne vergoldeten Wipfel eines Baumes und das warme Blau eines friedlichen Abendhimmels sehen. Eine Minute etwa blieb ich stehen und beobachtete den Kuraten, dann schritt ich gebückt weiter und bemühte mich, mit äußerster Behutsamkeit durch die Scherben zu gehen, die den Boden bedeckten.

Ich berührte das Bein des Kuraten, und er schreckte so heftig zurück, daß sich draußen ein Haufen Mörtel löste und mit lautem Getöse zu Boden fiel. Aus Furcht, er könnte schreien, packte ich seinen Arm und lange Zeit kauerten wir bewegungslos nebeneinander. Dann wandte ich mich, um zu sehen, wieviel noch von unserer Festung stehengeblieben war. An der Bruchstelle des Mörtels hatte sich ein senkrechter Spalt in der zerstörten Mauer gebildet, und indem ich mich vorsichtig über einen Balken beugte, konnte ich von dieser Lücke aus erblicken, was vorige Nacht noch eine stille Vorstadtstraße gewesen war. Die Veränderung war in der Tat erstaunlich.

Der fünfte Zylinder muß mitten in das Haus hinein gefahren sein, das wir zuerst betreten hatten. Das Gebäude war verschwunden, vollkommen zerschmettert, durch die Wucht des Stoßes zermalmt und zerstoben. Der Zylinder lag nun weit unter den ursprünglichen Grundmauern, tief in einem Krater, der noch unendlich größer war, als die Grube, in die ich bei Woking hineingeblickt hatte. Die Erde rings um den Zylinder war bei der ungeheuren Wucht des Aufpralls aufgespritzt wie Lehm unter dem Schlag eines mächtigen Hammers, und die aufgetürmten Haufen hatten die Nachbarhäuser verschüttet. Unser Haus war nach rückwärts eingesunken, sein vorderer Teil, selbst im Erdgeschoß, war vollständig zerstört; durch einen Zufall blieben Küche und Waschküche unversehrt, lagen aber unter dem Boden und unter den Trümmern begraben, auf allen Seiten, außer der dem Zylinder zugewandten, von Erdmassen bedeckt. Wir hingen dicht am Rand der großen, kreisrunden Grube, die zu erweitern die Marsleute eifrig beschäftigt waren. Das heftig stoßende Geräusch war offenbar hart neben uns, und dann und wann zog ein glänzender, grüner Dampf wie ein Schleier über unser Guckloch hin aufwärts.

Im Mittelpunkt der Grube war der schon geöffnete Zylinder, und am anderen Ende, mitten in einem zerrissenen und mit Kies bedeckten Gebüsch stand eine der großen Kriegsmaschinen. Sie war von ihrem Lenker verlassen und hob sich starr und hoch vom Abendhimmel ab. Anfangs bemerkte ich die Grube und den Zylinder kaum (ich hielt es nur für gut, sie zuerst zu beschreiben). Mein Blick wurde besonders durch die ungewöhnlich glitzernden, mit der Entleerung beschäftigten Mechanismen und durch die seltsamen Geschöpfe gefesselt, die langsam und schwerfällig über die Lehmhaufen krochen.

Die mechanischen Werkzeuge waren es, die meine Aufmerksamkeit zunächst in Beschlag nahmen. Das Werkzeug, das ich jetzt sah, war eines jener komplizierten Erzeugnisse, die man seither Greifmaschinen genannt hat und deren Studium zu einem ungeheuren Ansporn für die irdische Erfindungskraft geworden ist. Als es mir zuerst zu Gesicht kam, machte es den Eindruck einer metallenen Spinne mit fünf gegliederten und leicht beweglichen Beinen, mit einer außergewöhnlichen Anzahl zusammengefügter Hebel und Riegel und mit greifenden Fühlern an seinem Körper. Die meisten Arme der Maschine waren eingezogen, aber mit drei langen Fühlern fischte sie eine Anzahl Stäbe, Platten und Riegel heraus, die offenbar die Innenwände des Zylinders verstärkt hatten. Sobald die Maschine diese Gegenstände herausgehoben hatte, legte sie alle auf eine mit dem Erdboden gleichlaufende Fläche hinter ihr.

Ihre Bewegungen waren so schnell, so gut ineinandergreifend, so vollkommen, daß ich sie trotz ihres metallischen Gefunkels gar nicht für eine Maschine hielt. Die Kriegsmaschinen waren zusammengesetzt und bis zu einem außergewöhnlichen Grade belebt worden, aber mit dieser Maschine können sie nicht verglichen werden. Leute, die ihr Gefüge nie gesehen haben, oder die keinen andern Vorstellungsbehelf besitzen als die mangelhaften Skizzen von Malern oder die unvollkommene Beschreibung von Augenzeugen, wie ich es bin, können sich nur schwer ein Bild jenes Organismus machen.

Ich entsinne mich besonders einer der ersten Schriften, die eine zusammenhängende Darstellung des Krieges enthielten. Der Zeichner hatte einen flüchtigen Umriß von einer der Kriegsmaschinen gemacht und damit hörten seine Kenntnisse auf. Er stellte sie als schiefe, steife Dreifüße dar, ohne Biegsamkeit und Gewandtheit, was irreführend eintönig wirkte. Die Schrift, welche diese Skizze enthielt, hatte einen bedeutenden Ruf, und ich erwähne sie hier nur, um den Leser vor den Eindrücken zu warnen, die sie hervorgebracht haben mag. Dieses Bild glich den Marsleuten, die ich in Aktion sah, um kein Haar mehr als etwa eine Puppe einem menschlichen Wesen. Für meine Begriffe hätte die Schrift ohne das Bild an Wert gewonnen.

Anfangs machte mir, wie gesagt, die Greifmaschine nicht den Eindruck einer Maschine, sondern den eines krebsartigen Geschöpfes mit einer funkelnden Deckhaut; der überwachende Marsmann, dessen zarte Fühlfäden ihre Bewegungen leitete, schien einfach der Ersatz der Gehirnteile eines Krebses zu sein. Aber dann bemerkte ich die Ähnlichkeit seiner graubraunen, öligen, lederartigen Oberhaut mit jener der unten umherkriechenden Körper, und jetzt erst ging mir ein Licht über die wahre Natur dieses geschickten Arbeiters auf. Nach dieser Feststellung widmete ich meine Aufmerksamkeit jenen anderen Geschöpfen, den eigentlichen Marsleuten. Ich hatte ja schon einmal einen flüchtigen Eindruck von ihnen gewonnen, und das ursprüngliche Gefühl des Ekels konnte meine Beobachtung nicht mehr trüben. Überdies war ich ja verborgen und regungslos und nicht unter dem Zwang zu handeln.

Die Marsleute waren, wie ich jetzt sehen konnte, Geschöpfe, deren Bau allen irdischen Begriffen Hohn sprach. Sie hatten ungeheure runde Körper – oder besser gesagt, Köpfe – von etwa vier Fuß Durchmesser. Jeder dieser Körper hatte mitten auf seiner Vorderseite ein Gesicht. Dieses Gesicht hatte keine Nasenlöcher – den Marsleuten scheint in der Tat jeder Geruchssinn gefehlt zu haben – aber es hatte ein Paar sehr großer, dunkelgefärbter Augen und gerade darunter eine Art fleischigen Schnabels. Auf der Rückseite dieses Kopfes oder Körpers – ich weiß kaum, wie ich es nennen soll – befand sich eine einzige straffe, trommelfellartige Fläche, die später anatomisch als Ohr identifiziert wurde, obwohl sie in unserer dichteren Luft fast nutzlos gewesen sein muß. Um die Mundöffnung herum hingen sechzehn zarte, fast peitschenartige Fühler herab, auf jeder Seite zwei Büschel zu vier. Diese Büschel wurden seither von dem ausgezeichneten Anatomen Professor Howes sehr zutreffend ›Hände‹ genannt. Schon als ich diese Marsleute zum ersten Male sah, machte es mir den Anschein, als bemühten sie sich, mit Hilfe dieser Hände sich aufzurichten. Aber infolge des vergrößerten Gewichts in der Erdatmosphäre war es ihnen natürlich unmöglich. Es ist Grund genug für die Annahme vorhanden, daß sie sich auf dem Mars mit ziemlich großer Leichtigkeit auf ihnen fortbewegen konnten.

Ihr Inneres – es sei mir gestattet, dies hier schon zu bemerken – war, wie der anatomische Befund später lehrte, fast ebenso einfach. Den größten Teil nahm das Gehirn ein, das ungeheure Nervenstränge zu den Augen, den Ohren und den Tastwerkzeugen aussendete. Außerdem waren vollständige Lungen, in die sich die Mundhöhle öffnete, das Herz und seine Gefäße vorhanden. Die Störung ihrer Atmung, die durch die dichtere Luft und die größere Anziehungskraft der Erde hervorgerufen wurde, konnte nur zu deutlich an den heftigen Bewegungen der äußeren Haut wahrgenommen werden.

Und damit ist die Aufzählung der Organe der Marsleute erschöpft. So seltsam es auch einem menschlichen Wesen scheinen mag, das verwickelte Gefüge der Verdauungswerkzeuge, das den Hauptbestandteil unseres Körpers bildet, war bei den Marsleuten überhaupt nicht vorhanden. Sie waren Köpfe, nichts als Köpfe. Sie hatten keine Eingeweide. Sie aßen nicht, brauchten also auch nicht zu verdauen. Statt dessen nahmen sie das frische, lebende Blut anderer Geschöpfe und führten es in ihre eigenen Adern ein. Ich habe selbst gesehen, wie das vor sich ging, und werde es an der geeigneten Stelle mitteilen. Es mag jämmerlich scheinen, aber ich kann es nicht über mich bringen, das ausführlich zu beschreiben, was länger zu beobachten ich nicht aushalten konnte. Dies möge genügen: das einem noch lebenden animalischen Wesen, meistens einem Menschen, entzogene Blut wurde mittels eines kleinen Röhrchens in den Aufnahmekanal eingeführt.

Die bloße Vorstellung dieses Vorgangs erscheint uns ohne Zweifel grauenhaft und abstoßend, aber wir sollten uns, denke ich, zugleich erinnern, wie widerwärtig unsere fleischfressenden Gewohnheiten einem vernunftbegabten Kaninchen erscheinen würden.

Die physiologischen Vorteile dieses Brauches, Blut einzuführen, sind unleugbar, wenn man an die ungeheure Vergeudung menschlicher Zeit und menschlicher Kräfte denkt, die durch den Nahrungs- und den Verdauungsprozeß verursacht wird. Unser Körper besteht zur Hälfte aus Drüsen und Röhren und Werkzeugen, die damit beschäftigt sind, andersgeartete Nahrung in Blut zu verwandeln. Unsere Verdauung und ihre Rückwirkung auf unser Nervensystem saugen unsere Kräfte auf und beeinflussen unsere Stimmung. Die Leute sind glücklich oder elend, je nachdem sie eine heile oder kranke Leber oder gesunde gastrische Drüsen besitzen. Die Marsleute aber waren über alle diese organischen Stimmungswechsel und Empfindungen erhaben.

Ihre unbestreitbare Vorliebe für Menschen mochte aus einer gewissen Ähnlichkeit mit jenen Opfern rühren, die sie als Wegzehrung vom Mars mitgebracht hatten. Soweit man nach den eingeschrumpften Überbleibseln, die in menschliche Hände fielen, schließen kann, waren diese Geschöpfe Zweifüßer mit brüchigen, verkiesten Knochengerüsten (ähnlich denen verkiester Schwämme), von schwacher Muskelbildung; sie waren im Durchschnitt sechs Fuß hoch, besaßen runde, aufrechte Köpfe und große Augen in schieferartigen Höhlen. Zwei oder drei von ihnen scheinen in jedem Zylinder mitgebracht worden zu sein; alle wurden getötet, bevor sie die Erde erreichten. Für sie war es wohl ebenso gut, denn nur der bloße Versuch, auf unserem Stern aufrecht zu stehen, hätte ihnen jeden Knochen im Leibe gebrochen.

Weil ich schon daran bin, diese Beschreibung zu machen, will ich noch an dieser Stelle einige weitere Einzelheiten hinzufügen, die, wenn sie uns damals auch noch unbekannt waren, doch den Leser, der mit dem Leben der Marsleute nicht vertraut ist, in den Stand setzen werden, sich von diesen gefährlichen Eindringlingen eine deutlichere Vorstellung zu machen.

In drei andern Punkten wich ihre Lebensweise seltsam von der unsern ab. Ihre Organismen schliefen ebensowenig, wie das Herz des Menschen schläft. Da sie keinen großen Muskelapparat zu regenerieren brauchen, war ihnen dieses zeitweilige Erlöschen unbekannt. Sie wurden scheinbar selten oder gar nicht müde. Auf der Erde können sie sich nie ohne Anstrengung bewegt haben, und doch waren sie bis zum letzten Augenblick in Tätigkeit. Während vierundzwanzig Stunden taten sie vierundzwanzigstündige Arbeit, wie es auf Erden vielleicht bei den Ameisen der Fall ist.

Ferner, so wunderbar es in einer geschlechtlichen Welt erscheinen mag, waren die Marsleute durchaus geschlechtslos und daher von allen den heftigen Erregungen frei, die aus diesem Unterschiede zwischen den Menschen entspringen. Es kann heute nicht mehr bestritten werden, daß während des Krieges ein Marskind auf der Erde geboren wurde; man fand es mit seinem Erzeuger verwachsen, teilweise abknospend, genauso wie kleine Lilienzwiebeln abknospen oder die Jungen eines Süßwasserpolypen. Bei dem Menschen, wie bei allen höher organisierten irdischen Lebewesen, ist diese Art von Fortpflanzung verschwunden; aber selbst auf dieser Erde war sie gewiß die ursprüngliche Art. In der niederen Tierwelt, selbst bei jenen ersten Verwandten der Wirbeltiere, den Tunikaten, kommen beide Vorgänge nebeneinander vor. Schließlich aber siegte doch die geschlechtliche Vermehrung über die konkurrierende Form. Auf dem Mars ist offenbar gerade das Gegenteil der Fall gewesen.

Es verdient hier hervorgehoben zu werden, daß ein findiger Kopf von angeblich wissenschaftlichem Ruf lange vor dem Einfall der Marsleute den Menschen ein künftiges System vorhergesagt hat, das jenem nicht unähnlich war, das tatsächlich auf dem Mars herrschte. Seine Prophezeiung erschien, wenn ich mich recht erinnere, im November oder im Dezember 1893 in einer längst eingegangenen Zeitschrift, dem ›Pall Mall Budget‹, und auch eine Karikatur in dem prämarsianischen Witzblatt ›Punch‹ kommt mir jetzt in Erinnerung. Der Schreiber wies in einem albern witzelnden Ton darauf hin, daß die Vervollkommnung der angewandten Mechanik schließlich die Glieder und die Vervollkommnung der Chemie die Verdauung überflüssig machen würden; daß solche Organe wie Haare, Nasen, Zähne, Ohren, Kinn nicht länger wesentliche Teile des menschlichen Körpers sein würden, und daß in den kommenden Geschlechtern der Zug der natürlichen Zuchtwahl in der Richtung ihrer stetigen Verkümmerung liegen würde. Das Gehirn allein würde die Hauptnotwendigkeit bleiben. Nur noch *ein* Glied des menschlichen Körpers würde die übrigen überleben – und das sei die Hand, der »Lehrer und Lenker des Gehirns«. Während der übrige Leib verkümmern und verschwinden würde, würden die Hände immer größer.

In diesen Worten, wenngleich im Scherz niedergeschrieben, findet sich manches Wahre; und hier bei den Marsleuten ist ohne Widerrede solch eine Unterdrückung der animalischen Seite des Organismus durch den Geist zu beobachten. Es scheint mir ganz glaubwürdig, daß die Marsleute von Wesen abstammen mögen, die uns nicht unähnlich waren, und zwar durch die allmähliche Weiterentwicklung ihrer Gehirnteile und Hände (die letzteren nahmen endlich die Gestalt jener zwei Büschel zarter Fühlfäden an) auf Kosten des übrigen Körpers. Ohne den Leib mußte das Gehirn selbstverständlich ein bei weitem selbsüchtigerer Geist werden als mit dieser Grundlage menschlichen Gefühls.

Der dritte springende Punkt, in dem die Daseinsbedingungen jener Geschöpfe von den unseren abwichen, ist in einer Tatsache zu suchen, die manchem vielleicht eine sehr nebensächliche Besonderheit scheinen wird. Mikroorganismen, die so viel Krankheit und Schmerz auf Erden hervorrufen, haben sich auf dem Mars entweder nie gezeigt oder sind durch die hygienische Wissenschaft der Marsbewohner schon vor Zeiten ausgerottet worden. Unsere Fieberarten und ansteckenden Krankheiten, Auszehrung, Krebs, Tumor und ähnliche Leiden, drängen sich niemals, ihr Dasein hemmend, in ihr Leben. Und da ich schon von den Unterschieden zwischen dem Leben auf dem Mars und dem irdischen spreche, möchte ich hier auch auf die seltsamen Vermutungen in der Frage des ›roten Gewächses‹ eingehen.

Offenbar ist das Pflanzenreich auf dem Mars nicht vorwiegend grün, sondern stark blutrot gefärbt. Auf alle Fälle brachten die Samen, welche die Marsleute absichtlich oder zufällig mitführten, ohne Ausnahme rotfarbige Pflanzen hervor. Indessen konnte nur jene Pflanze, die im Volksmund als ›rotes Kraut‹ bekannt wurde, neben den irdischen Arten Fuß fassen. Die rote Schlingpflanze besaß nur ein vorübergehendes Wachstum und nur wenige Leute haben sie gesehen. Eine Zeitlang jedoch wuchs das ›rote Gewächs‹ mit erstaunlicher Kraft und Üppigkeit. Es breitete sich über die Ränder der Grube am dritten oder vierten Tag unserer Gefangenschaft aus, und seine kaktusartigen Zweige legten sich wie Fransen um den Mauerrahmen unseres dreieckigen Fensters. Später fand ich es überall und ganz besonders dort, wo sich fließendes Wasser befand.

Die Marsleute besaßen, wie gesagt, so etwas wie ein Ohr: eine einzige runde, trommelartige Fläche am Rücken ihres Kopf-Leibes, außerdem auch ein unserem vergleichbares Sehvermögen, nur daß, nach Philipps, die Farben Blau und Violett ihnen als schwarz erschienen. Man nimmt allgemein an, daß sie durch gewisse Laute und Bewegungen ihrer Fühler miteinander kommunizierten; dies wird zum Beispiel in jener richtigen, aber oberflächlichen Schrift behauptet (die offenbar von jemandem geschrieben ist, der kein Augenzeuge der Handlungen der Marsleute war); ich habe auf diese Schrift als die bisher verläßlichste Quelle für jene Ereignisse hingewiesen.

Nun aber hat wohl kein überlebender Mensch so viel von den in Tätigkeit begriffenen Marsleuten gesehen wie ich. Ich bin weit entfernt, mich dieses Zufalls zu rühmen, aber es ist eine Tatsache. Und ich darf wohl behaupten, daß ich sie von Zeit zu Zeit scharf beobachtet habe und daß ich vier, fünf und einmal sechs von ihnen gesehen habe, wie sie mit äußerster Schwerfälligkeit die allerfeinsten und mühsamsten Arbeiten gemeinsam verrichteten, ohne jeden Laut, ohne jede Gebärde. Ihr eigentümliches Geheul ging ausnahmslos nur ihren Mahlzeiten voran. Es war durchaus eintönig und bedeutete, wie ich glaube, auf keinen Fall ein Signal, sondern einfach den Austritt von Luft, der den Vorgang der Bluteinführung einleitete. Ich kann einen gewissen Anspruch auf eine wenigstens oberflächliche Kenntnis von Psychologie erheben, und was diese Frage betrifft, so bin ich überzeugt – so fest wie man nur von einer Sache überzeugt sein kann – daß die Marsleute ohne jede physische Vermittlung ihre Gedanken austauschen. Davon bin ich trotz einer starken Voreingenommenheit überzeugt.. Vor dem Einfall der Marsleute habe ich nämlich, woran sich mancher Leser vielleicht erinnern wird, mit einiger Heftigkeit gegen die telepathische Theorie geschrieben.

Die Marsleute trugen keinerlei Kleidung. Ihre Begriffe von Sitte und Anstand waren notwendig von den unsern verschieden. Auch waren sie offenbar gegen den Witterungswechsel viel weniger empfindlich, als wir es sind, und dieser scheint ihre Gesundheit überhaupt nicht ernstlich gefährdet zu haben. Aber wenn sie auch keine Kleider trugen, so waren es doch jene andern künstlichen Zutaten ihrer körperlichen Fähigkeiten, in denen ihre große Überlegenheit über die Menschen bestand. Wir Menschen mit unsern Fahrrädern und Schlittschuhen, unsern Flugmaschinen, Flinten und Stöcken und so weiter stehen gerade an der Schwelle jener Entwicklung, welche die Marsleute bereits hinter sich haben. Sie sind tatsächlich eine bloße Gehirnmenge geworden, besitzen Körper, die ihren Bedürfnissen angepaßt sind, genauso wie Menschen ihre Stoffanzüge tragen oder nach dem Fahrrad greifen, wenn sie in Eile sind, oder nach dem Regenschirm, wenn es regnet.

In bezug auf die Hilfsmittel der Marsleute ist für die Menschen vielleicht nichts wunderbarer als die merkwürdige Tatsache, daß ihnen jener Mechanismus, der der irdischen Technik so sehr das Gepräge verleiht, vollständig fehlt: das Rad. Unter allen den Dingen, die sie auf die Erde mitbrachten, ist nicht die leiseste Spur zu entdecken, die den Gebrauch von Rädern andeutete. Man hätte es wenigstens als Fortbewegungsmittel erwarten können. In diesem Zusammenhang muß übrigens auffallen, daß selbst auf unserer Erde die Natur niemals auf das Rad abzielte oder irgendwelche Voraussetzungen zu einer Entstehung schuf. Und die Marsleute kannten entweder das Rad nicht (was ich für unwahrscheinlich halte) oder sie benutzten es nicht. Jedenfalls ist in ihren Werkzeugen die fixe oder relativ fixe Achse mit den um sie herum kreisenden Bewegungen auffallend selten. Fast alle Glieder ihrer Maschinen stellen ein verwickeltes Gefüge von schleifenden Teilen dar, die sich auf kleinen, aber prächtig geschwungenen Reibestützen bewegen. Und da ich schon bei diesen Einzelheiten bin, will ich noch hervorheben, daß die langen Hebelarme ihrer Maschinen in den meisten Fällen mittels einer Art Schein-Muskulatur von Scheiben in elastischen Scheiden in Bewegung gesetzt werden; diese Scheiben werden polarisiert und dicht und mächtig zusammengezogen, wenn ein elektrischer Strom durch sie geleitet wird. Auf diese Weise entstand die merkwürdige Ähnlichkeit mit animalischen Bewegungen, die auf den menschlichen Beobachter so auffallend und verwirrend wirkte. Solche Quasimuskeln fanden sich besonders häufig bei der krebsähnlichen Greifmaschine, die ich beobachtete, wie sie den Zylinder auspackte. Diese Maschine glich unendlich mehr einem lebenden Wesen als die wirklichen Marsleute, die drüben im Licht der untergehenden Sonne lagen, heftig keuchten, ihre kraftlosen Fühler regten und sich nach ihrer endlosen Reise nur mühsam bewegen konnten.

Während ich noch ihre schwachen Bewegungen im Sonnenlicht beobachtete und mir jede seltsame Einzelheit ihrer Erscheinung genau einprägte, erinnerte mich der Kurat an seine Anwesenheit, indem er mich heftig am Arm zerrte. Ich drehte mich um und erblickte sein mürrisches Gesicht und seine schweigend beredten Lippen. Er wollte jetzt wieder an die Spalte, die immer nur einem Platz bot; und so mußte ich einige Zeit dem Kuraten weichen.

Als die Reihe wieder an mich kam, hatte die geschäftige Greifmaschine bereits einige Gegenstände aus dem Zylinder zu einem Apparat zusammengefügt, der eine unverkennbare Ähnlichkeit mit ihrer eigenen Form besaß. Und weiter unten zur Linken tauchte jetzt ein kleines spatenartiges Werkzeug auf, das Strahlen grünen Dampfes ausstieß und sich seinen Weg rund um die Grube bahnte, indem es planvoll und bedächtig Erde aushöhlte und aufschichtete.
Dieses Werkzeug war es, das jenes regelmäßige, stoßende Geräusch und die fast rhythmischen Erschütterungen hervorgerufen hatte, die unseren in Trümmern liegenden Zufluchtsort erbeben machten. Während es arbeitete, tutete und pfiff es unaufhörlich. Soviel ich sehen konnte, arbeitete das Ding ohne jede Unterstützung eines Marsmannes.

3. Die Tage der Gefangenschaft

Die Ankunft einer zweiten Kriegsmaschine trieb uns von unserem Guckloch in die Waschküche zurück, denn wir fürchteten, daß der Marsmann von seiner Höhe herab uns hinter unserer Schanze zu Gesicht bekommen könnte. Mit der Zeit aber verloren wir wieder das Gefühl der Gefahr, erblickt zu werden; denn einem Auge im blendenden Sonnenlicht mußte unser Versteck als tiefschwarze Nacht erscheinen. So schrecklich die Gefahren waren, die rings um uns lauerten, die Versuchung, durch die Mauerspalte zu blicken, war unwiderstehlich. Und es nimmt mich heute wunder, wenn ich mich erinnere, wie wir trotz der drohenden Aussicht entweder zu verhungern oder noch grauenvoller umzukommen, heftig miteinander um das schreckliche Vorrecht, hinausblicken zu dürfen, streiten konnten. Wir konnten um die Wette durch die Küche laufen, in einem ganz abenteuerlichen Laufschritt, der zwischen Eifer und der Furcht, Lärm zu machen, die Mitte hielt, wir konnten uns schlagen, mit Fäusten und Füßen stoßen – und das alles nur durch einige Zollbreit vor Entdeckung gesichert.

Tatsache ist, daß wir beide ganz unvereinbare Veranlagungen und Gewohnheiten im Denken und Handeln hatten, und daß die Gefahr und unsere Einschließung diese Unvereinbarkeit nur verschärften. Schon in Halliford war mir des Kuraten alberne Art, in tatenlose Klagen auszubrechen, die blödsinnige Verbohrtheit seines Charakters verhaßt geworden. Seine endlosen, im Murmeltone gesprochenen Selbstgespräche machten jede Mühe, die ich mir gab, einen Fluchtplan zu entwerfen, zunichte und trieben mich, durch die Gefangenschaft doppelt gereizt, wie ich war, manchmal an den Rand des Wahnsinns. Wie ein hysterisches Weib war er unfähig, sich den geringsten Zwang anzutun. Er konnte stundenlang vor sich hinweinen, und ich glaube wahrhaftig, daß dieses vom Schicksal verzogene Kind seine elenden Tränen für irgendwie wirksam hielt. Und ich saß in der Finsternis, durch seine Zudringlichkeiten außerstande, meine Gedanken von ihm abzulenken. Er aß mehr als ich. Und es war ganz vergeblich, ihm begreiflich zu machen, daß die einzige Überlebenschance darin lag, so lange in diesem Hause zu bleiben, bis die Marsleute mit ihrer Grube fertig geworden wären; es war vergeblich, ihn zu warnen, daß während dieser langen Geduldprobe wohl eine Zeit kommen könne, in der wir dringend der Nahrung bedürfen würden. Er aß und trank, wann es ihm gerade behagte, in sehr ausgiebigen Mahlzeiten, wenn auch in langen Zwischenräumen. Er schlief wenig.

Als die Tage kamen und gingen, verschärften seine ganz unglaubliche Sorglosigkeit und seine Rücksichtslosigkeit unsere Notlage derart, daß ich, sosehr ich es auch verabscheute, erst zu Drohungen, endlich zu Schlägen meine Zuflucht nehmen mußte. Das brachte ihn eine Zeitlang zu Vernunft. Aber er gehörte zu jenen von Tücke und Verschlagenheit erfüllten Schwächlingen, die ohne jeden Stolz, feige, fischblütig und gehässig, nicht Gott, nicht den Menschen, nicht einmal sich selbst Rechenschaft geben können.

Es ist mir unangenehm, mir alle diese Dinge wieder ins Gedächtnis zurückzurufen und sie niederzuschreiben, aber ich muß es der Lückenlosigkeit meines Berichtes halber tun. Jene, welche von den düstern und furchtbaren Seiten des Lebens verschont geblieben sind, werden schnell genug bei der Hand sein, meine Gewalttätigkeit und meine Wutausbrüche am Ende unseres Trauerspieles zu verdammen; denn sie wissen besser als jedermann, was tadelnswert ist, aber nicht, was ein gefolterter Mensch zu tun fähig ist. Jene aber, die »gewandert sind im dunklen Tal« und bis zum Elementaren hinabgestiegen, werden mehr Verständnis haben.

Und während wir drinnen unsern düstern, schattenhaften Kampf ausfochten, unter Schlägen, flüsternd und mit geballten Fäusten um Speise und Trank kämpften, waren draußen im unbarmherzigen Sonnenbrand jenes schreckensvollen Juni die Marsleute bei ihrer seltsam fremden Arbeit in der Grube. Man erlaube mir, zu diesen neuen Erlebnissen zurückzukehren. Nach langer Zeit wagte ich mich wieder an das Guckloch und sah, daß die Besatzung von nicht weniger als drei Kriegsmaschinen zu den Eindringlingen gestoßen war. Sie hatten wieder eine Anzahl neuer Werkzeuge mitgebracht, die wohlgeordnet um den Zylinder herumstanden. Die zweite Greifmaschine war jetzt fertig und eifrig damit beschäftigt, eine jener neuartigen Erfindungen zu bedienen, welche die große Maschine mitgebracht hatte. Das neue Werkzeug glich in seinen Umrissen einer Milchkanne, über der ein schwingender, birnenförmiger Behälter angebracht war, von dem ein Strom weißen Pulvers sich in ein kreisrundes Bekken ergoß.

Die schwingende Bewegung des Behälters wurde von einem Taster der Greifmaschine hervorgerufen. Mit zwei anderen spatenartigen Händen grub die Greifmaschine große Mengen Lehm aus und warf sie in das birnenförmige Behältnis hinauf, während sie mit einem andern Arm von Zeit zu Zeit eine Tür öffnete, die im Rumpf der Maschine angebracht war, und rostige und geschwärzte Schlacken daraus entfernte. Ein anderes stählernes Tastwerkzeug leitete das Pulver aus dem Becken durch einen gerippten Kanal in einen andern Behälter, der durch eine Wolke bläulichen Staubes sich meinen Blicken entzog. Aus diesem unsichtbaren Behälter stieg ein dünner Faden von grünem Rauch kerzengerade in die stille Luft. Während ich so hinblickte, streckte die Greifmaschine unter einem leisen musikalischen Geklirr nach der Art eines Teleskops einen Taster aus, der noch einen Augenblick vorher wie ein stumpfer Ausläufer der Maschine erschienen war. Sein Ende war nun hinter dem Lehmhaufen verschwunden. In der nächsten Sekunde hatte er eine Stange weißen Aluminiums herausgehoben, die fleckenlos leuchtete und glänzte, und legte sie auf einen sichtlich wachsenden Haufen von Stangen, der sich neben der Grube befand. Zwischen Sonnenuntergang und Sternenlicht muß diese kunstvolle Maschine mehr als hundert solcher Stangen aus dem rohen Lehm verfertigt haben, und die Wolke bläulichen Staubes wuchs allmählich an, bis sie den Rand der Grube erreichte.

Der Gegensatz zwischen den raschen und wunderbar ineinandergreifenden Werkzeugen und der klotzigen und keuchenden Unbeholfenheit ihrer Meister war so verblüffend, daß ich mir tagelang immer wieder sagen mußte, daß es die letzteren seien, die in Wahrheit die lebenden Wesen von den beiden vorstellten.

Der Kurat saß vor der Mauerspalte, als die ersten Menschen zur Grube gebracht wurden. Ich saß zusammengekauert unter ihm und lauschte angespannt. Plötzlich fuhr er erschreckt zurück, und ich, voll Angst, daß wir entdeckt seien, verfiel in eine Art Krampf. Er glitt nun das Geröll herab und verkroch sich neben mich in die Dunkelheit, stieß einige verworrene Laute aus, machte einige wilde Gebärden, und einen Augenblick lang teilte ich seinen Schrecken. Seine Gebärden deuteten seinen Verzicht auf die Mauerspalte an, und nach einer Weile machte meine Neugierde mir Mut; ich erhob mich, stieg über ihn hinweg und kletterte hinauf. Anfangs konnte ich keinen Grund für sein Entsetzen entdecken.

Die Dämmerung war nun angebrochen, oben schienen kleine, blasse Sterne, aber die Grube war erhellt von dem flackernden grünen Feuer, das von der Aluminiumbereitung herrührte. Das Gemenge flackernder Strahlen und auf- und niedergleitender schwarzer Schatten war seltsam verwirrend für das Auge. Darüber hin und zwischen hinein flogen unbeirrt die Fledermäuse. Die sich räkelnden Marsleute waren nicht mehr zu sehen, die Wolke blaugrünen Pulvers war schon hoch genug gestiegen, um sie unsern Blicken zu entziehen. Eine Kriegsmaschine stand mit zusammengeklappten, eingezogenen und verkürzten Beinen jenseits der Grube. Und mitten im Getöse des arbeitenden Maschinenwerks glaubte ich plötzlich, einen leisen Laut von menschlichen Stimmen zu hören, ein Verdacht, den ich freilich sofort wieder aufgab.

Ich bückte mich, um die Kriegsmaschine schärfer ins Auge zu fassen, und überzeugte mich jetzt zum ersten Male, daß die Haube wirklich einen Marsmann enthielt. Als die grünen Flammen auffuhren, konnte ich den öligen Glanz seiner Oberhaut und das Leuchten seiner Augen wahrnehmen. Plötzlich hörte ich einen gellenden Schrei und sah einen ausgestreckten Fühler über die Schulter der Maschine in den kleinen Käfig langen, der auf ihrem Rücken lastete. Und dann wurde etwas – etwas heftig sich Sträubendes – hoch in die Luft emporgehoben, ein vom Sternenlicht sich dunkel und unklar abhebendes, rätselhaftes Ding. Und als dieser schwarze Gegenstand wieder herunterkam, sah ich bei dem grünen Schein, daß es ein Mensch war. Einen Augenblick lang war er ganz deutlich sichtbar. Es war ein stämmiger, blühend aussehender, gutgekleideter Mann in mittleren Jahren; drei Tage vorher mochte er noch als Mann von beträchtlichem Ansehen durchs Leben gewandert sein. Ich konnte seine starren Augen sehen und bemerken, wie die Lichtstrahlen in seinen Hemdknöpfen und seiner Uhrkette spielten. Er verschwand hinter dem Hügel, und einen Augenblick lang herrschte völliges Schweigen. Dann hörte man durchdringende Schreie und das langgezogene Freudengeheul der Marsleute ...

Ich glitt das Geröll hinab, richtete mich mühsam auf, legte beide Hände an die Ohren und stürzte in die Waschkammer. Der Kurat, der, mit den Armen seinen Kopf umklammernd, schweigend zusammengekauert dagesessen hatte, sah auf, als ich an ihm vorbeikam, schrie auf, als ich ihn verließ, und rannte mir nach.

In dieser Nacht, als wir in der Waschküche kauerten und unsere Empfindungen zwischen Entsetzen und furchtbarer Neugier geteilt waren, stieg in mir der heftige Wunsch zu handeln auf. Aber ich mühte mich vergeblich, einen Rettungsplan zu entwerfen. Erst am zweiten Tag war ich fähig, unsere Lage mit großer Klarheit zu erfassen. Der Kurat, das sah ich, war nicht einmal zu einer Besprechung zu brauchen; ungekannte Schrecken hatten ihn in ein wildes, triebhaftes Geschöpf verwandelt und ihn seines Verstandes, seiner Denkfähigkeit beraubt. Er war in Wahrheit schon zum Tier herabgesunken. Ich aber faßte, wie man sagt, mich selbst mit beiden Händen an. Nun, da ich der rauhen Wirklichkeit ins Auge sehen konnte, gewann ich die Gewißheit, daß wir trotz unserer schrecklichen Lage doch noch kein Recht zu völliger Verzweiflung hätten. Unsere nächstliegende Hoffnung und Erwartung war, daß die Marsleute nur vorübergehend ihr Lager aufgeschlagen hätten. Sollten sie aber bleiben, so würden sie es doch nicht für notwendig halten, es ständig zu bewachen; und so könnte sich uns doch eine Möglichkeit zur Flucht bieten. Ich erwog auch sehr ernstlich den Plan, uns von der Grube weg einen unterirdischen Gang zu graben, aber die Möglichkeit, beim Auftauchen einer wachestehenden Kriegsmaschine unter die Augen zu kommen, schien mir anfangs doch zu erschreckend. Überdies hätte ich die ganze Grabearbeit allein zu verrichten gehabt, denn der Kurat hätte mich sicherlich im Stich gelassen.

Wenn mich mein Gedächtnis nicht trügt, war es am dritten Tag, als ich die Tötung jenes armen Teufels mit ansehen mußte. Es war das einzige Mal, daß ich die Marsleute Nahrung aufnehmen sah. Nach diesem Erlebnis vermied ich das Loch in der Mauer während des größten Teiles des Tages. Ich begab mich in die Waschküche, hängte die Tür aus und brachte einige Stunden damit zu, so geräuschlos als möglich mit meinem Beil zu graben; aber als ich ein etwa zwei Fuß tiefes Loch gegraben hatte, fiel die lockere Erde wieder polternd zusammen, und ich wagte nicht, die Arbeit fortzusetzen. Ich verlor allen Mut und legte mich für eine lange Zeit auf den Boden und hatte nicht einmal die Kraft, mich zu bewegen. Und von nun an gab ich den Gedanken, durch einen Tunnel zu entkommen, auf.

Für den Eindruck, den die Marsleute auf mich gemacht hatten, ist es sehr bezeichnend, daß ich anfangs wenig oder vielmehr gar nicht daran dachte, daß unsere Feinde etwa durch einen menschlichen Angriff überwältigt werden könnten. Aber in der vierten oder fünften Nacht hörte ich so etwas wie starkes Geschützfeuer.

Es war sehr spät nachts, und der Mond schien hell. Die Marsleute hatten die Aushöhlemaschine entfernt; und abgesehen von einer Kriegsmaschine, die an dem entfernteren Rand der Grube stand, und einer Greifmaschine, die in einer Ecke der Grube unmittelbar unter meinem Guckloch geschäftig arbeitete, war der Platz verlassen.

Von der Greifmaschine ging ein blasser Schimmer aus, und das Licht des Mondes schien auf die Stangen und auf einige Stellen des Erdreichs. Sonst war die Grube in Dunkelheit gehüllt und ganz still. Nur das Geräusch der Maschine war zu hören. Es war eine wundervoll heitere Nacht; nur mit einem Planeten teilte der Mond seine Herrschaft über den Himmel. Ich hörte einen Hund heulen, und dieser vertraute Laut bestimmte mich, hinauszulauschen. Da hörte ich ganz deutlich ein Dröhnen, wie vom Donner schwerer Geschütze. Ich zählte deutlich sechs Schüsse und nach langer Unterbrechung wieder sechs. Und das war alles.

4. Der Tod des Kuraten

Es war am sechsten Tag unserer Gefangenschaft. Zum letzten Mal warf ich einen Blick durch das Guckloch, und als ich mich umwandte, fand ich mich allein. Statt sich dicht an mich zu halten und zu versuchen, mich von der Spalte wegzudrängen, war der Kurat in die Waschküche zurückgegangen. Ein Verdacht schoß durch meinen Kopf. Ich ging schnell und leise hinterher. In der Dunkelheit hörte ich den Kuraten trinken. Ich griff aufs Geratewohl ins Dunkle und bekam eine Burgunderflasche zu fassen.

Gleich darauf rangen wir miteinander. Das dauerte wenige Minuten, dann fiel die Flasche zu Boden und brach entzwei. Nun ließ ich ihn los und erhob mich. Wir standen keuchend und drohend einander gegenüber. Schließlich pflanzte ich mich zwischen ihn und die Eßwaren auf und teilte ihm meinen festen Entschluß mit, von nun an Zucht zu halten. Ich teilte unsere Nahrungsmittel in der Speisekammer in Rationen ein, die für zehn Tage ausreichen sollten. An diesem Tage erlaubte ich ihm nicht mehr zu essen. Am Nachmittag machte er einen schwachen Versuch, zu den Eßwaren zu gelangen. Ich war eingenickt, aber im Nu war ich wach. Den ganzen Tag und die ganze Nacht saßen wir uns Aug in Auge gegenüber, ich erschöpft, aber entschlossen, er weinend und über seinen großen Hunger klagend. Ich weiß, es war nur eine Nacht und ein Tag, aber mir schien es – und scheint mir noch heute – eine unermeßlich lange Zeit.

Und so endete die Unverträglichkeit unserer Neigungen und Anlagen im offenen Streit. Zwei ewige Tage lang rangen wir flüsternd und erbittert. Es gab Zeiten, in denen ich ihn mit Schlägen und Fußtritten wie toll bearbeitete, und Zeiten, da ich ihm schmeichelte und ihn zu überreden trachtete. Und einmal versuchte ich ihn mit der letzten Flasche Burgunder zu bestechen, denn es war eine Regenwasserpumpe vorhanden, mit der ich mir Wasser verschaffen konnte. Aber da half weder Gewalt noch Güte: er war in der Tat schon von Sinnen. Weder wollte er seine Angriffe auf die Speisevorräte aufgeben, noch hörte er auf, laute Selbstgespräche zu führen. Die allernotwendigsten Vorsichtsmaßregeln, die unsere Gefangenschaft erträglich machten, wollte er nicht beobachten. Allmählich begann ich mir den vollständigen Zusammenbruch seiner Geisteskräfte klarzumachen, zu begreifen, daß mein einziger Gefährte in dieser dumpfen und widerlichen Finsternis ein Wahnsinniger war.

Aus einigen unklaren Erinnerungen schließe ich allerdings, daß auch meine Gedanken zu Zeiten sich verwirrten. Ich hatte seltsame und furchtbare Träume, so oft ich einschlief. Es klingt sonderbar, aber ich möchte glauben, daß die Schwachheit und der Wahnsinn des Kuraten mich warnten, stählten und vernünftig erhielten.

Am achten Tag begann er laut zu sprechen, statt zu flüstern, und was ich auch tat, nichts konnte ihn bewegen, seine Sprache zu mäßigen.

»Es ist gerecht, o Gott!« rief er immer wieder. »Es ist gerecht. Über mich und die Meinen komme Dein Grimm. Wir haben gesündigt, wir sind zu leicht befunden worden. Da war Armut, da war Kummer; die Armen wurden in den Staub getreten, nichts aber störte meinen Frieden. Ich predigte einen hübschen Unsinn – mein Gott, was für einen Unsinn! – als ich hätte aufstehen sollen, und sollte ich dafür auch des Todes sterben, und rufen sollen: Tut Buße, Buße! Ihr Bedrücker der Armen und Elenden. – Die Weinpresse des Herrn!«

Dann kehrten seine Gedanken unvermutet wieder zum Essen zurück, das ich ihm vorenthielt. Er bat, flehte, weinte, und endlich drohte er. Er begann seine Stimme zu erheben – ich bat ihn, es nicht zu tun; da sah er, daß er mich da fassen konnte – er drohte, daß er nun schreien und die Marsleute herbeirufen werde. Eine Zeitlang schüchterte mich das ein; aber jedes Zugeständnis hätte die Möglichkeit unseres Entrinnens unausdenkbar verringern müssen. Ich widerstand, obwohl keineswegs sicher, ob er seine Drohung nicht ausführen werde. An diesem Tage wenigstens tat er es nicht. Er sprach mit allmählich erhöhter Stimme während des größten Teils des achten und des neuten Tages. Drohungen und Bitten mischten sich mit einer wahren Sturzflut halbverrückter, aber immer heftigerer Reue, daß sein Gottesdienst nur eitel Wortgepränge gewesen sei. Ich konnte nicht umhin, ihn zu bemitleiden. Dann schlief er ein wenig, und dann begann er wieder mit erneuter Kraft, und zwar so laut, daß ich gezwungen war, ihn zurückzuhalten.

»Schweigen Sie!« flehte ich. Er erhob sich auf seine Knie, denn er hatte bisher im Dunkeln neben dem Waschkessel gesessen.

»Ich habe schon zu lange geschwiegen«, sagte er in einem Ton, den man in der Grube hören mußte. »Und jetzt muß ich Zeugnis ablegen. Wehe dieser ungetreuen Stadt! Wehe, wehe! Wehe, wehe! den Bewohnern der Erde, durch die andern Stimmen der Posaune –«

»Hören Sie auf!« sagte ich aufspringend, voll Angst, die Marsleute könnten uns hören. »Um Gottes willen –«

»Nein«, schrie der Kurat so laut er konnte. Er stand auf und breitete seine Arme aus. »Sprechen will ich! Das Wort des Herrn ist in mir!«

Mit drei Sätzen hatte er die Tür zur Küche erreicht.

»Ich muß mein Zeugnis ablegen. Ich gehe. Zu lange schon habe ich gezögert.«

Ich streckte meine Hand aus und tastete nach dem Hackmesser, das an der Wand hing. Wie ein Pfeil schoß ich dem Kuraten nach. Ich war ganz toll vor Angst. Ehe er in der Mitte der Küche war, hatte ich ihn eingeholt. Mit einem letzten Funken von Menschlichkeit drehte ich die Schneide um und schlug mit dem Rücken des Messers nach ihm. Er stürzte kopfüber hin und lag ausgestreckt am Boden. Ich stolperte über ihn und blieb atemlos stehen. Er lag ganz still da.

Plötzlich hörte ich draußen ein Geräusch, das Rieseln und Stürzen gleitenden Mörtels, und die dreieckige Öffnung in der Mauer verdunkelte sich. Ich blickte auf und sah, wie die untere Fläche einer Greifmaschine sich langsam am Loch vorbeischob. Eines ihrer ausgreifenden Glieder rollte sich im Schutt zusammen; nun erschien ein zweites Glied, das sich seinen Weg über die herabgestürzten Balken hin tastete. Ich starrte wie versteinert hin. Da sah ich durch eine Art Glasplatte das Gesicht, wenn ich so sagen darf, und die großen dunklen Augen eines Marsmannes hereinspähen, und dann ringelte sich die lange metallene Schlange eines Fühlers wir prüfend durch das Loch herein.

Von diesem Anblick riß ich mich mit einiger Überwindung los, stolperte über den Kuraten und blieb an der Tür zur Waschküche stehen. Der Fühler war jetzt schon etwa zwei Yards oder mehr im Zimmer und fuhr züngelnd und schlängelnd in blitzschnellen Bewegungen hierhin und dorthin. Eine Zeitlang beobachtete ich wie gebannt sein allmähliches, eigenartiges Näherkommen. Endlich zwang ich mich mit einem leisen, heiseren Schrei, in die Waschküche zu laufen. Ich zitterte heftig; ich konnte mich kaum aufrecht halten. Ich öffnete die Tür des Kohlenkellers und stand da in der Finsternis, starrte nach der schwach beleuchteten Türe, die in die Küche führte, und lauschte. Hatte der Marsmann mich gesehen? Und was würde er jetzt tun?

Etwas bewegte sich dort sehr leise hin und her; jeden Augenblick tappte es gegen die Mauer oder setzte seine Bewegungen mit einem schwachen, metallischen Klirren, ähnlich dem Geräusche eines Schlüsselbundes, fort. Dann wurde ein schwerer Körper – nur zu gut wußte ich, welcher – über den Fußboden geschleift und zur Öffnung hinausgehoben. Unwiderstehlich angezogen, kroch ich zur Tür und spähte in die Küche. In dem von der Sonne hell beschienenen Dreieck sah ich den Marsmann, wie er in der Greifmaschine, einem wahrhaften Briareus*, saß und den Kopf des Kuraten untersuchte. Ich zweifelte keinen Augenblick, daß er aus der Wunde, die mein Schlag jenem beigebracht hatte, auf meine Anwesenheit schließen würde.

Ich kroch zum Kohlenkeller zurück, schloß die Tür und begann, so gut ich konnte, und so leise, wie es mir bei der Dunkelheit möglich war, mich unter das Brennholz und die Kohlen zu verstecken. Jeden Augenblick horchte ich, starr vor Angst, ob der Marsmann seinen Fühler wieder durch die Öffnung gesteckt hätte.

Und das leise metallische Klirren ertönte von neuem. Ich konnte verfolgen, wie es sich allmählich durch die Küche durchtastete. Bald hörte ich es näher – in der Waschküche, wie ich vermutete. Ich hoffte, daß es nicht lang genug sei, bis zu mir zu dringen. Ich sprach ein Stoßgebet nach dem andern. Da tastete das Ding unter leisem Kratzen über die Kellertür; und nun kam eine Ewigkeit von unerträglicher, banger Erwartung. Dann hörte ich es am Schloß herumfühlen. Es hatte die Türe gefunden! Der Marsmann verstand sich auf Türen!

* Briareus, der hundertarmige Titan der griechischen Göttersage.

Eine Minute vielleicht hantierte es am Verschluß, und dann ging die Türe auf.

In der Dunkelheit konnte ich das Ding gerade noch sehen – mehr als allem andern glich es einem Elefantenrüssel – es züngelte nach mir und tastete prüfend an der Mauer, an den Kohlen, am Holz und an der Decke umher. Es sah aus wie ein schwarzer Wurm, der seinen blinden Kopf hin- und herbewegt.

Und einmal berührte es die Ferse meines Stiefels. Ich war nahe daran zu schreien; ich biß mir in die Hand. Eine Zeitlang blieb es ruhig. Ich hätte glauben können, daß es sich schon entfernt habe. Plötzlich aber, mit einem unvermuteten Vorstoß, griff es nach etwas – ich dachte zuerst, nach mir! – und schien wieder aus dem Keller hinauszugleiten. Eine Minute lang war ich meiner Sache nicht sicher. Offenbar hatte es ein Stück Kohle erfaßt, um es zu prüfen.

Ich benutzte die Gelegenheit, um meine Lage ein wenig zu verändern, denn ich hatte einen Krampf in den Füßen. Dann lauschte ich wieder und flüsterte heiße Gebete. Dann hörte ich das langsame, bedächtige Geräusch wieder. Mählich und leise kam es dicht an mich heran und tappte die Mauer und die Einrichtungsstücke entlang.

Während ich noch zweifelte, sprang es rasch zur Kellertür und schloß sie. Ich hörte, wie es in die Speisekammer schlich. Die Zwiebackdosen klirrten, und eine Flasche brach in Stücke. Dann kam ein heftiger Schlag gegen die Kellertür. Dann war es still – und die Stille wurde mir eine nicht enden wollende Zeit höchster Anspannung.

War es fort? Endlich war ich davon überzeugt.

Es kam nicht mehr in die Waschküche; aber den ganzen zehnten Tag lag ich in der stickigen Dunkelheit unter Kohlen und Brennholz vergraben, und wagte nicht, mir einen Trunk zu holen, nach dem ich lechzte. Schon war der elfte Tag angebrochen, als ich mich erst aus meinem Schlupfwinkel hervorwagte.

5. Die Stille

Meine erste Handlung, bevor ich in die Speisekammer ging, war, die Türe zwischen Küche und Waschküche zu schließen. Doch die Speisekammer war leer; jeder Bissen Essen war verschwunden. Offenbar hatte der Marsmann am vorhergehenden Tag alles fortgenommen. Bei dieser Entdeckung erfaßte mich zum ersten Male die Verzweiflung. Weder am elften noch am zwölften Tage genoß ich Speise und Trank.

Erst trockneten mir Mund und Kehle völlig aus, und meine Kräfte nahmen merklich ab. Ich saß hilflos in der Dunkelheit in einem Zustand mutlosen Elends. Meine Gedanken beschäftigten sich unausgesetzt mit dem Essen. Ich glaubte taub geworden zu sein, denn die geschäftigen Geräusche, die ich von der Grube her zu hören gewohnt war, hatten vollständig aufgehört. Ich fühlte mich nicht stark genug, um geräuschlos zum Guckloch zu kriechen; ich hätte es sonst gewiß getan.

Am zwölften Tage schmerzte mich mein Hals derart, daß ich, selbst auf die Gefahr hin, die Aufmerksamkeit der Marsleute auf mich zu lenken, mich auf die knarrende Regenwasserpumpe stürzte, die neben der Senkgrube stand, und mir ein paar Glas voll geschwärzten und schmutzigen Regenwassers verschaffte. Ich fühlte mich nun überaus erfrischt und durch die Tatsache ermutigt, daß kein suchender Fühler dem Geräusch folgte, das ich beim Pumpen machte.

Während dieser Tage mußte ich viel an den Kuraten und an die Art seines Todes denken; aber meine Gedanken waren unklar und hatten nur wenig Zusammenhang.

Am dreizehnten Tage trank ich wieder etwas Wasser und machte mir abenteuerliche Gedanken über Essen und alle möglichen und unmöglichen Fluchtpläne. Sooft ich einschlief, quälten mich furchtbare Wahnvorstellungen, einmal vom Tode des Kuraten, dann wieder von üppigen Gelagen. Aber wachend und schlafend empfand ich einen heftigen Schmerz, der mich zwang, immer wieder zu trinken. Das Licht, das jetzt in den Waschraum drang, war nicht mehr grau, sondern rot. Meiner verwirrten Einbildungskraft schien es die Farbe des Blutes.

Am vierzehnten Tage ging ich in die Küche und sah zu meiner Überraschung, daß die Zweige des roten Gewächses gerade über die Maueröffnung gewachsen waren und so das Dämmerlicht des Raumes in eine karmesinrote Finsternis verwandelt hatten.

Frühmorgens am fünfzehnten Tage hörte ich eine seltsame, aber vertraute Aufeinanderfolge von Lauten in der Küche, und aufhorchend erkannte ich das Schnüffeln und Scharren eines Hundes. Als ich in die Küche ging, sah ich die Nase eines Hundes, wie sie an einer Mauerlücke durch die rötlichen Zweige hereinschnüffelte. Das überraschte mich außerordentlich. Als der Hund mich witterte, bellte er kurz auf.

Wenn ich ihn bewegen könnte, leise hereinzukommen, so konnte ich ihn vielleicht töten und verzehren. Auf alle Fälle aber war es geraten, ihn umzubringen, damit seine Bewegungen nicht die Aufmerksamkeit der Marsleute auf mich ziehen könnten.

Ich schlich mich zu ihm und rief ihn schmeichelnd, aber er zog auf der Stelle seinen Kopf zurück und verschwand.

Ich lauschte – ich war also nicht taub – aber da war kein Zweifel möglich, die Grube war still. Ich vernahm Laute wie das Flattern von Vogelschwingen und ein heiseres Krächzen, und das war alles.

Lange Zeit lag ich dicht am Guckloch, aber ich wagte nicht, die roten Pflanzen zur Seite zu drängen, die es verdunkelten. Ein- oder zweimal hörte ich ein leises Getrippel von den Füßen des Hundes, der tief unter mir auf dem Sand hin- und herlief, dann wieder Geräusche, die von Vögeln herrührten, aber da war alles. Endlich, ermutigt durch die anhaltende Stille, blickte ich hinaus.

Außer in der Ecke, wo eine Menge von Krähen umherhüpften und sich um die Gerippe der Toten zankten, von welchen die Marsleute sich ernährt hatten, war kein lebendes Wesen in der Grube zu sehen.

Ich starrte hinein und traute meinen Augen kaum. Sämtliche Maschinen waren verschwunden. Abgesehen von dem großen Hügel gräulichblauen Pulvers in einer Ecke, einer Anzahl Aluminiumstangen in einer andern, den schwarzen Vögeln und den Skeletten, gab es nichts als die leere, kreisrunde Sandgrube.

Ich ließ mich langsam durch das rote Gestrüpp hinabgleiten und stand jetzt auf dem Schutthaufen. Außer hinter mich nach Norden, konnte ich in jede Richtung blicken. Und weit und breit war weder ein Marsmann noch das Anzeichen eines Marsmannes zu erblicken. Zu meinen Füßen fiel die Grube jäh ab; als ich etwas weiter ging, fand ich auf dem Geröll einen ganz leidlichen Weg, auf dem ich zum Gipfel des Trümmerhaufens gelangen konnte. Die Gelegenheit zu fliehen war gekommen. Ich begann zu zittern.

Ich zögerte einige Zeit, und in einer wilden Aufwallung von verzweifelter Entschlossenheit, mit heftig klopfendem Herzen, kletterte ich auf die Spitze des Schutthaufens, unter dem ich so lange begraben gewesen war.

Wieder blickte ich rings um mich. Auch im Norden war kein Marsmann zu sehen.

Als ich zuletzt diesen Teil von Sheen im vollen Tageslicht gesehen hatte, war er eine Straße zerstreut liegender und behaglicher weißer und roter Häuser gewesen, umpflanzt von üppigen, schattigen Bäumen. Jetzt stand ich auf einem Haufen aus zerschelltem Ziegelwerk, Lehm und Kiesel, über dem eine Unmenge roten kaktusartigen Gewächses wucherte. Es wuchs in Kniehöhe, und nicht eine einzige irdische Pflanze machte ihm den Boden streitig. Die Bäume in meiner Nähe waren erstorben und braun, und etwas weiter überzog ein Netzwerk roter Fäden die noch lebenden Stämme.

Die benachbarten Häuser waren alle zerstört, keines aber war niedergebrannt. Die Mauern standen zum Teil noch bis zum zweiten Stockwerk, aber die Fenster waren alle zerschmettert und die Tore zertrümmert. Das rote Gewächs wucherte üppig in den dachlosen Stuben. Unter mir waren die große Grube und die Krähen, die um die Abfälle zankten. Andere Vögel hüpften zwischen den Trümmern umher. Weiter weg sah ich eine ausgemergelte Katze, die eine Mauer entlang schlich, von Menschen aber war nirgends eine Spur zu entdecken.

Der Tag schien im Gegensatz zu meinem eben verlassenen Kerker blendend hell, der Himmel strahlte in ungetrübtem Blau. Ein sanftes Lüftchen hielt das rote Gewächs, das jedes Stückchen freien Bodens bedeckte, in Bewegung. Und welches Entzücken, wieder frische Luft zu atmen!

6. Das Werk von fünfzehn Tagen

Eine Zeitlang stand ich wankend auf dem Hügel, ohne an meine Sicherheit zu denken. Als ich noch in jener widerwärtigen Höhle lag, hatte ich alle Sinne nur darauf gerichtet, mich überhaupt zu retten. Ich ahnte weder, was in der Welt vorgegangen war, noch war ich auf den erschreckenden Anblick dieser fremden Umgebung gefaßt. Ich war darauf vorbereitet, Sheen in Trümmern zu sehen – aber was ich jetzt sah, war die unheimliche und düstere Landschaft eines andern Planeten.

In diesem Augenblicke wurde ich von einer Empfindung bewegt, die sonst außerhalb des menschlichen Bewußtseins liegt, die aber die armen Tiere, die wir beherrschen, nur zu gut kennen. Mir war zumute wie einem Kaninchen, das zu seinem Erdloch zurückkommt und sich plötzlich einem Dutzend geschäftiger

Arbeiter gegenübersieht, die den Grund zu einem Haus graben. Ich merkte die ersten Anzeichen eines Gefühls, das mir bald sehr deutlich werden und mich viele Tage lang bedrücken sollte: das Gefühl der Entthronung, die Überzeugung, daß ich nicht länger ein Herr, sondern ein Tier unter Tieren unter der Ferse der Marsleute sei. Uns würde es nun gehen wie jenen: wir mußten jetzt lauern und spähen, laufen und uns verstecken; die Macht des Menschen und seine Furchtbarkeit waren ihm genommen.

Aber diese Vorstellung verlor sich, sobald ich sie mir klargemacht hatte, und mein alles beherrschendes Gefühl wurde nach der langen, trostlosen Fastenzeit der Hunger. In der Richtung, die von der Grube wegführte, erblickte ich jenseits einer rotbewachsenen Mauer ein Fleckchen Gartengrund, das nicht verschüttet war. Das war ein Fingerzeig, und ich arbeitete mich vorwärts, knietief, manchmal bis zum Hals ins rote Gewächs verstrickt. Die Dichte dieses Gestrüpps gab mir das tröstliche Gefühl, mich im Notfall verbergen zu können. Die Mauer war etwa sechs Fuß hoch, und als ich versuchte, sie zu erklettern, sah ich, daß ich mich nicht auf ihren Rand hinaufschwingen konnte. So ging ich nun an der Mauer entlang und gelangte zu einer Ecke, wo ein Steinhaufen es mir ermöglichte, hinaufzuklimmen und in den Garten hinabzugleiten. Ich fand einige junge Zwiebeln, ein paar Siegwurzknollen und eine Anzahl unreifer Rüben, die ich alle zusammenraffte. Dann stieg ich über eine geborstene Mauer hinweg und verfolgte unter scharlach- und karmesinroten Bäumen meinen Weg weiter nach Kew. Es war mir, als ginge ich auf einer Straße von riesigen Blutstropfen. Von zwei Gedanken war ich erfüllt: mir mehr Essen zu verschaffen und so bald und so weit meine Kräfte es mir erlaubten, aus diesem fluchbeladenen, unirdischen Bereich der Grube hinauszukommen.

Etwas weiter fand ich auf einem Grasplatz eine Anzahl Schwämme, die ich gleichfalls verschlang; aber diese karge Nahrung verstärkte nur meinen Hunger. Dann stieß ich auf eine braune Fläche fließenden, seichten Wassers, dort, wo sonst Wiesen waren. Erst war ich über diese Überschwemmung in einem heißen, trockenen Sommer überrascht, aber dann entdeckte ich, daß sie von der geradezu tropischen Üppigkeit des roten Gewächses herrührte. Sobald diese außerordentliche Wucherpflanze Wasser berührte, wuchs sie ins Riesenhafte. Ihre Samen wurden einfach in das Wasser des Wey und der Themse geschüttet, und ihre zusehends wachsenden, titanischen Zweige ließen beide Flüsse sofort über die Ufer treten.

In Putney war die Brücke, wie ich später sah, in diesem Unkraut ganz versteckt, und auch in Richmond ergossen sich die Themsewasser in einem breiten und seichten Strom über die Wiesen von Hampton und Twickenham. Wie das Wasser sich ausbreitete, folgte das Kraut ihm nach, bis die zerstörten Landhäuser des Themsetals in diesem roten Moor, dessen Rand ich durchsuchte, verschwunden waren. Dadurch wurde vieles von dem Zerstörungswerk der Marsleute verhüllt.

Schließlich aber ging dieses rote Gewächs fast ebenso rasch ein, wie es sich ausgebreitet hatte. Eine krebsartige Krankheit, die, wie man annimmt, in der Wirkung gewisser Bakterien begründet ist, erfaßte und zerstörte es. Durch das Gesetz der natürlichen Auslese haben alle irdischen Pflanzen eine gewisse Widerstandskraft gegen Bakterienkrankheiten gewonnen – wenigstens erliegen sie ihnen nie ohne heftigen Kampf. Aber das rote Gewächs verfaulte wie eine schon erstorbene Pflanze. Die Zweige verblaßten, schrumpften zusammen und wurden spröde. Bei der leisesten Berührung brachen sie ab, und das Wasser, das früher ihr Wachstum so angefeuert hatte, trug ihre letzten Spuren ins Meer hinaus ...

Als ich zum Wasser kam, war es selbstverständlich das erste, meinen Durst zu löschen. Ich trank in vollen Zügen, und, einer plötzlichen Eingebung folgend, zerbiß ich einige Zweige des roten Gewächses. Aber sie waren wässerig und hatten einen garstigen, metallischen Geschmack. Ich sah, daß das Wasser seicht genug war, um sicher durchwatet werden zu können, obwohl das rote Gewächs meine Füße oft hinderte, fest aufzutreten. Aber die Flut wurde gegen den Fluß zu sichtlich tiefer, und ich mußte wieder in der Richtung nach Mortlake umkehren. Es gelang mir dadurch, daß gelegentliche Trümmer von Landhäusern und Hecken und Lampen mir den Weg wiesen, halbwegs auf der Straße zu bleiben. So kam ich bald aus dem Überschwemmungsgebiet heraus, verfolgte meinen Weg zu dem Hügel, der nach Roehampton führt, und gelangte schließlich auf die Gemeindewiese von Putney.

Hier fiel nicht mehr das Fremdartige und Seltsame, sondern die Zerstörung des Bekannten, Vertrauten auf; kleine Plätze sahen aus, als hätte ein Wirbelwind sie verwüstet. Hundert Schritte weiter traf ich auf völlig unversehrte Häuser mit herabgelassenen Vorhängen und verschlossenen Türen, als hätten die

Eigentümer sie nur für einen Tag verlassen oder als schliefen die Bewohner noch. Das rote Gewächs war hier nicht mehr so üppig; die großen Bäume auf den Grasplätzen waren frei von der roten Schlingpflanze. Ich suchte unter den Bäumen nach Nahrung, ohne etwas zu finden, dann brach ich in ein paar stille Häuser ein, aber sie waren schon vor mir durchstöbert und ausgeplündert worden. Den übrigen Teil des Tages blieb ich in einem Gebüsch, da ich vor Schwäche nicht weitergehen konnte.

Während dieser ganzen Zeit sah ich kein menschliches Wesen, noch auch Anzeichen von Marsleuten. Ich begegnete zwei hungrig aussehenden Hunden, aber beide liefen in weitem Bogen davon, als ich ihnen näher kam. In der Nähe von Roehampton sah ich zwei menschliche Gerippe – nicht Leichen, sondern reingenagte Gerippe – und im Gehölz neben mir stieß ich auf gebrochene und verstreut liegende Knochen einiger Katzen und Kaninchen und den Schädel eines Schafes. Aber als ich sie näher ansah, wollte sich nichts Genießbares daran finden.

Nach Sonnenuntergang schleppte ich mich auf der Straße nach Putney weiter, wo, wie ich glaube, aus irgendwelchen Gründen der Hitzstrahl gebraucht worden sein mußte. In einem Garten in Roehampton fand ich genug unreife Kartoffeln, um meinen Hunger zu stillen. Von diesem Garten aus konnte man auf Putney und den Fluß hinabsehen. In der Dämmerung bot dieser Ort ein Bild trostlosester Verwüstung: geschwärzte Bäume, geschwärzte, traurige Ruinen, und hügelabwärts die weiten Flächen des aus den Ufern getretenen Wassers, von dem Marskraut rot gefärbt. Und über allem – die große Stille. Ein unbeschreibliches Entsetzen kam über mich, als ich dachte, wie schnell diese trostlose Veränderung hereingebrochen war. Eine Zeitlang glaubte ich, daß die Menschheit einfach ausgerottet und ich ganz allein überiggeblieben sei, der letzte lebende Mensch. Dicht am Gipfel des Putney Hill stieß ich wieder auf ein Gerippe, dessen Arme abgetrennt und einige Yards vom Körper entfernt lagen.

Als ich weiterging, wurde ich immer mehr überzeugt, daß die Ausrottung der Menschheit, von einigen Verirrten wie mir abgesehen, in diesem Teil der Welt bereits eine vollendete Tatsache war. Ich vermutete, daß die Marsleute fortgegangen seien, das Land hinter sich verwüstet hätten und jetzt irgendwo anders nach Nahrung suchten. Vielleicht waren sie eben daran, Berlin oder Paris zu zerstören, vielleicht auch hatten sie sich nach Norden gewendet.

7. *Der Mann auf dem Putney Hill*

Ich verbrachte diese Nacht in einem Gasthof auf dem Putney Hill. Seit meiner Flucht nach Leatherhead war es das erstemal, daß ich in einem gemachten Bett lag. Ich will mich nicht mit der Beschreibung aufhalten, wieviel unnötige Mühe ich hatte, um ins Haus einzudringen – später fand ich, daß das Tor nicht verschlossen war – noch damit, wie ich jeden Raum nach Lebensmitteln durchstöberte, bis ich endlich in höchster Verzweiflung in einem Raum, den ich für ein Dienstbotenzimmer hielt, eine rattenzernagte Brotkruste und zwei Büchsen mit Ananas fand. Das Haus war offenbar schon durchsucht und ausgeplündert worden. Im Schrankraum entdeckte ich später noch etwas Zwieback und Butterbrötchen, die übersehen worden waren. Diese konnte ich nicht mehr genießen, jene aber stillten nicht nur meinen Hunger, sondern füllten auch meine Taschen. Ich machte kein Licht, da ich fürchtete, ein Marsmann könne in der Nacht diesen Teil Londons nach Nahrung durchsuchen. Ehe ich zu Bett ging, lief ich unruhig von einem Fenster zum andern, um nach einem Anzeichen jener Ungeheuer auszuspähen. Ich schlief wenig. Als ich im Bett lag, verfiel ich in tiefes Nachdenken – was seit meinen Auseinandersetzungen mit dem Kuraten nicht mehr der Fall gewesen war.

Während der ganzen Zwischenzeit bestand meine geistige Verfassung in einem hastigen Wechsel von unbestimmten Gefühlszuständen oder in einer Art stumpfer Aufnahmefähigkeit. In dieser Nacht gewann mein Hirn, durch die Nahrung vermutlich gekräftigt, wieder seine frühere Klarheit, und ich konnte wieder denken.

Drei Dinge wollten gleichzeitig bedacht sein: die Tötung des Kuraten, der Aufenthaltsort und die Tätigkeit der Marsleute und das Schicksal meiner Frau. Das erste rief in mir kein Gefühl von Entsetzen oder Reue wach; ich nahm es einfach als eine Tatsache hin, als eine unsäglich peinliche Erinnerung, aber völlig ohne die Merkmale der Reue. Ich beurteilte mich damals, wie ich mich jetzt beurteile, Schritt für Schritt zu jener schnellen Tat getrieben, dem unvermeidlichen Resultat einer Reihe von Zufällen. Ich fand mich nicht verdammenswert; dennoch lastete die Erinnerung daran auf mir, stetig, unverrückbar. In der Stille der Nacht, mit jenem Gefühl der Nähe zu Gott, das einen manchmal in der Stille und in der Dunkelheit überkommt, bestand ich mein

Verhör, mein einziges Verhör wegen jenes Augenblickes der Wut und der Angst. Ich rief mir jedes Wort unserer Unterredung ins Gedächtnis zurück. Von jenem Augenblick an, als ich ihn zusammengekauert neben mir fand, als er, meines Durstes nicht achtend, nach dem Feuer und dem Rauch wies, der aus den Trümmern von Weybridge aufstieg, waren wir zur Zusammenarbeit unfähig gewesen – der grimmige Zufall aber hatte sich nicht darum gekümmert. Hätte ich in die Zukunft blicken können, hätte ich ihn in Halliford gelassen! Aber ich konnte nicht vorhersehen, was kam. Verbrechen aber ist, vorhersehen und doch tun. Und ich schreibe das nieder, wie ich diese ganze Geschichte niedergeschrieben habe, so wie sie war. Ich hatte keine Zeugen – ich hätte alle diese Dinge verheimlichen können. Aber ich schreibe sie nieder, und der Leser mag sich nach seinem Gutdünken sein Urteil bilden.

Als ich mich dann aufraffte, um das Bild jenes hingestreckten Körpers beiseite zu schieben, sah ich mich wieder vor den Fragen nach den Marsleuten und dem Schicksal meiner Frau. Für beides hatte ich keine Anhaltspunkte; ich konnte mir hundert verschiedene Vorstellungen machen, sowohl über die Marsleute, als, unselig genug, auch über meine Frau. Und plötzlich wurde mir diese Nacht zu einer Nacht des Schreckens. Ich fand mich aufrecht in meinem Bett und starrte in die Finsternis hinein. Ich hörte mich beten, daß der Hitzstrahl sie unvermutet und schmerzlos aus diesem Leben nehme. Seit jener Nacht meiner Rückkehr aus Leatherhead hatte ich nicht mehr gebetet. Ich hatte Stoßgebete gestammelt, Fetischgebete, hatte gebetet, wie Heiden Beschwörungszauberformeln murmeln, als ich in äußerster Gefahr schwebte. Jetzt aber betete ich wirklich, inbrünstig und bei voller Besinnung, flehte von Angesicht zu Angesicht in der Dunkelheit Gottes. Seltsame Nacht! Am seltsamsten darin, daß, sobald der Tag herangraute, ich, der mit Gott gesprochen hatte, aus dem Hause schlich wie eine Ratte, die ihr Versteck verläßt – ein Geschöpf, kaum größer als sie, ein niedriges Tier, ein Ding, das die flüchtige Laune unserer Meister jagen und töten konnte. Vielleicht beteten auch jene vertrauensvoll zu Gott. Wahrlich, wenn wir nichts anderes gelernt haben, dieser Krieg hat uns Erbarmen gelehrt, Erbarmen mit jenen vernunftlosen Geschöpfen, die unter unserer Herrschaft leiden.

Der Morgen war hell und schön; der östliche Himmel glühte rosenrot und war mit kleinen goldenen Wolken übersät. Auf der

Straße, die vom Putney Hill nach Wimbledon führt, sah ich zahlreiche jammervolle Spuren jenes Sturmes von Angst, der in der Sonntagnacht nach Beginn des Krieges in Richtung London gebraust war. Ich sah einen kleinen zweirädrigen Karren, auf dem der Name ›Thomas Lobb, Grünzeughändler, New Malden‹ stand, mit einem zertrümmerten Rad und einem im Stiche gelassenen Blechkoffer. Dann sah ich einen Strohhut, der in den schon hartgewordenen Straßenschmutz hineingestampft worden war, und auf der Spitze des West Hill blutbeschmierte Glasscherben neben dem umgestürzten Wassertrog. Ich ging nur langsam weiter, und meine Pläne waren völlig unklar. Ich hatte die etwas unbestimmte Absicht, nach Leatherhead zu gehen, obwohl ich wußte, daß ich gerade dort am wenigsten hoffen konnte, meine Frau wiederzufinden. Wenn nicht der Tod sie dort unversehens ereilt hatte, waren meine Verwandten gewiß schon längst mit ihr geflohen. Aber ich redete mir ein, daß ich dort wenigstens sehen oder erfahren könnte, wohin die Bevölkerung von Surrey geflohen sei. Ich wußte, daß ich meine Frau wiederfinden wollte, daß ich eine schmerzliche Sehnsucht nach ihr und nach Menschen empfand, aber ich hatte keine klare Vorstellung, wie ich es anfangen sollte, sie zu finden. Auch meiner trostlosen Vereinsamung war ich mir jetzt deutlich bewußt. Unter dem Schutz eines Dikkichts von Bäumen und Buschwerk kam ich allmählich an den Rand der Gemeindewiese von Wimbledon, die sich nun weit vor mir erstreckte.

Diese dunkle Fläche war stellenweise von gelben Ginstersträuchern erhellt; das rote Gewächs war nirgends zu sehen; als ich zögernd am Rande dieser freien Stelle hinschlich, ging die Sonne auf, und nun flutete alles von Licht und Leben. Ich stieß auf ein geschäftiges Volk kleiner Frösche, die auf einem sumpfigen Platz unter den Bäumen umhersprangen. Ich stand still, um sie zu betrachten, und nahm mir eine Lehre an ihrem kräftigen Entschluß zu leben. Gleich darauf, als ich mit dem sonderbaren Gefühl, beobachtet zu werden, mich plötzlich umdrehte, sah ich etwas in einem Gestrüpp zusammengekauert liegen. Ich stand still und betrachtete es. Dann machte ich einen Schritt vorwärts, und es erhob sich ein mit einer Axt bewaffneter Mann. Langsam näherte ich mich ihm. Er stand schweigend und regungslos da und sah mich an.

Als ich näher trat, bemerkte ich, daß seine Kleider ebenso staubbedeckt und von Schmutz starrend waren wie die meinen;

er sah tatsächlich aus, als wäre er durch eine Gosse geschleift worden. Näher kommend konnte ich den grünen Schlamm von Pfützen unterscheiden, der sich mit dem Hellbraun von getrocknetem Lehm und glänzenden Kohlenflecken vermengte. Sein schwarzes Haar fiel über seine Augen, und sein Gesicht war dunkel und schmutzig und eingesunken, so daß ich ihn anfangs nicht wiedererkennen konnte. Ich bemerkte eine rote Narbe, die quer über den unteren Teil seines Gesichtes lief.

»Halt!« rief er, als ich ihm auf zehn Yards nahe kam; ich blieb stehen. Seine Stimme war heiser. »Woher kommen Sie?« fragte er.

Ich überlegte, während ich ihn mir näher ansah.

»Ich komme von Mortlake«, sagte ich. »Ich lag neben der Grube, die die Marsleute um ihren Zylinder machten, begraben. Ich habe mich herausgearbeitet und bin entkommen.«

»Hier herum ist keine Nahrung zu finden«, sagte er. »Das ist mein Land. Alles, von diesem Hügel bis hinab zum Fluß, und zurück nach Clapham, und aufwärts bis zum Rand der Weide. Nur für einen gibt's hier Nahrung. Welchen Weg werden Sie einschlagen?«

Ich antwortete zögernd.

»Ich weiß es nicht«, sagte ich. »Ich lag in den Trümmern eines Hauses dreizehn oder vierzehn Tage lang vergraben. Ich weiß nicht, was inzwischen geschehen ist.«

Er sah mich zweifelnd an, dann stutzte er und blickte mich mit verändertem Ausdruck an.

»Ich habe nicht die Absicht, in dieser Gegend zu bleiben«, sagte ich. »Ich denke, ich werde nach Leatherhead gehen, um meine Frau zu suchen.«

Er wies hastig mit dem Finger nach mir.

»Sie sind es?« rief er. »Der Mann von Woking! Und Sie wurden nicht getötet in Weybridge?«

Im selben Augenblick erkannte ich ihn.

»Sie sind der Artillerist, der in meinen Garten kam!«

»Das nenne ich Glück!« rief er. »Wir sind ja Glückspilze! Nein, daß Sie es sind!« Er streckte seine Hand aus, die ich ergriff. »Ich bin damals einen Wassergraben hinaufgekrochen«, fuhr er fort. »Aber sie haben nicht alle umgebracht. Und als sie wieder weg waren, kroch ich heraus, nach Walton, über die Felder. Aber – es sind noch keine sechzehn Tage her – und Ihr Haar ist grau!« Er sah plötzlich über seine Schulter. »Nur eine Dohle«, sagte er. »Man erfährt in Zeiten wie diesen, daß auch Vögel Schatten haben. Aber hier ist es ein wenig offen. Kriechen wir in jenes Gebüsch und erzählen wir uns unsere Erlebnisse.«

»Haben Sie etwas von den Marsleuten gesehen?« fragte ich. »Seit ich herauskroch –«

»Die sind jetzt über London hingegangen«, erwiderte er. »Ich denke, sie haben dort ein größeres Lager aufgeschlagen. Am Abend ist dort drüben, gegen Hampstead, der ganze Himmel hell von ihren Lichtern. Es ist wie eine große Stadt, und im Schein kann man noch ganz deutlich ihre Bewegungen sehen. Aber nicht bei Tag. Aber in der Nähe – habe ich sie nicht gesehen – –« Er zählte an seinen Fingern. »Fünf Tage. Da sah ich zwei von ihnen durch Hammersmith hinübergehen und etwas Schweres schleppen. Und vorgestern nacht« – er hielt inne, um in wichtigem Tone fortzufahren – »es waren freilich nur Lichter, aber es war etwas oben in der Luft. Ich glaube, sie haben eine Flugmaschine gebaut und lernen jetzt fliegen.«

Ich machte halt, mit Händen und Knien auf dem Boden, denn wir hatten das Gebüsch erreicht.

»Fliegen!«

»Ja«, sagte er, »fliegen.«

Ich kroch in einen kleinen Laubverschlag und setzte mich nieder.

»Dann ist es mit der Menschheit aus und vorbei«, sagte ich. »Wenn sie das können, dann werden sie ganz einfach um die ganze Welt gehen –«

Er nickte.

»Das werden sie auch. Aber – – unterdessen können wir hier ein wenig Atem schöpfen – –.« Er sah mich an. »Sind Sie denn nicht zufrieden, daß es mit der Menschheit vorbei ist? Ich bin's. Wir sind unterlegen; wir sind geschlagen.«

Ich stutzte. So seltsam es scheinen mag, ich war noch nicht zu diesem Schluß gekommen, einem Schluß, der mir vollkommen einleuchtete, sobald jener ihn aussprach. Ich hatte noch immer leise zu hoffen gewagt; genauer, ich hatte eine lebenslängliche Überzeugung behalten. Er wiederholte seine Worte. »Wir sind geschlagen.« Das war seine unverrückbare Überzeugung.

»Es ist alles vorbei«, sagte er. »Sie haben einen verloren – nicht mehr als einen. Und sie haben festen Fuß gefaßt und die größte Macht der Welt zum Krüppel geschlagen. Sie sind über uns hinweggegangen. Der Tod jenes einen bei Weybridge war ein Zufall. Und dazu sind diese da nur der Vortrab. Ununterbrochen kommen immer mehr. Diese grünen Sterne – ich habe jetzt wohl fünf oder sechs Tage lang keinen gesehen, aber ich zweifle nicht daran, daß sie jede Nacht irgendwo niederfallen. Da ist nichts zu machen. Wir liegen unten! Wir sind geschlagen!«

Ich gab ihm keine Antwort. Ich saß da und starrte vor mich hin, indem ich vergebens versuchte, ihn zu widerlegen.

»Das ist ja kein Krieg«, sagte der Artillerist. »Ist nie ein Krieg gewesen, ebensowenig, wie es zwischen Menschen und Ameisen einen Krieg gibt.«

Plötzlich erinnerte ich mich an die Nacht auf der Sternwarte.

»Nach dem zehnten Schuß feuerten sie keinen mehr ab – wenigstens nicht, bis der erste Zylinder kam.«

»Woher wissen Sie das?« fragte der Artillerist. Ich erklärte es ihm. Er dachte nach.

»Mag sein, daß mit dem Geschütz etwas nicht ganz in Ordnung ist«, sagte er. »Aber wenn es sich auch so verhält, so haben sie das schon längst wieder zurechtgekriegt. Und selbst wenn es länger dauern sollte, an der Sache wird nichts geändert. Menschen und Ameisen, sage ich Ihnen. Da haben Sie die Ameisen, die bauen ihre Städte, leben ihr kleines Leben, führen Krieg, machen Revolutionen, bis der Mensch sie aus dem Weg räumen will; und dann gehen sie eben aus dem Weg. So geht es uns jetzt – uns Ameisen. Nur – –«

»Ja?« fragte ich.

»Wir sind eßbare Ameisen.«

Wir sahen uns in die Augen.

»Und was werden sie mit uns anfangen?« fragte ich.

»Darüber habe ich ja immer nachgedacht«, erwiderte er – »darüber habe ich immer nachgedacht. Nach Weybridge ging ich nach Süden – und dachte nach. Ich sah, was los war. Die meisten Menschen waren eifrig bemüht, sich aufzuregen und zu quietschen. Ich aber bin kein Freund vom Quietschen. Ich bin schon ein- oder zweimal dem Tod gegenübergestanden; ich bin kein Ziersoldat, und im besten und schlimmsten Fall, Tod ist eben Tod. Und der Mann, der beharrlich nachdenkt, kommt überall durch. Ich sah, wie jedermann nach Süden drängte. Da sagte ich mir: ›Hier wird man über kurz oder lang nichts mehr zu essen bekommen.‹ Und so machte ich stracks kehrt. Ich ging den Marsleuten nach, wie die Spatzen den Menschen nachgehen. Rings um uns herum« – er fuhr mit seiner Hand den Horizont entlang – »hungern sie in Haufen, reißen sie aus und treten auf einander herum.«

Er sah mein Gesicht und hielt betreten inne.

»Ohne Zweifel sind Massen von Leuten, die Geld hatten, nach Frankreich gegangen«, sagte er. Er schien zu zögern, ob er sich entschuldigen solle, begegnete meinen Augen und fuhr fort: »Hier herum gibt es genug zu essen. Gepökelte Waren in den Läden; Wein, Schnaps, Mineralwasser; aber die Wasserbehälter und Röhren sind leer. Aber ich wollte Ihnen sagen, worüber ich nachdachte. Es sind intelligente Geschöpfe, sagte ich mir, und es scheint, daß sie uns zu ihrer Nahrung brauchen. Zuerst werden sie uns zerschmettern – Schiffe, Maschinen, Waffen, Städte, jede Ordnung, jede Vereinigung. Alles das wird verschwinden. Hätten wir die Größe von Ameisen, dann könnten wir davonkommen. Aber wir haben sie nicht. Wir sind viel zu groß und zu plump. Das ist die erste Gewißheit. Was?«

Ich bejahte.

»So ist es; ich habe nachgedacht. Also gut; was kommt dann? Zuerst werden wir gefangen, weil man uns nötig hat. Ein Marsmann braucht nur ein paar Meilen zu gehen, um einen fliehenden Haufen zu kriegen. Und ich habe einen gesehen, eines Tages draußen bei Wandsworth, der Häuser in Stücke schlug und dann in den Trümmern umherstöberte. Aber dabei wird es nicht bleiben. Sobald sie mit unsern Geschützen und Schiffen aufgeräumt, unsere Eisenbahnen zerschmettert haben, und mit allem, was sie dort drüben tun, fertig geworden sind, dann werden sie anfangen, uns systematisch zu fangen, die Besten von uns auszusuchen und uns in Käfigen und ähnlichen Dingen aufzubewahren. Damit, verlassen Sie sich drauf, werden sie in kurzer Zeit beginnen. Mein Gott, sie haben ja noch gar nicht mit uns angefangen. Sehen Sie denn das nicht ein?«

»Noch nicht angefangen!« rief ich.

»Noch nicht angefangen«, sagte er. »Alles, was bisher geschehen ist, ist geschehen, weil wir nicht vernünftig genug waren, stillzuhalten, und sie mit Kanonen und ähnlichen Narrheiten geärgert haben. Weil wir unsern Kopf verloren haben und rudelweise dorthin stürzten, wo wir nicht um ein Haar sicherer waren, als wo wir zuerst waren. Sie wollen uns ja nicht behelligen. Sie bringen einfach ihre Angelegenheiten in Ordnung – stellen alles her, was sie nicht mitbringen konnten, und bereiten nur alles für die Übersiedlung ihres Volkes vor. Es ist sehr leicht möglich, daß die Zylinder nur deshalb für einige Zeit ausgeblieben sind, aus Furcht, die zu treffen, die schon hier sind. Und statt blindlings umherzurasen und Dynamit zu sammeln, als könnte man sie in die Luft blasen, täten wir viel besser daran, uns aufzuraffen und uns nach dem neuen Stand der Dinge einzurichten. So lege ich mir's zurecht. Es ist freilich nicht der Zustand, den der Mensch sich für seine Gattung wünscht, aber es ist der Zustand, auf den die Tatsachen hinweisen. Und es ist der Grundsatz, nach dem ich zu handeln gedenke. Städte, Völker, Gesinnung, Fortschritt – damit ist es vorbei. *Das* Spiel ist ausgespielt. Wir sind geschlagen.«

»Aber wenn es so ist, wozu sollen wir dann noch leben?«

Der Artillerist sah mich einen Augenblick an.

»Du lieber Himmel, Konzerte wird es freilich für eine Million Jahre oder so keine mehr geben; und Bilderausstellungen und kleine nette Mahlzeiten in Restaurants auch nicht. Wenn Sie es aufs Vergnügen abgesehen haben, dann, glaube ich, ist das Spiel aus. Wenn Sie feine Manieren haben oder sich entsetzen, wenn einer seine Birnen mit dem Messer ißt oder nicht so spricht, wie's in der Grammatik steht, dann geht's freilich nicht. Solche Dinge werden Sie in Zukunft nicht mehr brauchen.«

»Sie meinen – –«

»Ich meine, daß Männer wie ich fortleben sollen– der Zucht wegen. Ich sage Ihnen, ich bin fest entschlossen, weiterzuleben. Und, wenn mich nicht alles trügt, werden auch Sie zeigen müssen, was Sie wert sind, und zwar in kurzer Zeit. Wir lassen uns nicht ausrotten. Und ich habe nicht die Absicht, mich fangen zu lassen, noch gezähmt und gemästet und gezüchtet zu werden wie ein fetter Ochse. Pfui! Denken Sie bloß an diese braunen Kriecher!« –

»Sie wollen doch nicht sagen–«

»Ja, das will ich. Ich will weiterleben. Zu ihren Füßen. Ich habe mir schon den Plan gemacht; habe alles ausgedacht. Wir Menschen sind geschlagen. Wir wissen noch nicht genug. Wir haben noch tüchtig zu lernen, ehe die Reihe an uns kommt. Und wir haben zu leben und unabhängig zu sein, solange wir noch lernen. Verstehen Sie? Das ist jetzt an der Reihe.«

Ich starrte ihn an, verblüfft und tief bewegt von der Entschlossenheit dieses Mannes.

»Großer Gott!« rief ich. »Sie sind in der Tat ein Mann.« Und ganz unvermittelt ergriff ich seine Hand.

»Nun?« sagte er mit leuchtenden Augen. »Habe ich nicht nachgedacht?«

»Fahren Sie fort«, sagte ich.

»Gut also. Wer sich nicht fangen lassen will, muß sich bereit machen. Ich mache mich bereit. Passen Sie auf: nicht alle unter uns sind für die wilden Tiere gemacht; und darauf kommt es an. Ich hatte meine Zweifel. Sie sind dünn und schlank. Wissen Sie, ich wußte ja nicht, daß Sie es waren, noch daß Sie so lange begraben lagen. Aber alle diese Leute – diese Gattung Menschen, die in diesen Häusern lebten und alle jene albernen kleinen Ladenschwengel, die dort bergab lebten – mit denen wird nichts anzufangen sein. Die haben den rechten Geist nicht in sich – keine stolzen Träume und keine stolzen Gelüste; und ein Mensch, der nicht das eine oder das andere hat – Herrgott! was ist er anderes als ein Jammerhering? Sie kennen nichts anderes als sich zu ihrer Arbeit trollen. Ich habe Hunderte von ihnen gesehen; ihr bißchen Frühstück in der Hand, schwitzen sie und keuchen sie, um ihren kleinen Saisonbillettzug zu erwischen, aus Furcht, entlassen zu werden, wenn sie zu spät kommen; dann arbeiten sie in ihrem Beruf, der sie nicht interessiert; dann trollen sie sich wieder eilends heim, aus Furcht, nicht zur rechten Zeit beim Abendtisch zu sein; nach Tisch bleiben sie fein zu Hause, aus Angst vor den Hintergassen; dann schlafen sie mit den Weibern, die sie geheiratet haben, nicht weil sie sie gern hatten, sondern weil diese Weiber ein Stück Geld hatten, das ihrem jämmerlichen Durch-das-Leben-Keuchen einen kleinen Rückhalt bot. Sie haben ihr Leben versichert und ein bißchen zurückgelegt aus Furcht vor möglichen Unfällen. Und an Sonntagen – Furcht vor dem Jenseits. Als ob die Hölle für Kaninchen gebaut worden wäre. Nun, für diese Leute sind die Marsleute eine wahre Gottesgabe. Saubere geräumige Käfige, Mastfutter, sorgfältige Züchtung, keine Plage. Nachdem sie eine Woche oder so mit leerem Magen durch Felder und Heiden gejagt sind, werden sie kommen und sich mit Vergnügen fangen lassen. Nach kurzer Zeit werden sie ganz fröhlich sein. Sie werden sich verwundert fragen, was denn die Leute früher taten, als es noch keine Marsleute gab, die für sie sorgten. Und die Kneipenhelden und die Pflastertreter und die Sänger – die kann ich mir ordentlich vorstellen. Die kann ich mir vorstellen«, sagte er mit einer Art düsterer Genugtuung. »Alle Art von Gefühlsduselei und Glauben wird dann massenhaft frei werden. Es gibt hundert Dinge, die ich mit diesen meinen Augen gesehen habe und die ich erst in diesen letzten paar Tagen zu verstehen begonnen habe. Da wird es Massen geben, die, fett und dumm, die Dinge nehmen werden, wie sie sind. Und wieder andere Massen, die irgendwie gequält sein werden, daß nichts mit rechten Dingen zugeht und daß sie etwas dagegen tun sollten. Nun aber, sobald die Dinge so stehen, daß eine Menge von Leuten das Gefühl hat, etwas tun zu müssen, dann werfen sich die Schwachen und jene, die vor lauter verwickeltem Denken schwach werden, einer Religion des Nichtstuns in die Arme, die sehr fromm und erhaben ist und sich jeder Verfolgung als dem Willen des Herrn unterwirft. Sehr wahrscheinlich haben Sie ganz dasselbe beobachtet. Das ist die Energie der feigen Angst, die jetzt zum Vorschein kommen wird. Diese Käfige werden von Psalmen und Lobgesängen und Frömmigkeit erfüllt sein. Und die Leute von weniger einfacher Gesinnung werden sich einem – wie sagt man? – Sinnlichkeitskult hingeben.«

Er machte eine Pause.

»Es ist leicht möglich, daß die Marsleute einige Lieblinge unter ihnen haben werden, sie in ihren Schlichen und Kniffen unterweisen und – wer weiß? – vielleicht sentimental werden wegen des Lieblingsknaben, der aufwuchs und getötet werden mußte. Und es mag sein, daß sie einige auch abrichten werden, auf uns andere Jagd zu machen.«

»Nein«, rief ich, »das ist unmöglich! Kein menschliches Wesen – –«

»Was nützt es denn, heute noch solche Lügen aufrechtzuerhalten?« sagte der Artillerist. »Es gibt Menschen, die das mit Vergnügen tun werden. Ein Unsinn, zu behaupten, solche Menschen gebe es nicht!«

Und ich erlag seiner Überzeugung.

»Wenn die mir in die Nähe kommen werden«, sagte er – »Herrgott! wenn die mir in die Nähe kommen werden!« und er verfiel in eine Art grimmigen Brütens.

Ich saß da und dachte über alle diese Dinge nach. Und es fiel mir nichts ein, womit ich den Gedankengang dieses Mannes hätte widerlegen können. In den Tagen vor dem Einbruch der Marsleute hätte wohl niemand meine geistige Überlegenheit in Frage gestellt – ich, ein erfahrener und anerkannter Schriftsteller philosophischer Werke, und er, ein gemeiner Soldat – und dennoch hatte er unsere Lage schon beschrieben, während ich sie mir kaum noch vorstellte.

»Und was wollen Sie tun?« fragte ich nach einiger Zeit. »Was für Pläne haben Sie?«

Er zögerte.

»Nun, ich denke mir das etwa so«, sagte er. »Was haben wir zu tun? Wir müssen uns eine Art Leben ersinnen, in dem die Menschen leben und sich vermehren können und genügend Sicherheit haben, ihre Kinder aufzuziehen. Warten Sie ein wenig, ich werde Ihnen, was nach meiner Meinung geschehen muß, klarer machen. Die Zahmen werden gedeihen wie alle zahmen Tiere; nach einigen Geschlechtern werden sie dick, schön, vollblütig, dumm sein – mit einem Worte: Schund! Es besteht nur die Gefahr, daß wir, die Wilden, mit der Zeit verwildern – und entarten zu einer Art großen, wilden Ratten ... Sie sehen schon, wie unser Leben sein wird: unterirdisch. Ich habe dabei an die Abwasserkanäle gedacht. Natürlich, wer diese Kanäle nicht kennt, stellt sie sich nur als etwas Scheußliches vor; aber unter diesem London gibt es Meilen und Meilen – Hunderte von Meilen – solcher Kanäle; und wenn es ein paar Tage regnet und London entvölkert ist, so sind sie rein und angenehm. Die Hauptkanäle sind groß und luftig genug für alle. Dann haben wir Keller, Gewölbe, Vorratsräume, von denen Notausgänge in die Kanäle hergestellt werden können. Und dann die Eisenbahntunnels und Untergrundbahnen. Was? Sie fangen an zu begreifen? Und wir bilden eine Gruppe, Männer mit starkem Körper und klarem Kopf. Wir werden nicht jeden Abfall, der uns zutreibt, auflesen. Schwächlinge müssen wieder hinaus.«

»So wie Sie mich wegstoßen wollten?«

»Oh, ich unterhandelte doch mit Ihnen? Oder nicht?«

»Nun, wir wollen darüber nicht streiten. Aber fahren Sie fort, bitte.«

»Wer bleibt, muß gehorchen. Weiber mit starkem Körper und klarem Kopf brauchen wir nicht weniger – als Mütter und Lehrerinnen. Keine schmachtenden Püppchen, keine albernen Augenverdreherinnen. Schwache und Dämliche können wir nicht brauchen. Das Leben wird ernst sein, und die Nutzlosen und Lästigen und Böswilligen müssen sterben. Sie haben einfach zu sterben. Sie müssen einsehen, daß sie zu sterben haben. Es ist eine Art von Hochverrat, dann noch zu leben und die Rasse zu verschlechtern. Und sie können auch nie glücklich sein. Überdies, Sterben ist nicht so schrecklich – es ist nur die Angst, die es so arg macht. – Und an allen jenen Orten werden wir uns versammeln. Unser Sammelplatz wird London sein. Und vielleicht werden wir sogar imstande sein, Wachen aufzustellen und im Freien umherzulaufen, wenn die Marsleute fern sind. Vielleicht Cricket spielen. Auf die Weise werden wir die Rasse erhalten. Was? Aber mit dem Erhalten der Rasse ist noch nichts getan. Wie ich sage, das heißt nur Ratten züchten. Unsere Kenntnisse zu erhalten und zu vermehren, darauf kommt es an. Da müssen Männer wie Sie her. Da gibt's Bücher, da gibt's Modelle. Wir müssen große, sichere Räume tief drunten errichten und so viele Bücher suchen, wie wir können; nicht Romane und erdichtetes Gewäsch, sondern Gedanken, wissenschaftliche Bücher. Da wird es Zeit für Männer wie Sie. Wir müssen ins Britische Museum gehen und alle die Bücher dort durchforschen. Besonders aber müssen wir unsere Kenntnisse auf der Höhe erhalten und mehr dazulernen. Wir müssen diese Marsleute beobachten. Einige von uns werden spionieren müssen. Wenn einmal alles eingerichtet sein wird, werde ich es vielleicht tun. Und die Hauptsache ist, daß wir die Marsleute ungeschoren lassen müssen. Wir dürfen nicht einmal stehlen. Wenn sie uns in die Nähe kommen, müssen wir uns davonmachen. Wir müssen ihnen zeigen, daß wir nichts Böses im Schilde führen. Ja, ich weiß. Aber sie sind ja sehr kluge Geschöpfe, und sie werden uns nicht zu Tode jagen, wenn sie alles haben, was sie brauchen, und glauben, daß wir nur harmloses Gewürm sind.«

Der Artillerist hielt inne und legte seine gebräunte Hand auf meinen Arm.

»Schließlich ist es vielleicht gar nicht so viel, was wir noch zu lernen haben. Stellen Sie sich nur einmal vor, vier oder fünf ihrer Kriegsmaschinen gingen mit einmal los – Hitzstrahlen rechts und links, aber kein Marsmann in ihnen. Kein Marsmann in ihnen, sondern Menschen – Menschen, die gelernt haben, wie man's macht. Vielleicht erlebe ich das noch. Stellen Sie sich das doch bloß vor, eins von diesen tollen Dingern zu haben, mit dem Hitzstrahl weit und frei! Stellen Sie sich das doch vor: damit umgehen zu können! Was läge denn daran, nach einem solchen Lauf, nach einem solchen Hochgenuß in Staub zermalmt zu werden? Ich denke, die Marsleute werden ihre schönen Augen aufreißen! Sehen Sie sie nicht, Mann? Sehen Sie nicht, wie sie hin- und herlaufen, wie sie um ihre andern mechanischen Geschichten blasen und pfeifen und tuten werden? Aus dem Häuschen werden sie auf alle Fälle sein. Und huitt, bum, rum, huitt! Gerade dann, wenn sie umherschießen, huitt, kommt der Hitzstrahl, und sehen Sie! Der Mensch hat wieder, was ihm gehört.«

Lange Zeit beherrschten die kühne Einbildungskraft des Artilleristen und der sichere Ton und der Mut, mit dem er seine Pläne vorbrachte, vollständig meine Gedanken. Ich setzte sowohl in seine Prophezeiung der menschlichen Bestimmung wie in die Ausführbarkeit seiner erstaunlichen Pläne unbedingten Glauben. Und der Leser, der mich für leichtgläubig und einfältig hält, muß sich nur den Gegensatz zwischen seiner und meiner Lage vor Augen halten. Er liest alles nach und nach und hat Muße, über alles reiflich nachzudenken, und ich kauerte in furchtbarer Lage in einem Gebüsch und hörte zu, nicht selten durch Angstvorstellungen verwirrt. Wir sprachen in dieser Art während der frühen Morgenstunden und krochen dann aus dem Gebüsch heraus; und nachdem wir uns vorsichtig nach Anzeichen der Marsleute umgesehen hatten, stürzten wir Hals über Kopf zu dem Haus auf dem Putney Hill, in dem er sich seine Höhle bereitet hatte. Es war der Kohlenkeller; und als ich das Werk sah, auf das er eine volle Woche verwendet hatte – eine kaum zehn Yards tiefe Höhlung, durch die er den Hauptkanal des Putney Hill erreichen wollte – da dämmerte mir zum erstenmal, welche Kluft zwischen seinen Träumen und seinen Kräften gähnte. Ein solches Loch hätte ich an einem einzigen Tage gegraben. Aber mein Vertrauen zu ihm war stark genug, um ihm den ganzen Morgen bis kurz nach Mittag bei seinem Graben zu helfen. Wir hatten einen Gartenschubkarren und schütteten die Erde gegen den Küchenherd. Dann stärkten wir uns mit einer Mock-turtle-Büchse und mit etwas Wein aus der nahe gelegenen Speisekammer. In dieser unausgesetzten Arbeit fand ich eine seltsame Erholung von meinen qualvollen Erlebnissen. Während wir arbeiteten, beschäftigten sich meine Gedanken mit den Plänen des Mannes, und bald genug stiegen Einwände und Zweifel in mir auf; aber ich setzte doch die Arbeit den ganzen Vormittag fort, so froh war ich, wieder ein Ziel zu haben. Nachdem ich wieder eine Stunde gegraben hatte, fing ich an, über die Entfernung nachzudenken, die zurückzulegen war, bis der Kanal erreicht werden konnte – und über die Möglichkeit, ihn überhaupt zu verfehlen. Meine unmittelbarste Sorge war die Frage, wozu wir eigentlich diesen langen Gang gruben, wenn es möglich war, durch die Abzugslöcher sofort in den Kanal zu kommen und sich dann zum Hause zurück den Weg zu bahnen. Auch kam es mir vor, als sei das Haus sehr unglücklich gewählt, da es einen Durchstich von so unnötiger Länge erforderte. Gerade als ich begann, diese Umstände in Erwägung zu ziehen, hörte der Artillerist mit dem Graben auf und blickte mich an.

»Wir arbeiten gut«, sagte er und legte seinen Spaten hin. »Ruhen wir jetzt ein bißchen aus«, sagte er. »Ich glaube, es ist Zeit, das wir vom Dach aus Umschau halten.«

Ich war fürs Weiterarbeiten, und nach einigem Zögern griff er wieder nach seinem Spaten; und da erfaßte mich ganz plötzlich ein Gedanke. Ich hielt inne, und er folgte sofort meinem Beispiel.

»Warum waren Sie eigentlich auf der Weide draußen, statt hier?« fragte ich.

»Wegen der frischen Luft«, sagte er. »Ich kehrte gerade zurück. Es ist sicherer bei Nacht.« »Aber die Arbeit?«

»Oh, man kann nicht immer arbeiten«, sagte er. Und wie in einer plötzlichen Erleuchtung erkannte ich den Mann, wie er war. Er zögerte, den Spaten in der Hand. »Wir sollten jetzt Umschau halten«, sagte er. »Sie könnten in die Nähe kommen, das Klirren unserer Spaten hören und uns unversehens überfallen.«

Ich hatte keine Lust mehr, ihm zu widersprechen. Wir stiegen beide aufs Dach hinauf und stellten uns auf eine Leiter, von der wir durch die Dachluken spähten. Von den Marsleuten war nichts zu sehen, und so wagten wir uns auf die Dachziegel hinaus und glitten unter dem Schutze des Dachvorsprungs hinab.

Von dieser Stellung aus verbarg ein Gebüsch den größeren Teil Putneys, aber wir konnten den Fluß unten sehen, eine gurgelnde Fläche roten Gewächses; die niedrigen Teile Lambeths waren überschwemmt und blutrot. Die rote Schlingpflanze bedeckte die Bäume, die um das alte Schloß standen, und ihre Zweige dehnten sich morsch und absterbend, von vergilbten Blättern bedeckt, aus den Wucherbüschen hervor. Es war seltsam, wie das Gedeihen der Marspflanzen so völlig vom fließenden Wasser abhängig war. Um uns herum konnte keine Wurzel fassen; Goldregen, roter Hagedorn, Schneeball und eine Gruppe von Lebensbäumen wuchsen aus Lorbeer und Hortensien in leuchtenden Farben und frischem Grün zum Sonnenlicht auf. Hinter Kensington erhob sich ein dichter Qualm, der zusammen mit einem blauen Rauchschleier die nördlichen Hügel einhüllte.

Der Artillerist begann, mir von dem Menschenschlag zu erzählen, der in London zurückgeblieben war.

»In der vorigen Woche«, sagte er, »bemächtigten sich eines Nachts ein paar Narren des elektrischen Lichts, und die ganze Regent Street und der Circus waren taghell beleuchtet und von einer Menge geschminkter und zerlumpter Trunkenbolde, Männer und Weiber, dicht besetzt. Die tanzten und johlten bis zur Morgendämmerung. Ein Mann, der dabei war, hat es mir erzählt. Und als der Tag anbrach, sahen sie eine Kriegsmaschine, die hart neben ihnen auf dem Langham-Platz stand und auf sie herabsah. Der Himmel weiß, wie lange sie schon dort gestanden war. Der Marsmann, der sie lenkte, fuhr jetzt die Straße hinab auf sie zu und las fast hundert von ihnen auf. Sie waren zu sinnlos betrunken oder zu entsetzt, um die Flucht zu ergreifen.«

Wunderlicher Lichtstrahl auf eine Zeit, die keine Geschichte je völlig beschreiben können wird!

Dann kam der Artillerist, meine Fragen beantwortend, wieder auf seine großartigen Pläne. Er redete sich in eine wahre Begeisterung hinein. Er sprach mit solcher Beredsamkeit von der Möglichkeit, sich einer Kriegsmaschine zu bemächtigen, daß ein gut Teil meines Glaubens an ihn wieder zurückkehrte. Aber da ich jetzt anfing, etwas von dem Wesen des Mannes zu begreifen, erriet ich auch, warum er soviel Wert darauf legte, nichts überstürzt zu tun. Auch bemerkte ich, daß jetzt nicht mehr davon die Rede war, daß er persönlich sich der großen Kriegsmaschine bemächtigen werde.

Nach einiger Zeit gingen wir wieder in den Keller hinab. Keiner von uns schien Lust zu haben, die Grabearbeit wieder aufzunehmen. Und als er vorschlug, eine Mahlzeit zu nehmen, hatte ich nichts dagegen. Er wurde plötzlich sehr freigebig, und als wir gegessen hatten, ging er hinaus und kehrte mit einigen vorzüglichen Zigarren wieder. Wir steckten sie an, und dabei glühte auch wieder seine hoffnungsvolle Stimmung. Er war geneigt, meine Ankunft als eine großartige Gelegenheit zu einem Fest anzusehen.

»Im Keller gibt's auch etwas Champagner«, sagte er.

»Es ist vielleicht besser, wenn wir bei unserem Burgunder weitergraben«, sagte ich.

»Nein«, meinte er; »heute bin ich der Wirt. Champagner! Großer Gott, die Aufgabe, die vor uns liegt, ist schwer genug. Ruhen wir aus und sammeln wir Kräfte, solange es Zeit ist. Sehen Sie doch diese schwieligen Hände!«

Und da er an seiner Vorstellung, daß es ein Feiertag sei, festhielt, bestand er darauf, daß wir nach dem Essen Karten spielten. Er lehrte mich ›Euchre‹, das amerikanische Whist, und da wir London schon zwischen uns verteilt hatten – ich nahm die nördliche, er die südliche Seite – spielten wir um Kirchspiele. So albern und närrisch das auch dem nüchternen Leser scheinen mag, so ist es doch durchaus wahr, und was noch bemerkenswerter ist, ich fand dieses Kartenspiel und noch einige andere, die wir spielten, äußerst anziehend.

Wie seltsam ist doch der Mensch! Wir, deren Gattung am Rande der Vernichtung oder doch vor einer erschreckenden Entartung stand, mit keiner anderen Aussicht vor uns als der Möglichkeit eines grauenhaften Todes, wir konnten nun dasitzen und den Glückslaunen dieser bunten Karten folgen und mit lebhaftem Entzücken unsere Stiche zählen. Dann lehrte mich der Artillerist ›Poker‹, und ich besiegte ihn in drei zähen Schachpartien. Als die Dunkelheit anbrach, waren wir in einem derartigen Eifer, daß wir uns entschlossen, es auf eine Entdeckung ankommen zu lassen und eine Lampe anzuzünden.

Nach einer endlosen Reihe von Spielen nahmen wir unser Abendbrot ein, und der Artillerist trank den Champagner aus. Wir fuhren fort, Zigarren zu rauchen. Nun war er aber nicht mehr der tatkräftige Erneuerer unserer Gattung, den ich am Morgen in ihm gefunden hatte. Er war zwar noch immer ein Optimist, aber es war kein umstürzender, es war ein bedächtiger Optimismus. Ich erinnere mich, wie er schließlich mit mir anstieß und in einer Rede mit geringer Abwechslung und zahlreichen Pausen auf meine Gesundheit trank. Ich nahm mir eine Zigarre und stieg hinauf, um nach den Lichtern zu sehen, von denen er gesprochen hatte und die so grünlich längs den Hügeln von Highgate leuchten sollten.

Zuerst starrte ich ziemlich geistesabwesend über das Tal von London. Die nördlichen Hügel waren in tiefes Dunkel gehüllt, die Feuer in der Nähe von Kensington schienen rötlich herüber, und hie und da zuckte eine orangefarbene Feuerzunge auf, um in der tiefblauen Nacht gleich wieder zu verschwinden. Das ganze übrige London war schwarz. Näher dem Hause bemerkte ich jetzt ein seltsames Licht, einen blassen, blauvioletten, schillernden Schein, der in der Nachtluft hin- und herzitterte. Lange Zeit konnte ich ihn mir nicht erklären, bis mir einfiel, daß es das rote Gewächs sein mußte, von dem dieser schwache Strahlenglanz ausging. Mit dieser Wahrnehmung erwachte auch wieder mein Gefühl des Staunens, meine Empfindung für das Verhältnis der Dinge. Ich blickte hinauf zum Mars, der rot und klar hoch im Westen glühte, und dann sah ich lange und nachdenklich in die Dunkelheit von Hampstead und Highgate.

Ich blieb sehr lange auf dem Dach und staunte über die wunderlichen Wechselfälle des Tages. Ich erinnerte mich meiner geistigen Verfassung, von dem mitternächtigen Gebet an bis zu dem albernen Kartenspielen. Etwas in mir sträubte sich heftig. Ich erinnere mich, wie ich in einer Art verschwenderischer Symbolik meine Zigarre wegschleuderte. Meine Narrheit kam mir grell zum Bewußtsein. Ich erschien mir als Verräter an meinem Weibe und an meiner Gattung. Ich war erfüllt von Reue. Ich beschloß, diesen sonderbaren unbeherrschten Träumer großer Dinge seiner Flasche und seinen Gelagen zu überlassen und nach London weiterzugehen. Dort würde ich wohl am ehesten erfahren können, was die Marsleute und meine Mitmenschen jetzt taten. Ich befand mich noch auf dem Dach, als der späte Mond aufging.

8. Das tote London

Nachdem ich mich von dem Artilleristen verabschiedet hatte, ging ich den Hügel hinab und durch die High Street über die Brücke nach Fulham. Das rote Gewächs war hier besonders üppig und versperrte fast den Weg zur Brücke; aber seine Zweige waren bereits von der immer weiter um sich greifenden Krankheit, die es so bald und so rasch vernichten sollte, gebleicht.

An der Ecke des Weges, der zur Putney Bridge Station führt, sah ich einen Mann liegen. Der schwarze Staub gab ihm das Aussehen eines Schornsteinfegers; er lebte, war aber sinn- und hilflos betrunken. Ich brachte nichts aus ihm heraus als Flüche und wütende Stöße gegen meinen Kopf. Ich glaube, daß ich bei ihm geblieben wäre, hätte der rohe Ausdruck seines Gesichtes mich nicht abgeschreckt.

Auf der Straße, die von der Brücke weiterlief, lag überall der schwarze Staub, der in Fulham noch dichter wurde. Die Straßen waren grauenvoll still. In einem Bäckerladen fand ich etwas zu essen; das Brot war sauer, hart und schimmelig, aber noch genießbar. Etwas weiter gegen Walham Green zu waren die Straßen frei von Pulver; ich kam an einer lichterloh brennenden Häuserreihe hinter einem terrassenartigen Vorsprung vorüber. Der Lärm des Feuers schien mir geradezu eine Erleichterung. In der Richtung nach Brompton fand ich die Straßen wieder ganz still.

Hier nun stieß ich abermals auf das schwarze Pulver und auf Menschenleichen. Ich sah auf der Fulham Road alles in allem etwa ein Dutzend. Der Tod hatte diese Leute schon vor vielen Tagen ereilt, so daß ich schleunigst an ihnen vorüberging. Das schwarze Pulver bedeckte sie über und über und milderte ihre Züge. Einer oder zwei waren schon von Hunden entstellt worden.

Wo sich kein schwarzes Pulver fand, hatte die Stadt ein merkwürdig sonntägliches Aussehen: die geschlossenen Läden, die festversperrten Häuser, die herabgelassenen Vorhänge, die Verödung, die Stille. In manchen Häusern hatten schon die Plünderer herumgesucht, wenn auch fast nur nach Eßbarem und Wein. In einem Haus fand ich das Schaufenster eines Goldschmieds erbrochen, aber der Dieb war offenbar gestört worden, denn eine Anzahl goldener Ketten und Uhren lagen verstreut auf dem Straßenpflaster. Ich hielt mich nicht auf, die Dinge zu berühren. Etwas weiter fand ich ein zerlumptes Weib zusammengekauert auf einer Türstufe sitzen, an der Hand, die über ihr Knie herabhing, eine klaffende Wunde und Blut auf dem rostbraunen Kleid; eine zerbrochene Champagnerflasche bildete eine Lache auf dem Straßenpflaster. Das Weib schien zu schlafen, war aber tot.

Je weiter ich in London eindrang, desto tiefer wurde die Stille. Aber es war nicht so sehr die Stille des Todes – es war die Stille des Bangens, der Erwartung. Jeden Augenblick konnte die Zerstörung, welche schon die Nordwestgrenze der Hauptstadt in Brand gesteckt und Ealing und Kilburn zerstört hatte, auch diese Häuser treffen und sie in einen rauchenden Trümmerhaufen verwandeln. Es war eine zum Tode verurteilte, im Stich gelassene Stadt.

In South Kensington waren weder Leichname noch schwarzes Pulver zu sehen. Es war in der Nähe von South Kensington, als ich das Geheul zum ersten Male hörte. Es schlich sich fast unmerklich in meine Sinne. Es war ein schluchzender Wechsel zweier Töne: »Ulla, ulla, ulla, ulla«, klang es unaufhörlich.

Als ich durch Straßen kam, die nach Norden führten, schwoll es stark an, und Häuser und Mauern schienen es abzuschwächen und endlich zum Schweigen zu bringen. In der Exhibition Road schwoll es zur vollen Kraft an. Ich blieb verwundert stehen, starrte nach den Kensington Gardens und begriff nicht, was dieses ferne Klagegeheul zu bedeuten hatte. Es war, als hätte die gewaltige Häuserwüste eine Stimme für ihre Furcht und ihre Einsamkeit gefunden.

»Ulla, ulla, ulla, ulla«, klagte dieser übermenschliche Ton –

große Schallwogen brandeten die breiten, sonnenhellen Straßen zwischen den hohen Gebäuden auf beiden Seiten hinab. Staunend wandte ich mich nach Norden gegen die eisernen Tore des Hyde Park. Ich überlegte schon, ob ich in das naturhistorische Museum eindringen und auf die Spitze seines Turmes klettern sollte, um über den Park hinüberzusehen. Aber ich entschloß mich, auf der Straße zu bleiben, wo ich mich im Notfall besser verstecken konnte, und so ging ich auf der Exhibition Road weiter. Die großen Miethäuser auf beiden Seiten der Straße waren leer und still, und meine Schritte hallten zwischen den Mauern. Am Ende der Straße, in der Nähe des Parkeingangs bot sich ein seltsamer Anblick – ein umgestürzter Omnibus und das sauber abgenagte Gerippe eines Pferdes. Das machte mich eine Zeitlang stutzig, dann aber ging ich über die Brücke des Serpentine. Die Stimme wurde lauter und lauter, obwohl ich jenseits der Häuserdächer auf der Nordseite des Parkes nichts sehen konnte als einen Rauchschleier im Nordwesten.

»Ulla, ulla, ulla, ulla«, heulte die Stimme, die, wie mir schien, vom Bezirk um den Regent's Park herkam. Der trostlose Schrei lastete mir auf der Seele. Die mutige Stimmung, die mich bisher aufrechterhalten hatte, schwand wieder. Das Klagegeheul wirkte ansteckend. Ich fühlte mich unendlich elend, ermattet und hungrig und durstig.

Es war schon Mittag vorüber. Warum wanderte ich denn allein umher in dieser Stadt des Todes? Warum blieb ich denn allein zurück, jetzt, da ganz London, in schwarzes Leichentuch gehüllt, auf der Bahre lag? Ich fand meine Vereinsamung unerträglich. Ich dachte an alte Freunde, die ich jahrelang vergessen hatte. Ich dachte an die Gifte in den Apotheken, an den Trank, den die Weinhändler aufgespeichert hatten; ich dachte an die zwei weinseligen Geschöpfe der Verzweiflung, die, soviel ich wußte, den Besitz der Stadt mit mir teilten.

Ich gelangte durch Marble Arch in die Oxfordstreet; hier fand ich wieder schwarzes Pulver und Leichen; ein abscheulicher und verdächtiger Geruch stieg aus den Kellerfenstern einiger Häuser auf. Die Hitze und mein langer Marsch machten mich sehr durstig. Nach unendlicher Mühe gelang es mir, in eine Schenke einzubrechen und etwas zu essen und zu trinken. Nach der spärlichen Mahlzeit wurde ich müde, ging in eine Stube hinter dem Schenktisch und schlief auf einem schwarzen Roßhaarsofa, das ich dort fand, ein.

Ich erwachte, um jenes schauerliche Geheul noch immer in den Ohren klingen zu hören. »Ulla, ulla, ulla, ulla.« Es dämmerte schon, und nachdem ich einige Zwiebackstücke und etwas Käse im Schankzimmer zusammengerafft hatte – das Fleisch war wohl unberührt, aber es bestand fast nur aus Maden – wanderte ich über die ruhigen Wohnplätze der Baker Street – der Portman Square ist der einzige, den ich mit Namen nennen könnte – und gelangte endlich an den Regent's Park. Und als ich aus der Baker Street heraustrat, sah ich in weiter Ferne jenseits der Bäume im klaren Lichte des Sonnenuntergangs die Haube eines Marsriesen, von dem das Geheul ausging. Ich empfand keinerlei Furcht. Ich schritt auf ihn zu, als wäre das eine ganz natürliche Sache. Eine Zeitlang beobachtete ich ihn, aber er rührte sich nicht. Er stand nur da und heulte aus einem Grunde, den ich nicht entdecken konnte.

Ich versuchte mir einen Plan zu machen. Dieses unausgesetzte Geheul, dieses »Ulla, ulla, ulla, ulla«, verwirrte meinen Geist. Vielleicht war ich auch zu müde, um Furcht zu haben. Jedenfalls war die Begierde, der Ursache dieses eintönigen Geheuls auf den Grund zu kommen, stärker als meine Furcht. Ich schlug mich in die Park Road mit der Absicht, den Park zu umgehen, ging dann unter dem Schutz der Terrassen immer weiter und bekam nun diesen beständig heulenden Marsmann aus der Richtung von St. John's Wood zu Gesicht. Etwa zweihundert Yards von der Baker Street entfernt hörte ich ein vielstimmiges, wütendes Gekläff und sah erst einen Hund mit einem Stück fauligen, roten Fleisches in den Zähnen blitzschnell auf mich zulaufen und dann eine Meute halbverhungerter Köter, die ihn verfolgten. Er machte einen weiten Bogen, um mir auszuweichen, als fürchtete er, in mir einen neuen Konkurrenten zu finden. Als das Gekläff die breite Straße hinunter erstarb, scholl der klagende Laut des »Ulla, ulla, ulla, ulla« mit verdoppelter Kraft.

Auf dem halben Wege zum Bahnhof von St. John's Wood stieß ich auf eine zertrümmerte Greifmaschine. Erst glaubte ich, daß ein Haus über die Straße gestürzt sei, aber als ich unter seinen Trümmern umherkletterte, sah ich, fast zurückprallend, diesen niedergestreckten mechanischen Simson, dessen Tastwerkzeuge verbogen und zerschmettert und verdreht unter den Trümmern, die es verursacht hatte, umherlagen. Der vordere Teil war zerschellt. Es schien, als sei die Maschine geradenwegs blindlings gegen das Haus gerannt und durch die eigene Wucht geborsten. Ich konte mir nur vorstellen, daß dieser Greifmaschine die Leitung eines Marsmannes gefehlt haben mußte. Ich konnte nicht genügend unter ihren Trümmern umherklettern, um sie genau zu prüfen, aber die Dämmerung war mittlerweile so weit vorgeschritten, daß das Blut, mit dem ihr Sitz beschmiert war, und die benagten Knorpel des Marsmannes, welche die Hunde übriggelassen hatten, meinen Blicken verborgen blieben.

Von Staunen über alle die Dinge, die ich gesehen hatte, erfüllt, drang ich bis Primrose Hill vor. Weit entfernt sah ich durch eine Öffnung in den Bäumen einen zweiten Marsmann, der schweigend und regungslos wie der erste im Park vor dem Zoologischen Garten stand. In der Nähe der Trümmer, die um die zerschmetterte Greifmaschine lagen, stieß ich wieder auf das rote Gewächs und fand den Regent's Canal in eine schwammige Masse dunkelroter Wucherpflanzen verwandelt.

Plötzlich, gerade als ich über die Brücke schritt, hörte der Ton des »Ulla, ulla, ulla« auf. Es war, als sei er entzweigeschnitten. Die Stille brach herein wie ein Donnerschlag.

Die dämmrigen Häuser um mich herum standen unklar und hoch und verschwommen da; die Bäume des Parks hüllten sich in Finsternis. Von allen Seiten kroch das rote Gewächs an mich heran, als wollte es mich in seine Fänge verstricken. Die Nacht, die Mutter der Angst und des Geheimnisses, brach über mich herein. Solange jene Stimme noch ertönte, waren die Einsamkeit, die Verlassenheit noch erträglich gewesen; solange sie da war, schien London noch zu leben, und das Bewußtsein des Lebens um mich hatte mich aufrechterhalten. Und jetzt plötzlich ein Umschlag, das Aufhören von etwas – ich wußte nicht was – und dann eine Stille, die man geradezu fühlen konnte. Nichts als diese unheimliche Stille.

London schien mir ein geisterhaftes Wesen. Die Fenster in den weißen Häusern sahen aus wie die Augenhöhlen von Totenschädeln. Um mich herum fühlte ich eine Bewegung wie von tausend geräuschlosen Feinden. Das Entsetzen faßte mich, ein Grauen vor meiner Vermessenheit. Vor mir wurde die Straße pechschwarz, als sei sie von Teer erfüllt, und eine verkrümmte Gestalt versperrte mir den Weg. Ich brachte es nicht über mich, weiterzugehen. Ich kehrte wieder zur St. John's Wood Road zurück und rannte wie besessen vor dieser unerträglichen Stille nach Kilburn. Ich versteckte mich vor der Nacht und der Stille, spät erst nach

Mitternacht, in einer Kutscherherberge in der Harrow Road. Aber noch ehe der Morgen graute, kehrte mein Mut zurück, und während die Sterne noch am Himmel standen, wandte ich mich wieder dem Regent's Park zu. In dem Straßengewirr verlor ich den rechten Weg; bald aber sah ich weit unten, am Ende einer langen Straßenzeile, im Halblicht der frühen Dämmerung die runden Linien des Primrose Hill. Auf seiner Spitze stand, sich hoch gegen die erblassenden Sterne auftürmend, ein dritter Marsmann, aufrecht und regungslos wie die andern.

Ein wahnwitziger Entschluß hatte sich meiner bemächtigt. Ich wollte allem ein Ende machen und sterben. Und ich wollte mir selbst die Mühe sparen, mich selbst zu töten. Gleichmütig ging ich auf den Titanen zu; als ich aber näher kam und es immer heller wurde, da sah ich, daß ein Schwarm schwarzer Vögel flatternd seine Haube umkreiste. Bei diesem Anblick stand mein Herz fast still, und ich begann die Straße hinabzulaufen.

Ich arbeitete mich durch das rote Gewächs durch, das die St. Edmund's Terrace dicht umsponnen hatte. Bis zur Brust im Wasser watete ich durch einen Gießbach, der von den Wasserwerken zur Albert Road hinrauschte. Noch vor Sonnenaufgang erreichte ich den Grasplatz. Auf dem Kamm des Hügels waren große Erdhaufen aufgeworfen, die aus ihm eine mächtige Schanze machten: es war das letzte und größte Kriegslager, das die Marsleute aufgeschlagen hatten. Hinter diesen Erdhaufen stieg ein dünner Rauch zum Himmel auf. In weiter Ferne sah ich einen gierigen Hund laufen und verschwinden. Der Gedanke, der mir durch den Kopf zuckte, wurde Wirklichkeit, wurde glaubhaft. Ich empfand keine Angst, nur ein wildes, zitterndes Jubelgefühl, als ich den Hügel aufwärts auf das regungslose Ungetüm zu stürmte. Aus seiner Haube hingen dünne braune Lappen herab, an denen die hungrigen Vögel pickten und zerrten.

Im nächsten Augenblick hatte ich die Erdschanze erklettert und stand auf dem Kamm des Hügels, das Innere des Lagers tief unter mir. Es war ein mächtiger Raum, da und dort standen riesige Maschinen, ungeheure Lager von Werkzeugen und seltsame Schutzvorrichtungen. Und überall zerstreut, einige in den umgestürzten Kriegsmaschinen, einige in den jetzt ruhigen Greifmaschinen, und ein Dutzend steif und still, in einer Reihe hingestreckt, lagen die Marsleute – *tot!* – erwürgt von fäulnis- und krankheitserregenden Bakterien, gegen die ihre körperliche Beschaffenheit widerstandslos war; erwürgt, wie das rote Gewächs erwürgt worden war; erwürgt, nachdem alle Anschläge der Menschen fehlgeschlagen hatten, von den niedrigsten Wesen, die Gott in seiner Weisheit ins Leben gerufen hat.

Und so war gekommen, was ich und viele andere Leute hätten vorhersehen können, hätten nicht Schrecken und Unglück unsern Verstand verblendet. Diese Krankheitskeime haben seit Anbeginn der Dinge ihren Zoll von der Menschheit gefordert – schon von unsern vormenschlichen Ahnen, seitdem Leben auf unserm Stern bestand. Aber durch die natürliche Auslese unserer Gattung haben wir die Widerstandskraft gegen sie entwickelt; wir unterliegen keinem dieser Keime ohne Kampf, und gegen viele – zum Beispiel jene, welche in toten Körpern Fäulnis hervorrufen – sind unsere Körper überhaupt gefeit. Aber auf dem Mars gibt es keine Bakterien, und von dem Augenblick an, als jene Eindringlinge auf der Erde anlangten, als sie aßen und tranken, machten unsere mikroskopischen Verbündeten sich ans Werk, sie zu vernichten. Schon damals, als ich sie beobachtete, waren sie unwiderruflich dem Tode verfallen, starben und siechten sie hin, während sie noch hin- und hergingen. Es war unvermeidlich. Durch das Opfer Millionen Toter hat der Mensch sich sein Erstgeburtsrecht auf der Erde erkauft, und trotz aller fremden Eindringlinge ist sie sein; sie ist sein, und wären die Marsleute auch zehnmal so mächtig, als sie sind. Denn die Menschen leben weder, noch sterben sie vergeblich.

Hier und dort lagen sie verstreut, fast fünfzig Marsleute zusammen in der großen Schlucht, die sie sich gegraben hatten, überwältigt von einem Tod, der ihnen so unfaßbar gekommen sein muß, wie es ein Tod nur sein kann. Auch mir schien dieser Tod damals noch unfaßbar. Alles, was ich wußte, war, daß diese Wesen, die lebend ein solcher Schrecken für die Menschheit waren, nun tot waren. Einen Augenblick lang glaubte ich, daß das Gericht des Sennacherib sich wiederholt hätte, daß Gott bereut und seinen Todesengel ausgesandt hätte, der sie in der Nacht erschlug.

Ich stand da und starrte in die Grube, und mein Herz empfand eine beseligende Erleichterung, gerade als die aufgehende Sonne mit ihren Strahlen die Welt um mich in Glanz tauchte. In der Grube herrschte noch Finsternis; die riesigen Maschinen, so groß und wunderbar in ihrer Kraft und Vollendung, so unirdisch in ihren gewundenen Formen, ragten unheimlich und verschwommen und abenteuerlich aus dem Schatten in das Licht auf. Ein

Rudel Hunde hörte ich tief unter mir sich um die Leichen balgen. Jenseits der Grube, an ihrem fernsten Rande, lag flach und riesenhaft und seltsam die große Flugmaschine, mit der die Marsleute in unseren dichteren Luftschichten Versuche angestellt hatten, bevor Verfall und Tod ihnen Einhalt geboten. Der Tod war nicht einen Tag zu früh gekommen. Ein Krächzen über mir ließ mich nach oben blicken auf die ungeheure Kriegsmaschine, die nun niemals wieder kämpfen würde, auf die zerfetzten roten Fleischlappen, die auf die umgestürzten Bänke auf der Spitze des Primrose Hill niederfielen.

Ich wandte mich um und sah den abschüssigen Hügel hinab, wo, von einem Schwarm Vögel eingehüllt, jene anderen beiden Marsleute standen, die ich in der vorigen Nacht gesehen hatte, gerade als der Tod sie ereilte. Der eine war verendet, als er eben nach seinen Gefährten geschrien hatte; vielleicht war er zuletzt gestorben und hatte seine Stimme unaufhörlich erschallen lassen, bis die Kraft seines Lebens erschöpft war. Die Maschinen schimmerten nun, harmlose dreifüßige Türme leuchtenden Metalls, im Glanz der aufsteigenden Sonne.

Und rings um die Grube herum und wie durch ein Wunder vor ewiger Zerstörung gerettet, breitete sich die große Mutter der Städte aus. Wer London nur in die düsteren Schleier des Rauches gehüllt gesehen hat, wird sich die nackte Klarheit und Schönheit der schweigenden Wildnis seiner Häuser kaum vorstellen können.

Ostwärts, jenseits der rauchgeschwärzten Trümmer der Albert Terrace und des zersplitterten Kirchturms, strahlte die blendende Sonne auf dem wolkenlosen Himmel; und hie und da fing eine glitzernde Fläche in dem großen Gewirr von Dächern das Licht auf und glühte in schimmerndem Weiß. Das Licht berührte selbst die runden Weinspeicher bei der Chalk Farm Station und die weitgedehnten Höfe des Bahngebäudes, die sonst durch die zahllosen Stränge schwarzer Schienen kenntlich waren, heute aber, durch die vierzehntägige Pause schon verrostet, fast in geheimnisvoller Schönheit rot erglänzten.

Nordwärts lagen Kilburn und Hampstead, blau und mächtig in ihrem Gedränge von Häusern; westwärts lag die große Stadt im Nebel; aber südwärts der Marsleute traten die grünen Wellen des Regent's Park, das Langham Hotel, die Kuppel der Albert Hall, das Reichsinstitut und die riesigen Miethäuser der Brompton Road klar und winzig im Lichte des Sonnenaufgangs heraus, und die zackigen Türme von Westminster ragten nebelhaft im Hintergrund auf. In weiter Ferne sah ich die blauen Surreyhügel, und die Türme des Crystal Palace schimmerten wie zwei Silberstäbe. Die Kuppel von St. Paul hob sich düster vom Glanz der aufgehenden Sonne ab und war, wie ich jetzt erst sah, durch einen großen, klaffenden Spalt an der Westseite beschädigt.

Und als ich auf diese stille und verlassene Fläche von Häusern, Fabriken und Kirchen blickte – als ich an die unendlichen Hoffnungen und Mühen, die zahllosen Scharen von Menschenleben dachte, die der Bau dieses Riesenwerkes gekostet hatte, und an die pfeilschnelle und rohe Zerstörung, die wie ein Gewitter über all dem gehangen hatte – als ich nun die Gewißheit hatte, daß die schweren Wolkenschatten wieder gewichen waren und daß die Menschen wieder in diesen Straßen leben konnten und diese meine teure, riesige, tote Stadt wieder zum Leben und zur Macht zurückkehren würde – da wogte ein Strom von Empfindungen durch meine Seele, der mich fast zum Weinen brachte.

Die Qual war vorüber. Heute noch sollte die Heilung beginnen. Die über das ganze Land zerstobenen Überlebenden – die führerlos, rechtlos, ohne Nahrung, wie Schafe ohne ihren Hirten umherirrten – die Tausende, die zu Schiff entflohen waren – alle sollten nun zurückkehren. Der Puls des Lebens sollte, immer stärker und stärker anschwellend, nun wieder in den leeren Gassen schlagen und sich über die verlassenen Plätze ergießen. Was die Verwüstung auch betroffen hatte, die Hand des Verwüsters war verdorrt. Die Hand des Verwüsters war verdorrt! Alle diese elenden Trümmer, diese schwarzen Gerippe von Häusern, die so unheimlich auf das sonnenbeglänzte Gras des Hügels starrten, sie würden bald widerhallen von den Hämmern der Wiedererbauer und fröhlich erklingen unter dem Klatschen der Kellen. Bei diesem Gedanken breitete ich meine Hände zum Himmel aus. In einem Jahr, dachte ich – in einem Jahr . . .

Und dann kam mit überwältigender Kraft der Gedanke an mich selbst, an mein Weib und an das alte Leben voll Hoffnung und zarter Hilfe, das für immer geschwunden war.

9. Die Verwüstung

Und nun kommt das Seltsamste in meiner Geschichte. Und doch ist es eigentlich gar nicht so seltsam. Klar und kühl und lebhaft erinnere ich mich an alles, was ich an jenem Tage tat, bis zu der Zeit, da ich auf der Spitze des Primrose Hill stand.

Von den nächsten drei Tagen weiß ich nichts. Seither erfuhr ich, daß nicht ich der erste Entdecker des Zusammenbruchs der Marsleute war, sondern daß einige gleich mir in der Irre wandernde Überlebende in der vorigen Nacht ihn entdeckt hatten. Ein Mann – der erste – war nach St. Martins-le-Grand gegangen; und während ich in der Kutscherherberge Zuflucht gefunden hatte, war es ihm geglückt, nach Paris zu telegraphieren. Und von dort zuckte die freudige Botschaft über den ganzen Erdkreis; Tausende von Städten, die von grauenvollen Vorstellungen erschüttert waren, gaben sich nun der wildesten Begeisterung hin; man wußte es schon in Dublin, Edinburgh, Manchester und Birmingham, zu jener Zeit, da ich noch zweifelnd am Rand der Grube stand. Schon rüsteten die Menschen, die angeblich ihre Arbeit unterbrachen, nur um sich die Hände zu schütteln und zu jubeln, Eisenbahnzüge aus, um nach London zu kommen. Die Kirchenglocken, die vierzehn Tage lang verstummt waren, fingen die Nachricht auf, und ganz England war ein Glockengeläute. Heruntergekommene Männer mit eingefallenen Zügen sausten auf Rädern alle Wege entlang, um die unverhoffte Erlösungsbotschaft den hageren, wild starrenden Geschöpfen der Verzweiflung zuzurufen. Und die Lebensmittel! Über den Kanal, über die Irische See, über den Atlantischen Ozean brachte man Getreide, Brot und Fleisch, um unserer Not zu helfen. In jenen Tagen schien es, als steuerten die Schiffe der ganzen Welt London zu. Aber von alledem wußte ich nichts. Ich irrte umher – ein seines Verstandes beraubter Mann. In dem Hause gütiger Menschen, die mich aufgegriffen hatten, als ich weinend und rasend in den Gassen von St. Johns Wood umherstreifte, kam ich wieder zu mir. Sie erzählten mir, daß ich unaufhörlich einen sinnlosen Gassenhauer sang, so ähnlich wie »Der letzte, der am Leben blieb, hurra! Der letzte, der am Leben blieb!« So sehr sie auch von ihren eigenen Angelegenheiten bekümmert waren, belasteten diese Menschen, deren Namen ich nicht nennen darf, so gerne ich ihnen auch meine Dankbarkeit zeigen möchte, sich dennoch auch mit mir, gaben mir Obdach und beschützten mich vor mir selbst. Offenbar hatten sie während der Tage meines Irreseins manches von meinen Erlebnissen erfahren.

Als meine Vernunft wieder zurückgekehrt war, brachten sie mir sehr zart das wenige bei, das sie vom Schicksal Leatherheads in Erfahrung gebracht hatten. Zwei Tage nach meiner Einkerkerung war das Dorf mit jeder lebenden Seele darin von einem Marsmann zerstört worden. Er hatte es dem Erdboden gleichgemacht, ohne jeden Grund, wie es schien, ganz so, wie etwa ein Knabe aus bloßer Lust, seine Macht fühlen zu lassen, einen Ameisenhaufen zerstampft.

Ich war ein einsamer Mann, und sie waren sehr gütig gegen mich. Ich war einsam und traurig, und doch duldeten sie mich bei sich. Nach meiner Erholung blieb ich noch vier Tage bei ihnen. Während dieser ganzen Zeit fühlte ich eine unbestimmte, wachsende Sehnsucht, noch einmal, ein letztes Mal, einen Blick zu tun auf das wenige, was von dem kleinen Leben übrig geblieben war, das so glücklich und hell in meiner Vergangenheit geleuchtet hatte. Es war nur ein hoffnungsloses Sehnen, noch einmal in meinem Jammer zu schwelgen. Meine Wirtsleute rieten mir ab. Sie taten alles, was sie konnten, um mich von diesem krankhaften Verlangen abzubringen. Aber endlich konnte ich dieser Eingebung nicht länger widerstehen; ich gab ihnen das feste Versprechen, zu ihnen zurückzukehren, und verabschiedete mich, wie ich bekennen muß, mit Tränen von diesen Menschen, die in vier Tagen mir zu Freunden geworden waren, dann ging ich wieder in die Straßen hinaus, die jüngst noch so düster und seltsam und öde gewesen waren.

Schon aber waren sie wieder erfüllt von zurückkehrenden Menschen; hie und da waren schon wieder Geschäfte offen, und ein Springbrunnen spendete wieder frisches Wasser.

Ich erinnere mich noch des fast höhnend schönen Tages, an dem ich meine traurige Pilgerfahrt nach dem kleinen Hause in Woking antrat, wie geschäftig die Straßen waren, wie frisch sich das Leben wieder rings um mich regte. Es war eine solche Unzahl von Menschen, die sich in tausend Beschäftigungen in den Straßen ergingen, daß es fast unglaublich schien, daß ein nennenswerter Bruchteil der Bevölkerung getötet worden sein konnte. Aber dann bemerkte ich, wie gelb die Haut der Leute war, wie zerrauft ihr Haar, wie fieberhaft glänzend ihre Augen; jeder zweite hatte noch schmutzige Fetzen an. Die Gesichter schienen nur zwei Mienen zu kennen – entweder überschäumenden Jubel und feste

Tatkraft oder grimmige Entschlossenheit. Von diesem Ausdruck der Gesichter abgesehen, schien London eine Stadt von Landstreichern zu sein. Die Bezirksämter verteilten wahllos das Brot, das die französische Regierung gesandt hatte. Den wenigen Pferden, die man sah, traten die Rippen unheimlich heraus. Abgemagerte Schutzleute mit weißen Abzeichen standen an jeder Straßenecke. Von dem Schaden, den die Marsleute gestiftet hatten, sah ich nur wenig, bis ich zur Wellington Street kam; dort erblickte ich wieder das rote Gewächs, das sich an die Strebebogen der Waterloo Bridge anklammerte.

An der Ecke der Brücke fiel mir auch ein Bild in die Augen, das in jener an krausen Gegensätzen überreichen Zeit zu den Alltäglichkeiten gehörte. Gegen ein Dickicht des roten Gewächses flatterte ein Blatt Papier, das ein Stab, der es durchlöcherte, festhielt. Es war der Anzeigebogen der ersten Zeitung, die ihren Betrieb wieder aufgenommen hatte: der ›Daily Mail‹. Für einen geschwärzten Shilling, den ich in meiner Tasche fand, kaufte ich mir ein Blatt. Der größte Teil des Papiers war leer; aber der einsame Verfasser, der es veröffentlichte, hatte sich damit vergnügt, das stereotype Schema eines ›Kleinen Anzeigers‹ auf die Rückseite zu drucken. Der eigentliche Inhalt erschöpfte sich in Empfindungen; der Nachrichtendienst hatte noch nicht seinen Weg zurückgefunden. Ich erfuhr nichts Neues, außer daß schon binnen einer Woche die Prüfung der Werkzeuge der Marsleute zu erstaunlichen Ergebnissen geführt hatte. Unter anderem versicherte die Zeitung, was ich damals noch nicht glaubte, daß das Fluggeheimnis entdeckt worden sei. Im Bahnhof Waterloo fand ich schon die Gratiszüge bereit, welche die Leute in ihre Heimatorte befördern sollten. Der erste Ansturm war schon vorüber. Es waren nur wenige Leute im Zug, und ich war nicht in der Stimmung, gelegentliche Gespräche anzuknüpfen. Ich erhielt ein Wagenabteil für mich allein und saß mit verschränkten Armen da und blickte trüb auf die vom Sonnenlicht erhellten Bilder der Verwüstung, die an den Fenstern vorbeijagten. Gerade außerhalb des Bahnhofes polterte der Zug über provisorisch gelegte Schienen, und auf jeder Seite des Bahndammes lagen die Häuser in rauchgeschwärzten Trümmern. Bis Clapham Junction war das Antlitz Londons von schwarzem Rauch verdunkelt, trotz zweier Tage heftigen Gewitterregens; und in Clapham Junction war die Bahn wieder zerstört. Ich sah Hunderte von arbeitslosen Schreibern und Ladenburschen, die Seite an Seite mit den gewöhnlichen Arbeitern sich mit der Ausbesserung der beschädigten Stellen beschäftigten; wir polterten lange Zeit über hastig angelegte Dämme.

Die ganze Bahnlinie entlang bot das Land einen trostlosen, fremdartigen Anblick. Besonders Wimbledon hatte schwer gelitten. Dank dem Widerstand seiner Fichtenwälder schien von allen Ortschaften an der Bahn Walton am wenigsten von der Verwüstung getroffen worden zu sein. Der Wandle, der Mole, jeder kleine Bach war nichts als eine aufgetürmte Menge roten Gewächses, dessen Farbe die Mitte hielt zwischen frischgeschlachtetem Fleisch und Rotkraut. Die Nadelwälder von Surrey aber waren zu trocken für die Gehänge des roten Schlinggewächses. Hinter Wimbledon sah man mitten in einem Blumengarten die großen Erdhaufen, die der sechste Zylinder aufgeworfen hatte. Eine Anzahl von Leuten stand um die Grube herum, und einige Pioniere waren in voller Tätigkeit. Dicht daneben hatte man die britische Fahne aufgepflanzt, die lustig im Morgenwind flatterte. Die Baumschulen waren rot vom roten Gewächs, eine weitgedehnte Fläche schreienden Rots, von purpurnen Schatten unterbrochen; diese Farbenmischungen taten den Augen geradezu weh. Meine Blicke wandten sich mit unendlicher Erleichterung von dem versengten Grau und dem düsteren Rot des Vordergrundes dem sanften Blaugrün der östlichen Hügel zu.

Der Fahrdamm der nach London gerichteten Seite des Wokinger Bahnhofs war noch nicht völlig hergestellt; so mußte ich in Byfleet aussteigen. Ich schlug den Weg nach Maybury ein, an der Stelle vorbei, an der ich und der Artillerist mit den Husaren gesprochen hatten, und weiter den Weg, an dem ich mitten im Gewitter dem Marsmann begegnet war. Von Neugierde bewegt, ging ich zur Seite und fand in einem Gewirre roten Geästes einen verbogenen und zerbrochenen Wagen und die weißen zernagten Knochen des Pferdes, die verstreut umherlagen. Eine Zeitlang blieb ich stehen, in den Anblick dieser Spuren versunken.

Dann kehrte ich, oft halstief im roten Gewächs watend, durch den Fichtenwald zurück und sah, daß dem Wirt vom ›Gefleckten Hund‹ schon ein Begräbnis zuteil geworden war. Und so kam ich am ›College-Wappen‹ vorbei zu meinem Haus. Ein Mann, der an der offenen Tür seines Häuschens stand, grüßte mich mit Namen, als ich vorüberging.

Ich sah auf mein Haus, von einem jähen Hoffnungsstrahl durchzuckt, der sofort wieder schwand. Das Tor war aufgesprengt worden; es war nur angelehnt und ging langsam auf, als ich näher kam.

Das Tor fiel wieder zu. Die Vorhänge des Arbeitszimmers flatterten durch das offene Fenster, wo ich und der Artillerist den Anbruch des Tages erwartet hatten. Niemand hatte seither das Fenster geschlossen. Das zertretene Gebüsch war noch genauso, wie ich es vor fast vier Wochen verlassen hatte. Ich stolperte in den Flur, und die Leere des Hauses bedrückte mich. Der Treppenläufer war überall verschoben und verfärbt, wo ich in jener Nacht des Schreckens, bis auf die Haut durchnäßt, vor dem Gewitter flüchtend, gekauert hatte. Ich verfolgte die lehmigen Fußtritte die ganze Stiege hinauf.

Ich folgte ihnen bis zu meinem Arbeitszimmer und fand auf meinem Schreibtisch unter dem selenitenen Briefbeschwerer noch einen Bogen der Arbeit, die ich am Nachmittag, da sich der erste Zylinder geöffnet hatte, liegengelassen hatte.

Eine Zeitlang stand ich da und las in dieser im Stich gelassenen Arbeit. Sie bestand in einer Abhandlung über die wahrscheinliche Übereinstimmung der Entwicklung sittlicher Vorstellungen mit der Entwicklung der Zivilisation; der letzte Satz war der Anfang einer Prophezeiung: »In zweihundert Jahren etwa«, hatte ich geschrieben, »dürften wir erwarten – –« Der Satz brach plötzlich ab. Ich erinnerte mich meiner Unfähigkeit, an jenem Morgen, seit dem kaum ein Monat verstrichen war, meine Gedanken zusammenzuhalten; erinnerte mich, wie ich plötzlich abgebrochen hatte, um mir mein ›Daily Chronicle‹ von dem Zeitungsjungen zu holen. Ich erinnerte mich, wie ich zur Gartentür hinabging, als der Junge herankam, und wie ich seinen sonderbaren Bericht von den ›Männern vom Mars‹ anhörte.

Ich ging wieder hinab und trat ins Speisezimmer. Dort lagen der Hammelbraten und das Brot, beides nun längst verdorben, und eine umgeworfene Bierflasche, gerade so, wie ich und der Artillerist das alles verlassen hatten. Mein Heim war verödet. Ich begriff nun, wie unsinnig die leise Hoffnung war, die ich so lange gehegt hatte. Und jetzt geschah etwas Seltsames. »Es ist umsonst«, hörte ich eine Stimme sagen. »Das Haus ist verlassen. In den letzten zehn Tagen ist niemand hier gewesen. Du sollst nicht länger hierbleiben und dich quälen. Niemand ist entkommen als du.«

Ich fuhr zurück. Hatte ich meine Gedanken laut gesprochen? Ich kehrte mich um und sah, daß die Glastüre offen stand. Ich trat einen Schritt vor und blickte hinaus.

Und da standen, erstaunt und erschreckt, so wie ich erstaunt und erschreckt dastand, mein Vetter und meine Frau – meine Frau, bleich und tränenlos. Sie stieß einen schwachen Schrei aus.

»Ich kam«, sagte sie. »Ich wußte es – ich wußte –«

Sie griff mit der Hand nach ihrem Hals und schwankte. Ich trat einen Schritt vor und fing sie in meinen Armen auf.

Schlußwort

Nun, da ich meinen Bericht abschließe, kann ich es nur bedauern, daß ich so wenig fähig bin, zur Erörterung der vielen strittigen, bis heute ungelösten Fragen beizutragen. In einer Beziehung werde ich ohne Zweifel Widerspruch hervorrufen. Mein eigentliches Wissensgebiet ist spekulative Philosophie. Meine Kenntnisse in vergleichender Physiologie beschränken sich nur auf ein paar Bücher; aber ich glaube, daß die Vermutungen Carvers in bezug auf die Ursache des jähen Todes der Marsleute so wahrscheinlich sind, daß sie beinahe den Wert erwiesener Schlußfolgerungen besitzen. Ich habe von ihnen bereits im Lauf meines Berichtes gesprochen.

Das eine wenigstens steht fest, daß in keinem einzigen Körper der Marsleute, die nach dem Krieg untersucht wurden, andere Bakterien gefunden wurden als diejenigen, deren irdische Herkunft zweifellos war. Die Tatsache, daß sie nicht einen ihrer Toten beerdigten, und die rücksichtslosen Schlächtereien, die sie veranstalteten, deuten gleichfalls darauf hin, daß der Vorgang der Fäulnis ihnen vollständig unbekannt war. Aber so wahrscheinlich sie sind, erwiesene Tatsachen sind diese Annahmen noch nicht.

Ebensowenig ist die Zusammensetzung des schwarzen Rauches bekannt, dessen sich die Marsleute mit so furchtbarer Wirkung bedienten, und der Hitzstrahlgenerator bleibt ein Rätsel. Die entsetzlichen Unglücksfälle in den Laboratorien von Ealing und South Kensington haben die Chemiker vor genaueren Untersuchungen des Hitzstrahls abgeschreckt. Die Spektralanalyse des schwarzen Pulvers deutet unverkennbar auf ein unbekanntes Element mit einer leuchtenden Gruppe dreier Linien in Grün hin; und es ist möglich, daß es sich mit Argon verbindet, um ein Gemenge zu bilden, das auf irgendeinen Bestandteil des Blutes eine unbedingt tödliche Wirkung ausübt. Aber diese unerwiesenen Mutmaßungen werden für den großen Leserkreis, an den dieser Bericht sich wendet, kaum von Interesse sein. Von den braunen Schlammengen, die nach der Zerstörung Sheppertons die Themse hinabtrieben, wurde damals nichts untersucht; und heute werden sie nicht mehr gefunden.

Die Ergebnisse einer anatomischen Prüfung der Marsleute, soweit die herumstreichenden Hunde eine solche Prüfung möglich machten, habe ich bereits mitgeteilt. Aber jedermann ist mit dem wunderbaren und fast unversehrten Exemplar vertraut, welches das Naturhistorische Museum in Spiritus aufbewahrt hat, und mit den zahllosen Zeichnungen, die nach ihm angefertigt worden sind. Darüber hinaus aber gehört das Interesse an der Physiologie und dem Körperbau der Marsleute auf ein rein wissenschaftliches Gebiet.

Eine Frage von ernsterem und allgemeinerem Interesse aber ist die Möglichkeit eines zweiten Angriffs der Marsleute. Ich glaube nicht, daß dieser Seite der Frage nur halbwegs genügende Beachtung geschenkt wird. Gegenwärtig befindet sich der Planet Mars in der Konjunktion; aber mit jeder Rückkehr in die Opposition sehe ich für meinen Teil eine Wiederholung des Abenteuers voraus. Auf alle Fälle sollten wir vorbereitet sein. Es scheint mir doch sehr leicht möglich, die Lage des Geschützes, aus dem die Geschosse abgefeuert wurden, genau zu bestimmen und eine ständige Bewachung dieses Teils des Planeten einzurichten und so die Möglichkeit eines zweiten Angriffs ins Auge zu fassen.

In diesem Fall könnte der Zylinder durch Dynamit oder mittels Artillerie zerstört werden, ehe er genügend abgekühlt wäre, um den Marsleuten das Verlassen des Zylinders zu ermöglichen; oder sie könnten mit Geschützen sofort niedergemacht werden, sobald die Schraube zu Boden fiele. In meinen Augen haben die Marsleute dadurch, daß ihre erste Unternehmung fehlschlug, einen ungeheuren Vorteil eingebüßt. Vielleicht sehen sie es in demselben Lichte.

Lessing hat einige ausgezeichnete Gründe für die Annahme vorgebracht, daß es den Marsleuten tatsächlich gelungen sei, auf dem Planeten Venus eine Landung zu bewerkstelligen. Es sind sieben Monate her, daß Venus und Mars in einer Linie mit der Sonne sich befanden. Das will sagen: vom Standpunkt eines Beobachters auf der Venus befand sich der Mars in Opposition. In der Folge tauchte ein sonderbar leuchtendes und wellenförmiges Zeichen auf der unbeschienenen Hälfte des mittleren Planeten auf, und fast gleichzeitig wurde ein schwaches dunkles Zeichen einer ähnlich wellenförmigen Art auf einem Lichtbild der Marsscheibe wahrgenommen. Man muß die Zeichnungen dieser Erscheinungen sehen, um die bemerkenswerte Ähnlichkeit völlig zu würdigen.

Auf alle Fälle aber, ob wir nun einen zweiten Einfall erwarten können oder nicht, mußten unsere Begriffe von der Zukunft der

Menschheit durch diese Ereignisse eine gewaltige Änderung erfahren. Wir sehen heute ein, daß wir unsern Stern durchaus nicht als einen gewissermaßen eingezäunten und sicheren Wohnort für die Menschheit betrachten können; wir können das unerhörte Heil oder Unheil, das unvermutet aus dem Weltenraum auf uns hereinbrechen kann, nie vorhersehen. Es mag sein, daß nach den gewaltigeren Plänen des Weltalls dieser Einfall vom Mars nicht ohne einen schließlichen Segen für die Menschheit stattgefunden hat. Er hat uns jener heiteren Vertrauensseligkeit in die Zukunft, welche die fruchtbarste Quelle des Verfalles ist, beraubt; die Bereicherungen, die er der menschlichen Wissenschaft gebracht hat, sind unermeßlich; und er hat viel dazu beigetragen, das Gefühl des Gemeinwohles der Menschheit zu befördern. Es mag sein, daß die Marsbewohner über die Unendlichkeit des Weltraumes hinüber das Schicksal ihrer ersten Sendlinge beobachtet, daß sie daraus eine Lehre gezogen und auf der Venus eine sicherere Ansiedlung gefunden haben. Doch wie es auch immer sei, das eine steht fest, daß auf viele Jahre hinaus der Eifer, mit dem die Marsscheibe beobachtet wird, nicht nachlassen wird. Und jene feurigen Geschosse des Himmels, die Sternschnuppen, werden in ihrem Niedergang für alle Erdenkinder stets und unausbleiblich ernste Mahnzeichen bedeuten.

Die Erweiterung des menschlichen Gesichtskreises, welche der Marseinfall zur Folge gehabt hat, kann kaum überschätzt werden. Ehe die Zylinder niederfielen, herrschte allgemein die Überzeugung, daß es in den ungeheuren Tiefen des Weltraumes außerhalb der winzigen Oberfläche unseres kleinen Sterns kein Leben gebe. Heute aber sehen wir weiter. Wenn die Marsleute auf die Venus gelangen können, so ist jeder Grund für die Annahme, daß das den Menschen unmöglich sei, hinfällig. Und wenn die langsame Abkühlung der Sonne unsere Erde unbewohnbar gemacht haben wird, wie es schließlich nicht ausbleiben wird, dann mag es kommen, daß der Faden des Lebens, der hier seinen Ausgang nahm, sich ausdehnen und unsern Schwesterplaneten in sein Netz ziehen wird. Würden wir siegen?

Schattenhaft und wunderbar ist das Traumgesicht, das ich im Geiste heraufbeschworen habe: wie das Leben sich allmählich über unser kleines Samenbeet des Sonnensystems hinausdehnen wird, hinaus in die unbelebte Unermeßlichkeit des gestirnten Raumes. Aber das ist ein ferner Traum. Und wer kann wissen, ob die Vernichtung der Marsleute nicht nur einen kurzen Aufschub unseres endlichen Untergangs bedeutet? Vielleicht gehört ihnen und nicht uns die Zukunft.

Ich muß gestehen, daß die Aufregung und die Not der Zeit in meiner Seele ein bleibendes Gefühl des Zweifels und der Unsicherheit zurückgelassen haben. Ich sitze in meinem Arbeitszimmer und schreibe beim Schein der Lampe. Und plötzlich sehe ich das wieder auflebende Tal unten wieder von züngelnden Flammen erfüllt und fühle das Haus hinter mir und um mich leer und verödet. Ich gehe hinaus in die Byfleet Road, Fahrzeuge eilen an mir vorüber, ein Fleischerjunge in seinem Karren, ein Wagen voll Besucher, ein Arbeiter auf seinem Fahrrad, Kinder, die zur Schule gehen; und plötzlich wird alles verschwommen und unwirklich, und wieder keuche ich mit dem Artilleristen durch die heiße, brütende Stille. Und nachts sehe ich das schwarze Pulver, wie es die schweigenden Straßen verdunkelt, und sehe die verzerrten Leichen im Staub liegen; sie steigen vor mir auf, zerlumpt und von Hunden zerfleischt. Sie lallen und drohen mir, werden blasser, abscheulicher, endlich wahnwitzige Spottgeburten menschlicher Gebilde – und ich erwache in kalten Schweiß gebadet und elend in der Dunkelheit der Nacht.

Ich gehe nach London und sehe die geschäftigen Volksmengen in der Fleet Street und am Strand, und nun lastet es mir auf der Seele, daß sie alle nur Gespenster der Vergangenheit seien, die in den Straßen spuken, die ich schweigend und jammervoll gesehen habe. Daß sie hin- und hergehen, Scheingebilde einer toten Stadt, in einem künstlich belebten Körper, ein Hohn auf das Leben. Und seltsam ist es, auf dem Primrose Hill zu stehen, wie ich es erst gestern tat, diese riesige Menge von Häusern trüb und blau durch den Schleier von Rauch und Nebel zu erblicken, der endlich in weite Fernen verschwindet; alle die Leute zu sehen, die zwischen den Blumenbeeten des Hügels auf- und niederwandeln; die Menschen zu sehen, die gekommen sind, sich die Marsmaschine anzuschauen, die noch immer hier steht; den Lärm der spielenden Kinder zu hören – und dann sich die Zeit wieder ins Gedächtnis zu rufen, da ich das alles hell und scharfgeschnitten, grausam und still in der Dämmerung jenes letzten, großen Tages gesehen habe.

Und seltsamer als alles ist es mir, wieder die Hand meiner Frau zu halten und zu denken, daß ich sie, wie sie mich, schon zu den Toten gerechnet habe.

H. G. Wells
im Diogenes Verlag

Die Geschichte unserer Welt
Vom Neandertaler bis zum Zweiten Weltkrieg
Aus dem Englischen von Otto Mandl.
detebe 67/IV

Der Unsichtbare
Roman. Aus dem Englischen von Alfred Winternitz
und Claudia Schmölders.
detebe 67/I

Die Zeitmaschine
Roman. Aus dem Englischen neu übersetzt
von Peter Naujack.
detebe 67/III

Nicht zu vergessen:
Egon Friedell
Die Rückkehr der Zeitmaschine
Phantastische Novelle.
detebe 81

und
George Orwell
im Diogenes Verlag

Farm der Tiere
Eine Fabel. Aus dem Englischen
von N. O. Scarpi.
detebe 63/I

Mein Katalonien
Ein Bericht über den Spanischen Bürgerkrieg. Aus dem Englischen
von Wolfgang Rieger.
detebe 63/III

Im Innern des Wals
Ausgewählte Essays. Aus dem Englischen
von Felix Gasbarra.
detebe 63/II
Deutsche Erstausgabe

Des Science-Fiction-Altmeisters
JULES VERNE
Romane in Diogenes Taschenbüchern
ungekürzt, originalgetreu
mit allen Stichen der französischen Erstausgabe

Reise um die Erde in achtzig Tagen. detebe 64/I
Fünf Wochen im Ballon. detebe 64/II
Von der Erde zum Mond. detebe 64/III
Reise um den Mond. detebe 64/IV
20.000 Meilen unter Meer. detebe 64/V-VI
Reise zum Mittelpunkt der Erde. detebe 64/VII

in Vorbereitung
Die Kinder des Kapitäns Grant
Die Erfindung des Verderbens
Das Karpathenschloß
Die Gestrandeten
Der ewige Adam
Robur der Eroberer
Der Kurier des Zaren
Die Leiden eines Chinesen in China
und weitere Werke

Als Diogenes Sonderbände liegen vor:
Zwei Jahre Ferien
Die großen Seefahrer und Entdecker

Über Jules Verne:
Urs Widmer,
Jules Verne: Die Sehnsucht des bürgerlichen Schriftstellers
In: ›Das Normale und die Sehnsucht‹. detebe 39/I

Klassische und moderne Kriminal-, Grusel- und Abenteuergeschichten in Diogenes Taschenbüchern

Joan Aiken

Die Kristallkrähe. Ein Lady-Thriller. detebe 76

Eric Ambler

Die Maske des Dimitrios. Roman. detebe 75/I
Der Fall Deltschev. Roman. detebe 75/II
Eine Art von Zorn. Roman. detebe 75/III
Schirmers Erbschaft. Roman. detebe 75/IV
Die Angst reist mit. Roman. detebe 75/V

Marie Belloc Lowndes

Jack the Ripper oder Der Untermieter.
Ein victorianischer Psycho-Thriller. detebe 68

John Buchan

Die neununddreißig Stufen. Ein Spionageroman.
Mit Zeichnungen von Edward Gorey. detebe 93/I

Raymond Chandler

Der große Schlaf. Roman. detebe 70/I
Die kleine Schwester. Roman. detebe 70/II
Das hohe Fenster. Roman. detebe 70/III
Der lange Abschied. Roman. detebe 70/IV
Die simple Kunst des Mordes. Essays, Briefe, Fragmente. detebe 70/V

Erskine Childers

Das Rätsel der Sandbank. Ein Spionagefall auf den Ostfriesischen Inseln. detebe 92

Agatha Christie

Villa Nachtigall. Kriminalgeschichten. detebe 71/I

Joseph Conrad

Lord Jim. Roman. detebe 66/I
Der Geheimagent. Roman. detebe 66/II

David Ely

Aus! Eine Atomkatastrophengeschichte. Mit Collagen von Horst Hussel. detebe 32

Erckmann-Chatrian
Der Rekrut. Ein Abenteuerroman aus den Napoleonischen Kriegen. detebe 12

William Faulkner
Der Springer greift an. Kriminalgeschichten. detebe 86

Dashiell Hammett
Der Malteser Falke. Roman. detebe 69/I

Cyril Hare
Mörderglück. Kriminalgeschichten. detebe 88

Patricia Highsmith
Der Stümper. Roman. detebe 74/I
Zwei Fremde im Zug. Roman. detebe 74/II
Der Geschichtenerzähler. Roman. detebe 74/III
Der süße Wahn. Roman. detebe 74/IV
Die zwei Gesichter des Januars. Roman. detebe 74/V

Mary Hottinger
Mord. Mehr Morde. Noch mehr Morde. Das dreibändige Standardwerk klassischer und moderner Kriminalstories von E. A. Poe bis Raymond Chandler. detebe 25/I-III

Maurice Leblanc
Arsène Lupin – Der Gentleman-Gauner. Roman. detebe 65/I

Patrick Quentin
Bächleins Rauschen tönt so bang. Kriminalgeschichten. detebe 87

Saki
Ausgewählte Erzählungen. Mit Zeichnungen von Edward Gorey. detebe 62

Georges Simenon
Die Glocken von Bicêtre. Roman. detebe 72/I

Henry Slesar
Das graue, distinguierte Leichentuch. Roman. detebe 77/I
Vorhang auf, wir spielen Mord! Roman. detebe 77/II

Bram Stoker
Draculas Gast. Gruselgeschichten. detebe 73

Urs Widmer
Die lange Nacht der Detektive. Eine Kriminal-Komödie. detebe 39/II

Diogenes Taschenbücher

0 o Flora, *Premiere* *
1/I o Andersch, *Die Kirschen der Freiheit*
1/II o Andersch, *Sansibar oder der letzte Grund*
1/III o Andersch, *Hörspiele*
1/IV o Andersch, *Geister und Leute*
1/V o Andersch, *Die Rote*
1/VI o Andersch, *Ein Liebhaber des Halbschattens*
2/I o O'Casey, *Purpurstaub* *
2/II o O'Casey, *Dubliner Trilogie* *
3 o Wilde, *Der Sozialismus und die Seele des Menschen*
4/I o Sillitoe, *Guzman, Go Home* *
4/II o Sillitoe, *Die Einsamkeit des Langstreckenläufers*
4/III o Sillitoe, *Samstagnacht und Sonntagmorgen*
5 o Amalrik, *Kann die Sowjetunion das Jahr 1984 erleben?* *
6 Ungerer, *Sexmaniak*
7 o Henkel, *Eisenwichser* *
8 Tschukowskaja, *Ein leeres Haus*
9 Mercer, *Flint* *
10 Rosendorfer, *Über das Küssen der Erde* *
11 o D. H. Lawrence, *Pornographie und Obszönität* *
12 o Erckmann/Chatrian, *Der Rekrut*
13 Loriot, *Kleine Prosa* *
14 Searle, *Weil noch das Lämpchen glüht*
15 o E. Fischer, *Überlegungen zur Situation der Kunst* *
16 O'Flaherty, *Ich ging nach Rußland*
17 Ungerer, *Fornicon*
18 o Braun/Iden, *Neues deutsches Theater* *
19/I o Thoreau, *Walden oder Leben in den Wäldern*
19/II o Thoreau, *Über die Pflicht zum Ungehorsam* *
20/I–II o McCullers, *Erzählungen in 2 Bänden* *
20/III o McCullers, *Die Ballade vom traurigen Café*
20/IV o McCullers, *Das Herz ist ein einsamer Jäger*
20/V o McCullers, *Spiegelbild im goldnen Auge*
20/VI o McCullers, *Frankie*
20/VII o McCullers, *Uhr ohne Zeiger*
20/VIII o *Über Carson McCullers* *
21/I o L. Marcuse, *Philosophie des Glücks*
21/II o L. Marcuse, *Sigmund Freud*
21/III o L. Marcuse, *Argumente und Rezepte*
21/IV o L. Marcuse, *Richard Wagner*
21/V o L. Marcuse, *Ignatius von Loyola*
21/VI o L. Marcuse, *Mein zwanzigstes Jahrhundert*
21/VII o L. Marcuse, *Nachruf auf Ludwig Marcuse*
22/I Jägersberg, *Cosa Nostra* *
22/II Jägersberg, *Weihrauch und Pumpernickel*
22/III Jägersberg, *Nette Leute*
23 Topor, *Tragödien* *
24 Brechbühl, *Der geschlagene Hund* *
25/I–III Hottinger, *Mord · Mehr Morde · Noch mehr Morde*
26 Richartz, *Tod den Ärtzten*
27 Gorey, *Balaclava* *
28 o Einstein/Freud, *Warum Krieg?*

29/I Spark, _Memento Mori_
29/II Spark, _Die Ballade von Peckham Rye_
30/I–V o Faulkner, _Gesammelte Erzählungen in 5 Bänden_
30/VI o Faulkner, _Die Unbesiegten_
30/VII o Faulkner, _Sartoris_
30/VIII o Faulkner, _Als ich im Sterben lag_
30/IX o Faulkner, _Schall und Wahn_
30/X o Faulkner, _Absalom, Absalom!_
30/XI o Faulkner, _Go down, Moses_
30/XII o Faulkner, _Der große Wald_
30/XIII o Faulkner, _Griff in den Staub_
30/XIV o Faulkner, _Der Springer greift an_
31 Hensel, _Wider die Theaterverhunzer_ *
32 Ely, _Aus!_ *
33/I Goya, _Caprichos_
33/II Goya, _Desastres de la Guerra_
34 Whistler, _Die vornehme Kunst sich Feinde zu machen_ *
35/I–IV o Maugham, _Gesammelte Erzählungen in 4 Bänden_ *
35/V Maugham, _Rosie und die Künstler_
35/VI Maugham, _Silbermond und Kupfermünze_
35/VII Maugham, _Auf Messers Schneide_
35/VIII Maugham, _Theater_
35/IX Maugham, _Damals und heute_
35/X Maugham, _Der Magier_
35/XI Maugham, _Oben in der Villa_
35/XII Maugham, _Mrs. Craddock_
35/XIII–XIV Maugham, _Der Menschen Hörigkeit_
36 (Samisdat), _Unruhen aus neuester Zeit_
37 o _Über Molière_ *
38 Sempé, _Konsumgesellschaft_ *
39/I Widmer, _Das Normale und die Sehnsucht_ *
39/II Widmer, _Die lange Nacht der Detektive_ *
40/I West, _Schreiben Sie Miss Lonelyhearts_
40/II West, _Tag der Heuschrecke_
41 o Ferlinghetti, _Ausgewählte Gedichte_ *
42 o Jewtuschenko, _Ausgewählte Gedichte_ *
43 o R. Walser, _Ausgewählte Geschichten und Aufsätze_
44 o Bosc, _Love and Order_
46 o _Über Gott und die Welt_ *
47 o _Kann man noch beten?_ *
48 o Wollschläger, _Die bewaffneten Wallfahrten_ *
49 Ungerer, _Spiegelmensch_ *
50/I o Čechov, _Die Möwe_
50/II o Čechov, _Der Waldschrat_
50/III o Čechov, _Der Kirschgarten_
50/IV o Čechov, _Onkel Vanja_
50/V o Čechov, _Ivanov_
50/VI o Čechov, _Drei Schwestern_
50/VII o Čechov, _Platonov_
51 Monterroso, _Das gesamte Werk und andere Fabeln_ *
52/I Flora, _Trauerflora_
52/II Flora, _Vivat Vamp!_
53 o _Über Alfred Andersch_ *
54 o _Über William Faulkner_ *

55/I Fellini, *Roma* *
55/II Fellini, *Das süße Leben* *
55/III Fellini, *8½*
55/IV Fellini, *Julia und die Geister*
55/V Fellini, *Amarcord* *
55/VI Fellini, *Aufsätze und Notizen* *
56 o Benn, *Ausgewählte Gedichte*
57 o H. Mann, *Ausgewählte Erzählungen*
58 o *Das Diogenes Lesebuch* *
59 o Friedell, *Konversationslexikon* *
60/I o Busch, *Gedichte*
60/II Busch, *Max und Moritz*
60/III Busch, *Die fromme Helene*
60/IV Busch, *Tobias Knopp*
60/V Busch, *Hans Huckebein / Fipps der Affe / Plisch und Plum*
60/VI Busch, *Balduin Bählamm / Maler Klecksel*
60/VII o Busch, *Prosa*
61 Loriot, *Tagebuch* *
62 o Saki, *Ausgewählte Erzählungen*
63/I o Orwell, *Farm der Tiere*
63/II o Orwell, *Im Innern des Wals**
63/III o Orwell, *Mein Katalonien*
64/I Verne, *Reise um die Erde in 80 Tagen*
64/II Verne, *Fünf Wochen im Ballon*
64/III Verne, *Von der Erde zum Mond*
64/IV Verne, *Reise um den Mond*
64/V–VI Verne, *20 000 Meilen unter dem Meer*
64/VII Verne, *Reise zum Mittelpunkt der Erde*
65/I Leblanc, *Arsène Lupin – Der Gentleman-Gauner*
65/II Leblanc, *Die hohle Nadel*
66/I o Conrad, *Lord Jim*
66/II o Conrad, *Der Geheimagent*
67/I Wells, *Der Unsichtbare*
67/II Wells, *Der Krieg der Welten*
67/III o Wells, *Die Zeitmaschine*
67/IV o Wells, *Die Geschichte unserer Welt*
68 Belloc Lowndes, *Jack the Ripper oder Der Untermieter* *
69/I Hammett, *Der Malteser Falke*
70/I Chandler, *Der große Schlaf*
70/II Chandler, *Die kleine Schwester*
70/III Chandler, *Das hohe Fenster*
70/IV Chandler, *Der lange Abschied*
70/V o Chandler, *Die simple Kunst des Mordes*
71 Christie, *Villa Nachtigall*
72 Simenon, *Die Glocken von Bicêtre*
73 Stoker, *Draculas Gast*
74/I Highsmith, *Der Stümper*
74/II Highsmith, *Zwei Fremde im Zug*
74/III Highsmith, *Der Geschichtenerzähler*
74/IV Highsmith, *Der süße Wahn*
74/V Highsmith, *Die zwei Gesichter des Januars*
75/I Ambler, *Die Maske des Dimitrios*
75/II Ambler, *Der Fall Deltschev*
75/III Ambler, *Eine Art von Zorn* *

75/IV Ambler, *Schirmers Erbschaft*
75/V Ambler, *Die Angst reist mit* *
76 Aiken, *Die Kristallkrähe* *
77/I Slesar, *Das graue distinguierte Leichentuch*
77/II Slesar, *Vorhang auf, wir spielen Mord!* *
77/III Slesar, *Erlesene Verbrechen*
78 o Lardner, *Geschichten aus dem Jazz-Zeitalter*
79 o Sacharow, *Wie ich mir die Zukunft vorstelle*
80/I Chaval, *Zum Lachen*
80/II Chaval, *Zum Heulen*
80/III Chaval, *Hochbegabter Mann*
81 Friedell, *Die Rückkehr der Zeitmaschine*
82 Loriot, *Kleiner Ratgeber*
83 o *Das Tintenfaß, Nr. 24**
84 Sempé, *Volltreffer*
85/I o O'Connor, *Und freitags Fisch*
86 Faulkner, *Der Springer greift an*
87 Quentin, *Bächleins Rauschen tönt so bang*
88 Hare, *Mörderglück*
89 Geen, *Tolstoy wohnt in 12N B9*
90/I o D. H. Lawrence, *Der preußische Offizier* *
90/II o D. H. Lawrence, *England, mein England* *
90/III o D. H. Lawrence, *Die Frau, die davonritt* *
90/IV o D. H. Lawrence, *Der Mann, der Inseln liebte* *
90/V o D. H. Lawrence, *Der Fremdenlegionär* *
90/VI o D. H. Lawrence, *Der Fuchs*
90/VII o D. H. Lawrence, *Der Hengst St. Mawr*
90/VIII o D. H. Lawrence, *Liebe im Heu**
91 Price, *Der kleine Psychologe*
92 Childers, *Das Rätsel der Sandbank* *
93/I Buchan, *Die neununddreißig Stufen*
94 Siné, *Katzenjammer*
95/I-VII o Molière, *Komödien in 7 Bänden* *
96 Schnitzler, *Spiel im Morgengrauen*
97/I o Fitzgerald, *Der große Gatsby*
98/I Millar, *Liebe Mutter, es geht mir gut . . .*
99/I Macdonald, *Dornröschen war ein schönes Kind* *
100 *Das Tintenfaß, Nr. 25* *
101 Gorey, *Das jüngst entjungferte Mädchen*
102/I O'Faolain, *Sünder und Sänger*
103/I O'Flaherty, *Armut und Reichtum*
104 Becker, *Russisch Roulette* *
105 o Poe, *Der Untergang des Hauses Usher*
106 Bierce, *Die Spottdrossel*
107 O. Henry, *Glück, Geld und Gauner*
108/I Haggard, *Sie*
109 Hornung, *Raffles – Der Dieb in der Nacht*
110/I Heller, *Herrn Collins Abenteuer*
111 Hearson, *Euer Gnaden haben geschossen?*

Titel mit * sind Erstausgaben oder deutsche Erstausgaben.
Titel mit o sind auch als Studienausgaben empfohlen.

Diogenes Taschenbücher
Alphabetisches Verzeichnis

o Erckmann/Chatrian, *Der Rekrut* 12
o Faulkner, *Gesammelte Erzählungen in 5 Bänden* 30/I–V
o Faulkner, *Die Unbesiegten* 30/VI
o Faulkner, *Sartoris* 30/VII
o Faulkner, *Als ich im Sterben lag* 30/VIII
o Faulkner, *Schall und Wahn* 30/IX
o Faulkner, *Absalom, Absalom!* 30/X
o Faulkner, *Go down, Moses* 30/XI
o Faulkner, *Der große Wald* 30/XII
o Faulkner, *Griff in den Staub* 30/XIII
o Faulkner, *Der Springer greift an* 30/XIV
o *Über William Faulkner* * 54
Fellini, *Roma* * 55/I
Fellini, *Das süße Leben* * 55/II
Fellini, *8½* 55/III
Fellini, *Julia und die Geister* 55/IV
Fellini, *Amarcord* * 55/V
Fellini, *Aufsätze und Notizen* * 55/VI
o Ferlinghetti, *Ausgewählte Gedichte* * 41
o E. Fischer, *Überlegungen zur Situation der Kunst* * 15
o Fitzgerald, *Der große Gatsby* 97/I
o Flora, *Premiere* *
Flora, *Trauerflora* 52/I
Flora, *Vivat Vamp!* 52/II
o Friedell, *Konversationslexikon* * 59
Friedell, *Die Rückkehr der Zeitmaschine* 81
Geen, *Tolstoy wohnt in 12N B9* * 89
Gorey, *Balaclava* * 27
Gorey, *Das jüngst entjungferte Mädchen* 101
Goya, *Caprichos* 33/I
Goya, *Desastres de la Guerra* 33/II
Haggard, *Sie* 108/I
Hammett, *Der Malteser Falke* 69/I
Hare, *Mörderglück* 88
Hearson, *Euer Gnaden haben geschossen* 111
Heller, *Herrn Collins Abenteuer* 110/I
o Henkel, *Eisenwichser* * 7
O. Henry, *Glück, Geld und Gauner* 107
Hensel, *Wider die Theaterverhunzer* * 31
Highsmith, *Der Stümper* 74/I
Highsmith, *Zwei Fremde im Zug* 74/II
Highsmith, *Der Geschichtenerzähler* 74/III
Highsmith, *Der süße Wahn* 74/IV
Highsmith, *Die zwei Gesichter des Januars* 74/V
Hornung, *Raffles – Der Dieb in der Nacht* 109
Hottinger, *Mord · Mehr Morde · Noch mehr Morde* 25/I–III
Jägersberg, *Cosa Nostra* * 22/I
Jägersberg, *Weihrauch und Pumpernickel* 22/II
Jägersberg, *Nette Leute* 22/III
o Jewtuschenko, *Ausgewählte Gedichte* * 42
o *Kann man noch beten?* * 47
o Lardner, *Geschichten aus dem Jazz-Zeitalter* 78
o D. H. Lawrence, *Pornographie und Obszönität* * 11
o D. H. Lawrence, *Der preußische Offizier* * 90/I

Titel mit * sind Erstausgaben oder deutsche Erstausgaben
Titel mit o sind auch als Studienausgaben empfohlen